Berliner Liebesgeschichten

Erika Runge

Berliner Liebesgeschichten

Kiepenheuer & Witsch

Ein Dank an Hans-Georg Soldat!

E. R.

Umschlag Kalle Giese, Darmstadt
Satz Fotosatz Froitzheim, Bonn
Druck und Bindearbeiten Bercker Graphische Betriebe, Kevelaer
ISBN 3 462 01817 5

Inhalt

Matthias L., 34, Krankenpfleger:

»Letzten Dezember hat Mareike sich mal wieder verknallt...«

Also, mit Mareike bin ich 3½ Jahre zusammn, die jehört zu den Menschen, die janz eng an mir dran waren, die janz viel von mir weeß, und ich janz viel von ihr weeß. Aber ich fühl mich janz schön verarscht im Augenblick. Also, ne Frau, die mir sacht, daß sie mich liebt und daß sie mit mir zusammbleiben will, wat ich eigentlich ooch sage, und denn grundsätzliche Abmachungen bricht oder mich beiseite schieben will... Ja? Die letzten drei Samstage waren wa verabredet jewesen, und'n Tach vorher hat se immer jesacht, sie macht wat mit ihrem Freund, also ihrem andern Freund. Sie hat noch ne Beziehung, seit drei Wochen. Oder wir wollten über Ostern wegfahren, und denn erklärt se mir, sie fährt mit'm Harald weg. Und da hab ich keene Lust mehr druff. Darum mach ich mich jetzt erst mal unabhängig und, ja, will eigentlich ooch dit erst mal leben, wat mit der Annegret möglich is.

Mareike is Studentin, aber, ich weeß nich, ich gloobe, sie hat ein' Schein jemacht in acht Semestern, hat Bafög kassiert, mehr nich. Sie hat noch ne Halbwaisenrente. Wir haben zusammnjeschmissen, dit jing eigentlich janz jut, also wir haben beede immer so um 1 000 Mark jehabt, und damit komm wa klar. Sie würde gerne bzw. hat jetzt ne Ablehnung jekricht, Werbegraphik machen, aber da reichen ihre Zeichenkünste nich aus, und nu will se in dem Jahr viel Zeichnen üben, 'n Kursus ooch machen und denn nächstes Jahr sich noch mal bewerben. Oder aber ne Buchhändlerinnenausbildung machen.

Und Annegret is arbeitslose Diplompädagogin. Sie hat an der Uni in nem Projekt jearbeitet über behinderte Kinder, hat dit aber jeschmissen, zum eenen, weil se mit dem een' Mann nicht mehr klarkam. Überhaupt, dieses Projekt: über Behinderte an'na Uni, also nich vor Ort! Annegret macht jetzt viel Flüchtlingsarbeit und hofft, daß se ne ABM-Stelle kricht, um 'n Kinderladen für arabische Jugendliche uffzubaun, aber so wie it wieder aussieht, wird der Senat keene Kohle dafür rüberrücken. Annegret kenn ich 'n halbes Jahr unjefähr. Durch Mareike hab ich Annegret kennengelernt. Mareike hatte Gewalt-Gruppe, Jewalt-gegen-Frauen-Gruppe, bei ihr im Zimmer, und da hockten also zich Frauen rum. Und ich hockte bei mir im Zimmer und hab jelesn, irgendwat zur Bezirksverordneten-Versammlung, nee, war schon zu Ende, irgendwas jearbeitet, jeschrieben für die Zeitung oder wat. Ich war ab und zu mal drin, Kaffe holn. Und denn frachte mich Mareike, ob ich 'n Buch verleihen würde, *Der Mann auf der Straße und sein Verhalten* oder so. Ich: »Ja, klar. Will ich aber wiederhaben.« Also, dis is'n Buch für mich mit Erinnerung, dit hab ich mal so erfahren und durchjelesen ... Hab ich's der Annegret jejeben, aber dit is bei mir vorbeijerauscht, ne. Und denn war die Flüchtlingswoche, da wurde eene Woche lang, wurden Aktionen jemacht, Veranstaltungen, wurde über die Situation in den Heimatländern der Flüchtlinge, also hauptsächlich Kurdistan, Sri Lanka und, na, Palästina, also Libanon halt berichtet. Und ich bin für Mareike hinjegangen, war selber krank und grippich, hatte Fieber, ja, und fing denn irgendwie an, mit der Annegret rumzuflirten. Wir guckten uns beide permanent in die Augen, und sie versorgte mich mit Tempotaschentüchern. Und denn meinte sie irgendwann: »Wir kenn' uns.« Guckte ich sie an und wußte nich, woher. Und denn erzählte sie mir die Geschichte mit dem Buch. Naja, war ich spontan jenuch zu sagen: »Müssen wir uns mal treffen, daß ich dis Buch wiederkriege.« Und denn haben wir uns während der Flüchtlingsveranstaltungen

immer wieder jetroffn. Da warn so janz witzige Situationen: Mareike flirtete mit jemanden, der ooch in der Vorbereitungsgruppe mit war, und ich flirtete janz nett mit Annegret rum. Wir saßen nebenander, aber flirteten überkreuz. Irgendwann war ich alleene uff na Veranstaltung, und denn sind wa wat trinken jegangen ins »Spektrum« oder wie heißt'n dis jetzt, »Ex« oder so. Naja, kamn wa uns näher. 'n bißchen rumjeschmust vor da Tür, uns verabredet nach na Demo, an dem Tach, wo der Günter Sare beerdigt wurde, der in Frankfurt durch'n Wasserwerfer umjekomm war. 'n Samstag war dit, bin ich mit zu ihr jegangen und war denn bis zum frühen Morgen da. Und irgendwann bin ich nach Hause. Das war so'ne Zeit, wo's zwischen Mareike und mir die Abmachung gab: Wir könn' machen, wat wa wolln, aber irgendwann nachts erscheinen wa zu Hause, weil sie mit dem Alleinsein nich so janz klar kam.
Mareike hatte öfter mal jemand anders, mit zwee Typen hatte se mal wat. Aber wichtiger is eigentlich, daß sie mal was mit 'ner Frau hatte. Dit war die Freundin von ihrer besten Freundin aus ihrem Heimatort, wat sehr dramatisch ablief. Nach na Fete schliefen die zu dritt im Bett und ja: Die Katja pennte dann, und Mareike hatte wat mitta Marlies. Und denn: wild verknallt jewesen, stellte unsere Beziehung janz klar in Frage. Ich hab viel weniger Konkurrenz zu Frauen als zu Männern, dit is wat, wat ick nich nachvollziehen kann, wat nichts mit mir, mit meiner Emotionalität oder mit meiner Sexualität zu tun hat. Klar, der Verlust von Mareike oder von so ner wichtigen Person is immer noch ne Sache, die mich betrifft. Aber ich hatte viel weniger Probleme, als wenn sie sich jetzt wegen nem Typen von mir trennen würde. Außerdem hatte die Katja im Dreiviertelschlaf wat mitjekriecht, und irgendwann hat die Marlies ihr dit ooch erzählt, und die rastete denn

fürchterlich aus. Und da hat sich die Marlies denn für Katja entschieden und nicht für Mareike.
Ich hab ein' markanten Wendepunkt in meinem Leben, dit is, ich war mal verheiratet, hab 'ne Tochter, die wird jetzt 10, und dit war so die Trennung von der Irene, also meiner Frau. Zusammn waren wa fünf oder sechs Jahre, verheiratet warn wa weitaus länger, aber dit hing damit zusammn, wie lange die Scheidung gedauert hat. Irene hat erst jearbeitet, sie is ne, möchte sagen, Spitzenfrisöse, hat immer in den besten Salons hier arbeiten können. Und ich war Krankenpfleger, hatte Schichtdienst, also Bereitschaftsdienst im Krankenhaus. Naja, und als die Susi kam, ging's nich mehr. Dit Problem war denn ooch dit finanzielle, ich hab damals 3 000 bis 3 500 Mark verdient jehabt im Monat, wir hatten uns an'n jewissen Lebensstandard gewöhnt. Und hätte sie nur jearbeitet, dit hätte nich jereicht. Und mit Susi wär't ooch nich jegangen, wenn ich jetzt aus'm Bereitschaftsdienst rausgegangen wär, hätte ich immer noch Schichtdienst jehabt. Also, es jibt im Krankenpflegebereich keenen Job, wo de nur vormittags arbeitest.
Bereitschaftsdienst jeht z. B. von mittags um 11.00 bis nächsten Nachmittag um 3.00 bzw. Samstag um 1.00 bis Montag um 3.00 Uhr. Ich war als Krankenpfleger im Operationssaal. OP, Ambulanz, Anästhesie, die drei Sachen haben wa jemacht. So im OP, du fängst um 7.00 an, frühstückst, jehst um 1/2 8.00, 3/4 8.00 nach hinten, nehmn wa mal an, du mußt instrumentiern, halt, denn wäschste dich, mußte deinen Tisch bauen, mußte bis um 8.00 fertig haben, denn jeht die OP los. Die erste morgens ging so anderthalb Stunden, wo de absolut konzentriert arbeiten mußt. Ich hab viel Knochenchirurgie jemacht, da brauchste zich Instrumente und mußt janz viel wechseln, Bohrmaschinen, Bohrer austauschen und so'n Quark allit. Denn is die OP fertig, dann zählste deine Instrumente noch mal, is ja der spannende

Augenblick, ob de allit hast. Und denn rennste raus, nimmst vielleicht een Zuch von irgendnem Arzt von da Zigarette, trinkst 'n Glas Apfelsaft, denn rennste wieder rin, wäschst dich neu, ziehst dich an und bist wieder voll drin. So machste praktisch acht Stunden durch, manchmal ooch länger. Oktober, November haben wir bis 4.00, 5.00 abends operiert. Und wenn de Pech hattest, kamste aus'm Nachtdienst raus, warst schon 24 Stunden da und hattest die Nacht vielleicht bloß zwee, drei Stunden jeschlafen. Da jehste kaputt bei, auf die Dauer. Ich bin ooch Invalide, mittlerweile. Mir fehlt ne Bandscheibe quasi, also ein Drittel is noch da, aber dit jeht auch weg, und denn hab ich Ruhe mit'n Rückenbeschwerden.

Ich hatte im Krankenhaus denn Jugendvertretung jemacht, hab irgendwann zum Betriebsrat kandidiert, und dit erste war, dat wir die Fünf-Tage-Woche durchjesetzt haben und Zeitverträge abjeschafft haben, darum haben wa'n Prozeß jeführt, hab ich die ganze Prozeßvorbereitung jemacht mit'm Rechtsanwalt zusammn. Und damals liefen auch diese Pätzold-Pläne, also daß die SPD zehntausend Krankenhausbetten abbauen wollte. Regte sich ja sehr viel Widerstand in den Kliniken. Und darüber kam ich denn aus unserer Klinik heraus auf so'nen allgemeinen gesundheitspolitischen Bereich und bin in der Jesundheitspolitik jelandet, hab da lange mitjemacht, wurde auch zur Bezirksverordnetenversammlung aufjestellt und jehörte da eigentlich zu den vorantreibenden Leuten im Gesundheitsbereich.

Aber unter den Arbeitsbedingungen im Krankenpflegebereich jeht Privatleben eigentlich nich. Wenn ich nach Hause kam, war meene Tochter dran jewesen, die hab ich denn um 8.00 oder um 9.00 Uhr ins Bett jebracht, bin meistens bei ihr vorm Bett einjeschlafen, hab da ne halbe Stunde jeschlafen. Ja, und denn war irgendwie die Zeit für die Irene und mich, aber da biste nicht mehr fähig, große Jespräche zu führn.

Fernsehen und irgendwann pennen, für Sex biste nich druff. Wobei ich ooch heute immer noch denke, dit hat wat mit den ganzen Narkosegasen zu tun, hängste im OP so überm Patienten, bekommst irgendwelche schlaffördernden Gase um die Nase jeweht, also wenn ich Anästhesie jemacht habe, dit hab ich immer jemerkt.
Ich hab ne Zeit durchjemacht, als dit so mit der Trennung von der Irene klar wurde, wo sie mit nem Fixer zusammn war und der bei uns einziehen sollte. Bin ick abjehaun, hab ne Woche aus'm Kofferraum jelebt, wollte nach Amsterdam, bin in Istanbul gelandet und wirklich auch ziemlich ausjeflippt. Denn hab ich einige Beziehungen jehabt, war mit der Irene noch mal zusammn, und bei der Trennung bin ich eigentlich an meine Wurzeln gegangen, bin plötzlich in ne janz tiefe Phase rinjerutscht, wo ich drei, nee zwei Monate nich rausjegangen bin, mich wirklich eingegraben habe, ooch Drogen bei benutzt und einjesetzt, wat jut war, hat jeholfen, und nur über mich nachjedacht habe. Fragen also: »Wat macht meine Erziehung aus, wat sind die Folgen daraus, wat mach ich aus, warum reagier ich so?« Und anhand dieses Prinzips bin ich allit noch mal durchgegangen, bin in die frühesten Zeiten meiner Erinnerung zurückjegangn. Und dis is, ich find, die positivste Zeit meines Lebens gewesen, obwohl es mir unwahrscheinlich dreckig ging. Ich konnte mir Sachen aus meiner Erziehung erklären, aus meiner Kindheit, Verlustängste oder Schwierigkeiten, mich auf Leute einzulassen manchmal, daß ich einfach sehr mißtrauisch bin auch, was ne Barriere überhaupt ausmacht. Und rausgekommen ist, daß ich mich wohlfühle. Ich hab tief durchjeatmet, hab in'n Spiegel geguckt und mir jedacht: »Bist eigentlich gar nich so doof, wie de dich fühlst.« Ich hab jelacht und ja, also dit war einfach, kann ich nich beschreiben, also ich hab mich einfach rundum wohlgefühlt, bin andern Leuten auch offener gegenübergetreten. Irene

und ich waren damals schon auseinander, ich wohnte noch in der gemeinsamen Wohnung. Und denn konnt ich mich wieder uff Leute einlassn und bin nachher umjezogn, mit nem Typen zusammn, Rainer, der hat Psycho-Student jemacht, Psychologiestudent und Krankenpfleger wie ich, arbeitete immer noch im Klinikum.

Ja, und irgendwann zog die Mareike bei uns ein. Dis is ne Geschichte, die ich gerne erzähle. Das war der 21. Oktober 1983, ich war damals im Vorstand der Partei, krieg morgens 'n Anruf: »Die Reuterstraße wird jeräumt!«, also 'n besetztes Haus. Und denn lief der Tach nach nem Schema ab: zum Haus hin, kam jemand von 'n Abjeordneten, sind wir rin ooch, haben noch dafür jesorgt, daß die Leute ihre Sachen rauskriegen, denn zur Besetzer-Vollversammlung. Allit mit Taxi. Denn ins Abjeordnetenhaus. Denn zur Demo. Und auf der Demo treff ich Stephan, der mir schon vierzehn Tage lang vonna Frau rumschwärmt, in die er sich verknallt hat. Und denn, ja, da saßen zwee Hühner auf der Stange, da saßen nämlich die Katja und die Mareike auf ner Balustrade, die Bulln standen rum, und dit war ne ulkige Atmosphäre: ne wilde Demo, die die Bulln nich weglassn wollten, wieder mal ne typische Kottbusser-Tor-Situation, paar Scheiben warn kaputt, Knallkörper flogen, aber eigentlich war't ruhig, also janz entspannt. Und wir haben uns anjelacht, haben rumjealbert, sind denn noch jemeinsam'n Stück gelofn. Und Stephan und ich mußten denn zur Vorstandssitzung, danach bin ich zur Bezirksgruppe gegangen, danach uff ne Fete, dit war schließlich morgens um 4.00 oder 3.00, nee, 3.00 muß it jewesen sein, liefen wir von der Fete weg, schon einiges jetrunken jehabt, wir waren sauer wegen diesem Haus, und gleichzeitig fühlte ich mich wohl, hatte mich an dem Tag verknallt in Mareike. Verknallt sein und übermütig, revolutionär, ja? So Anarchie und Liebe, in der Richtung 'n Jefühl. Naja, und wir liefen auf'n »grünet Band

der Sympathie« zu: Dresdner Bank oder Bank für Handel und Industrie. Und wat kann man mit Banken machen? Man kann Steine nehmen und se in die Scheiben befördern! Dit haben wa denn ooch jemacht, 'n Typ und ich. Aber wat wir nich bedacht hatten, war, daß es gegenüber vom Rathaus Tiergarten an so nem Tag immer Polizeischutz jibt, nich? Und da haben se uns an der nächsten Straßenecke jeschnappt. Haben wa drei Stunden im Knast jesessen, wobei: die haben uns nich jetrennt, wir konnten uns perfekt absprechen... Und denn is dit Ding nachher einjestellt worden, weil, die konnten uns dit nich endgültig beweisen.
Naja, und denn erjab sich dit irgendwann, dat Mareike und ich zusammn kamen. Sie hatte sich ooch in mich verknallt jehabt. Mareike hatte Schwierigkeiten mit Wohnung, und ich powerte unwahrscheinlich gegen den Rainer, damit sie bei uns einzieht. Der hat nämlich Schwierigkeiten mit Leuten, und seine Wohnung war ihm dit Heiligste. Mareike schlief erstmal 'n paar Nächte bei uns, die erste Nacht schliefen wir zusammn in eenem Bett, ohne dat wat war, wir quatschten rum, bis it hell wurde. Und im Oktober, kurz nach meinem Jeburtstag, zog sie ein. Sie war aber noch mit Stephan zusammn. Stephan, der is Politologie-Student, und denn hatte se ooch noch 'n festen Freund aus ihrem Kaff, wo se herkommt, aus Böblingen, und der kam denn nach Berlin, naja. Schließlich kristallisierte sich raus, dat wir beede zusammn warn.
Mareike hat grundsätzliche Schwierigkeiten mit Männern, also im Bett, und die hat se bis heute eigentlich nich abjelegt. Also, dit hab ich denn begriffn: Sie wird irgendwann mal mit ner Frau zusammn sein und danach nur noch mit Frauen. Unsere Beziehung war ooch nie ne primär durch Sexualität bestimmte. Dit war immer ne Beziehung, die sich auf Zusammenleben, uff jutet Verstehen, uff viel wissen vonnander bezog. Ich wollte denn mit meiner Tochter in Urlaub

fahren, und Mareike kam nach, nach Kreta, wollte eigentlich nur ne Woche bleiben und sich mit mir auseinandersetzen und wieder zurückfahren, um sich auf ne Frau einzulassen. Und in dieser Woche haben wir – zum Leid meiner Tochter – von morgens bis abends nur dajesessen und jeredet, uns unsere Lebensjeschichte erzählt, und ich hab ihr Dinger erzählt, die wußte vorher niemand von mir, über Ängste oder über Beziehung zu Männern, das Verhältnis zu meinem Vater zum Beispiel.

Der is Kürschner jewesen, arbeitet jetzt beim Bezirksamt hier. Ich hab oft Prügel jekricht von ihm, weil, wir lebten damals in'na Einzimmer-Wohnung, dit war ne Küche und 'n Zimmer. Meine Eltern haben abends denn irgendwat jespielt oder jelesen oder Radio jehört. Und wenn ich nich schnell jenuch einjeschlafen bin, hab ich Prügel gekricht. Oft hab ich mich schlafend jestellt und war hell wach jewesen. Und sowie dit Licht ausging, war der Druck weg, und ich hab jeschlafen. Also, ich hab unwahrscheinliche Ängste jehabt. Denn hab ich ooch Prügel jekricht, wenn ich nich pünktlich zu Hause war. Und ich war pünktlich! Ich war ooch 'n Schlüsselkind. Meine Mutter is Großhandelskauffrau, irgendwie so wat, Buchhaltung und Büro, und die is immer mein Knackpunkt jewesen. Sie ist eine sehr dominante, beherrschende Frau, wobei, dat Prinzip, wat dahinter steckt, für mich, is janz schön schlimm. Und dit Schlimme daran is, dat man ihr dit nich sagen kann. Also, wat is passiert? Mein Vater hat mir dit mal jesacht jehabt in einem der janz wenigen Gespräche, wo's um 'n bißchen mehr ging als um Organisation oder um Oberflächlichkeiten, daß meene Mutter '45 von mehreren Russen – acht solln 's wohl jewesen sein – vergewaltigt worden is. Und der Schlüsselgedanke war, daß ihre janze Erziehung, die se mir hat anjedeihen lassen, im Grunde genommen die Rache an diesen Typen war: also mich nich als typischen Mann zu erziehen,

wat mir heute bei der jeforderten Bewußtseinslage von Männern sicher zugute kommt. Aber gleichzeitig begründet sich daraus 'n Riesenmißtrauen, ne Riesenbindungsunfähigkeit oder, wenn ich Bindungen eingehe, eben ooch Abhängigkeit mit Verlustängsten, wo ich Defizite von früher noch rinkriegen will. Meine Oma war sehr lieb mit mir, hat sehr viel mit mir jemacht, is viel mit mir spazierengegangen und mit meinem Großvater, wenna Zeit hatte. Der hat noch jearbeitet, war Stukkateur jewesen und kannte sich in Berlin aus. Der erzählte: „Da hab ich mal dit und dit jemacht, in dem Haus." Darüber hab ich 'n starken Bezuch zu Schöneberg und zu Berlin jekricht. Und nachdem ich angefangen hatte, Fußball zu spieln, war ich jeden Tach auf'm Sportplatz, mit Freunden ooch viel. Hab dann 'n zweetet Leben eigentlich jeführt, aber ooch meene Aggressionen ausjelebt, wat für die Beine meiner Gegenspieler nich so gut war.
Naja, jetzt zu Mareike. Am Ende dieser Woche hatten wir uns eigentlich jetrennt. Wir sind nachts an 'n Strand jegangen, haben da unter einem wunderschönen Sternenhimmel jesessn und ham beschlossen: »Wir führen keine Beziehung, wir trennen uns.« Sie bleibt zwar noch da und fährt erst mit uns zurück, aber so Beziehung nich. Und denn waren wir so toll zusammn, dit war so schön jewesen, ooch mit Susi, also meener Tochter, da haben wa 'n Schweizer Pärchen noch kennengelernt, hatten Bambushüttn am Strand jebaut und in der Mitte ne große Feuerstelle, war die Wohnjemeinschaft, daß wa noch mal sechs Wochen verlängert haben. 16. Juli wollte Susi wieder in Berlin sein, weil ihre Schwester Jeburtstag hat – dis is 'n Kind, wat die Irene nach unserer Beziehung gekriegt hat, und denn sind wa zurück. Ich hatte unwahrscheinlich Ärger mit Irene. Susi kam zur Schule in dem Jahr, und ich war eigentlich der Meinung jewesen, dit hat ihr jutjetan, vor der Schule zweieinhalb Monate weg zu sein, und dit, wat in Kreta passiert is, war wichtig jewesen,

ooch für Susi, also, daß ich deshalb allen Gnatsch uff mich nehme. Irene hat dit Sorgerecht für Susi, und sie lebt unter dem notorischen Ding, ich will ihr die Susi wegnehmen, oder ich lebe nur dit Schöne mit Susi, und sie lebt die Scheiße mit Susi. Also, ich bin sicher für einige Sachen ihrer Scheiße mitverantwortlich, aber sie hat sich sehr viel selber jebaut. Es hat jedenfalls 'n ziemlich üblen Streit um Sorgerecht jejeben und um Unterhalt, also mit Vorwürfen an mich: »Du könntest ja arbeiten jehn!« Und denn hat Irene dit zweete Kind jekricht, wo ich zu ihr jesacht habe: »Dit is nich mein Problem, wenn du jetzt nich arbeiten kannst mit dem zweeten Kind. Ich bin nur verantwortlich für Susi.« Und denn ooch so'ne Kiste, hatte se mal'n Flipp jehabt, wollte se mit Susi nach Indien auswandern, sind se aber nur bis in die Türkei jekommn, und denn kam se wieder. Und wenn Susi Zoff hatte mit ihrer Mutter, hat se sich immer zu mir verdrückt, hat jesacht: »Ich will zum Matthias!« Naja, war 'n ziemlicher Gnatsch jewesen denn, der ooch dazu geführt hat, daß ich Irene seitdem nur fünfmal jesehn hab, worüber ich nich traurig bin. Dit is für mich abjeschlossn.
Viel größer war der Gnatsch bei uns inna Wohnjemeinschaft, mit dem Rainer, der fühlte sich zum eenen ausjeschlossen, zum andern erfüllten wir nicht mehr die Funktion, die er jerne wollte, ne. Rainer wollte immer ne saubere, picobello Wohnung haben, aber er wollte, dat wir dit leisten, nich er, und nervte halt fürchterlich rum. Wir kamen nach den zweeeinhalb Monaten wieder, und die Wohnung sah aus wie Sau, wirklich: wie Sau. Wir hatten so ne Kammer, da waren unsere janzen Klamotten drin, da hatten wir den Papiermüll jesammelt und Flaschen, und dit hat er die janze Zeit nich rausgebracht und so. Dreckich! Und die Katzenhaare und überall Katzensteine und det. Maulte rum, es wär so dreckich und er hätte Vordiplom und so. Und denn spielte noch wat ne Rolle, dit war dit Entscheidende,

daß is jar nich mehr jutjehn konnte. Also ich war, als ich losjefahren bin, hab ich eenen Tach in München jeschlafen bei der Dorle, seiner ehemaligen Freundin, und wir ham uns ziemlich über Rainer ausjelassn, also böse. Er hat 'n despotischen Vater jehabt, dis is sein Problem, sein Vatter. Er war hilflos gegenüber Autoritäten. Irgendwo wollt' er sich halt an unsere Autorität anlehnen, und gleichzeitig hat er se bekämpft bis zum letzten. Dorle fühlte sich ooch absolut therapeutisch von ihm behandelt, er war absolut soft, absolut ruhig, und immer alle in ne Psychologenecke rinjezogen. Dit jing jedenfalls mit den beeden ausnander, aber alle Freundinen, die er danach hatte, mußten dem Bild von der Vera entsprechen. Vera lag vor der Zeit, wo ich ihn kennenlernte, und Dorle war ne Nachfolgefrau von Vera. Jedenfalls saßen wir abends, und Rainer kochte 'n Essen, und da war ne andere ehemalige Freundin, die er überhaupt noch nich verarbeitet hatte, und denn meinte Mareike zu ihm: »Hast du dich eigentlich mal bei Dorle jemeldet? Sollteste mal, wär bestimmt janz interessant für dich, warum se mit dir Schluß jemacht hat.« Und da fiel ne Klappe bei ihm, und er hat nicht mehr mit uns jeredet. Rainer hatte nämlich überall rumerzählt, er hätte mit ihr Schluß jemacht. Und jetzt hatte Mareike ihn vor seiner Vera entlarvt! Dit jing nich. Dit mußte mit absoluter Ablehnung und Bösesein bestraft werden. Wir lebten denn nebenander her einfach. Ich machte damals noch viel Politik, ging in die Bezirksverordneten-Versammlung. Mareike machte viel Politik, so'n Job, Frauenbereichsassistentin. Und wir suchten 'n halbes Jahr ne Wohnung und fanden nix. 'n Arbeitsloser und ne Studentin, dit is... Den einzigen Vorteil, den wir vorzuweisen hatten: Wir waren deutsch, ne. Denn haben wa aber die Wohnung da jekricht inna Winterfeldstraße und haben da bis zum Januar jelebt, fast drei Jahre.
Der Tagesablauf? Lange schlafen, wat heißt lange, bis 10.00,

11.00 schlafen, frühstücken, irjentwelche Sachen entweder zu Hause jemacht, also wat jeschrieben, ich war damals inna Bezirksverordnetenversammlung, mußte denn nachmittags meistens zu irgend na Ausschußsitzung oder zu nem Treffen mit irgendwelchen Bürgerinnen und Bürgern wegen Verkehrsberuhigung oder Projekten, die die starten wollten. Und Mareike mußte halt ins Büro, als Bereichs-Assi. Abends hatten wa ooch fast jeden Tach Termine. Als BVVler wirste oft einjeladen, sollste irgendwelche schlauen Sachen erzählen und zum zehnten Mal mit denselben SPDlern und CDUlern diskutiern, wat wirklich routiniert ablooft, weil: die Argumente sind klar, du kannst immer nur pieksen. Naja, denn haben wa uns irgendwann so nachts um 1.00 Uhr wieder jetroffn, haben uns inna Kneipe verabredet, denn noch mal jejessn, den Tach uffjearbeitet und viel jespielt haben wa abends noch. Tricktrack, kennste Tricktrack? Is ne Variante von Backgammon. Karten. Streit-Patiencen. Zu zweit. Also, ich spiel leidenschaftlich jerne.

Und im letzten Dezember hat Mareike sich mal wieder verknallt. Verknallt hat se sich öfter, viermal insjesamt, fünfmal, sechsmal. Klar, war für mich verletzend, und darauf beruht ja unser Auseinanderziehen ooch. Ich hab mich denn ziemlich uff Annegret einjelassn und Mareike sich uff ihren Boris. Der sitzt mit ihr im Vorstand, dit is ne typische Partei-Beziehung. Also inna Partei jibt's innerhalb dieses Aktivistenkerns immer wechselnde Beziehungen, passiert einfach. Bin ich ooch nich frei von. Denn klappte es aber mit Boris nich so jut. Hat se sich wieder uff mich einjelassn. Da haben wir eigentlich ne sehr schöne Zeit verlebt, sehr lieb sind wa miteinander umjejangn, sehr zärtlich auch, ooch um 'n bißchen aus einjefahrener Sexualität rauszukommn. Vorher war dit routiniert, wir kannten uns beede, wußten, wat wa wollten und wie wa dit wollten und. Aber naja, es fehlten uns die Nachmittage. Wir waren

nachmittags meistens beede ausjebucht. Und wenn wa schön zusammn jeschlafen haben, war it eigentlich immer nachmittags jewesen. Nachts Sex is schwieriger, da is man müde oder so, den janzen Tach im Kopf noch. Ich hab mich, ich wollt mit Mareike zusammn bleiben. Mit Annegret war it janz nett jewesen, aber ich hab mich denn distanzierter verhalten, mich nich mehr jemeldet oder abjesacht, und Annegret hat sich zu Recht von mir verarscht jefühlt. Dienstags hatten Mareike und ich unsere Beziehung beendet, und dienstags kam auch die Karte von Annegret, dat se mit mir Schluß macht. Und am Donnerstag danach hatten wa wieder mal ne Demo anjemeldet, dis is so mein Hobby, war wegen Wackersdorf, irgend'n Rodungsbeginn oder wat, war jedenfalls ne Demo jewesen, und die war in der Konstellation: Mareike, Boris und ich. War für uns alle drei nicht sehr goldig! Boris hat den rettenden Gedanken gehabt, Mareike in'n Lautsprecherwagen zu setzen, und wir beide tanzten denn vorne rum. Alle wußten natürlich Bescheid, guckten uns an; wir wurden beobachtet. Denn war Annegret uff da Demo! Habn wa uns janz lieb in'n Arm jenomm, und ich ihr nur jesacht: »Mir jeht's unwahrscheinlich schlecht. Ich bin mit Mareike auseinander.« Und: »Wolln wa nich'n Kaffe trinken jehn?« Und dabei hab ich ihr erzählt, warum ich so distanziert von ihr war und dat ich mich eigentlich jerne weiter mit ihr treffen wollte, aber sie sollte auf da Hut vor mir sein, es könnte sein, daß ich sie 'n Stück weit benutze. Und da meint se: Wenn ick dit machen würde, würde se dis schon merken, sie könnte sich ruhig uff mich einlassn. Und denn haben wa eigentlich ne sehr schöne Zeit verlebt, waren wa zusammn in Amsterdam, und mittlerweile is es so, dat ich die Beziehung zu Annegret auch gleichberechtigt sehe, schon von dem Vertrauen, wat ich beiden entgegenbringe.
Annegret bedeutet für mich immer wat anderet als Mareike. Annegret kann sehr viel spontaner sein, Mareike is 'n Kopf-

mensch, und Annegret is 'n Bauchmensch. Mareike überlegt sich's, bevor se wat macht, ja? Und Annegret hat 'n jutes Jefühl zu was: »Los, machen wa!« Also, sehr viel ausjelassener. Ne gleichberechtigte Beziehung heißt nu für mich, daß ich, also bringt mich selber inne schwierige Situation, ja, immer auch Entscheidungen zu treffen, mit welcher von beiden mache ich was. Aber daß ich die eine der anderen gegenüber vorziehen würde – nee! Ich würde im Augenblick keene vorziehen. Mit Mareike hab ich ne Sexualität, gerade nach der letzten Zeit wieder, wo ich sagen kann: Die is o. k., ja, oder sie war o. k. Und mit Annegret hab ich ooch ne schöne Sexualität, wobei die sich ooch janz anders jestaltet. Mareike wie Annegret hatten vor mir noch keinen Höhepunkt mit'm Mann jehabt. Mit Mareike hab ich dit lange durchlebt, dit hat natürlich ooch ne routinierte Sexualität bei uns jebracht. Ich weeß, daß bei Annegret und mir wahrscheinlich noch viel mehr möglich is, und dis will ich ooch erst mal leben. Bei Mareike und mir weeß ich nich, ob's noch weitergeht, da glaub ich eher, daß Mareike jetzt ihren Harald braucht, um weiterzukommn in bezug auf Loslassenkönnen, von sich selber, eigene Ängste, eigene Vorbehalte und sowat – um dit vielleicht mal wieder zu uns zurückzuführen. Gleichzeitig is dit ooch wat, wo de dich fragst: »Warum mit dem? Warum nich mit mir?« Annegret hat natürlich viel mitjekricht von Mareike und mir, und ich glaub schon, daß die beiden eifersüchtig sind, jenauso wie ich uff Harald eifersüchtig bin. Würd ich für unnormal halten, wenn se nich eifersüchtig wären! Annegret trifft sich ooch noch mit ihrem Freund, mit dem se vier Jahre zusammn war. Mit dem hat se zwar keene Liebesbeziehung, also keene sexuelle Beziehung mehr, aber die beeden sind so süß, wie die mit 'nander umgehen, ja. Und ich spiel natürlich im Augenblick 'n stückweit gegenüber Mareike, indem ich ihr sage: »Ich will in nächster Zeit von dir Abstand haben und erst mal dat leben, wat mit Annegret is.« Weil Mareike für mich dran is zu zeigen, also wenn se wat von mir will, dann muß sie auf mich zukommn. Und wenn ich dit Gefühl habe, dit is ehrlich gemeint und nich ihre Angst, mich zu verliern, also wenn nur ihre Angst dahintersteckt, denn muß sie ihre Angst durchlebn, aber ohne mich. Wenn ich den Eindruck hab, dit is o. k., denn is sicherlich ne Beziehung mit Mareike noch möglich. Wer verliert schon gerne 'n Menschen, der, also, verstehste, Mareike brooch ich nich mehr viel erzählen, ja? Und mit Annegret werd ich wohl noch ne verrückte Zeit haben, weil, die kann ooch nett verrückt sein, so.

Brigitte Sch., 57, Hausfrau:

»Es kann immer wieder was Neues kommen.«

Ich war in der Evangelischen Jugend gewesen und war da sehr tief verankert. Und nach dem Zusammenbruch bildete sich wieder eine Gruppe mit einer sehr charismatischen Leiterin, die Flüchtling war und die viel mit der Kirchlichen Hochschule und mit den Studenten dort zu tun hatte, so daß Freizeiten gemeinsam veranstaltet wurden. Und das war, also, das kann man sich heute gar nicht mehr vorstellen, das waren unwahrscheinliche Erlebnisse, daß man mit ganz wenig Essen oder Material Freizeit machen konnte, natürlich nur in Berlin, an Reisen war überhaupt nicht zu denken. Dann haben wir amerikanische Zelte bekommen von dem Militär und in Nikolassee auf diesem großen Kirchengrundstück Wochenenden oder gar ne ganze Woche Freizeit gehabt. Da wurde im großen Topf gekocht, jeder brachte, was er konnte, und wenn's ne Kartoffelsuppe gab, war das schon toll. Und da waren Studenten von der Kirchlichen Hochschule, und da entwickelte sich sehr schnell eine Beziehung zu einem der Studenten. Wir haben 19...., oh, ich weiß gar nicht mehr, 1948, nein: 47, uns verlobt. Damals ging das noch sehr formell zu, auch scheu und schüchtern. Und daraufhin hab ich das nur halb geliebte Studium der Anglistik an den Nagel gehängt. Ich hab gedacht: ›Ach, wenn du Pfarrfrau wirst, müßtest du einen entsprechenden Beruf haben‹, und hab dann die, wie es damals hieß, Fürsorgerinnenausbildung begonnen im Johannesstift in Spandau. Während der Ausbildungszeit hat sich aber diese Liebe, ja, nich abgekühlt, kann ich gar nicht sagen, aber die Forderungen dieses meines Verlobten wurden so, daß ich meinte, sie nicht erfüllen zu können. Einer der Hauptpunkte war eben der, daß er, ja, daß er gleich das Ganze wollte – was heute

selbstverständlich ist, daß man also zusammen schläft – und was ich absolut nicht wollte. Es wurde dann sehr dramatisch, weil er sozusagen das als Liebesprobe darstellte: »Wenn du's nicht tust, dann liebst du mich nicht echt.« Und ich hab mich in die Enge drängen lassen, nachdem er mir – ja, das klingt heute alles so romantisch und schnulzig beinah – die Verlobungsringe zurückgeschickt hatte. Er war inzwischen in Göttingen zum Studium. Daraufhin hab ich mich auf die Tramperei begeben und bin, wo seine Eltern damals lebten, nach Karlsruhe getrampt, und dann haben wir auch zusammen geschlafen. Ich hab's eigentlich bitter bereut, weil eben eigentlich alles schon vorher kaputt war. Es war nicht, es ging eigentlich gar nicht darum, sondern das war so ein Auf-die-Probe-Stellen. Nach vierzehn Tagen habe ich gesagt: »Ich muß zurück in die Schule.« Und dann hat er mich sehr bedrängt und hat gesagt: »Jetzt heiraten wir, sofort. Du brauchst überhaupt keine Schule.« Das war während der Ausbildung im Johannesstift, wo ich alles hab liegen- und stehenlassen. Da hab ich mich glücklicherweise durchgesetzt und hab gesagt: »Doch!« Und dann hat er gesagt: »Wenn du jetzt wieder in die Schule gehst, wenn dir die Schule wichtiger ist als ich, dann ...« Die Beziehung ist, hat sich dann aufgelöst, was für mich unheimlich schmerzhaft war. Ich habe Monate, viele Monate daran gelitten, und zwar wirklich schwer gelitten bis dahin, daß ich meinte: ›Nur nie, nie wieder eine andere Beziehung!‹
Gegen meine Erwartung bin ich doch in dem Beruf geblieben, denn begonnen hatte ich die Ausbildung unter der Flagge: ›Fürsorgerin will ich *nie* werden, ich mach es nur für den Beruf Pfarrfrau‹, wie man's eben damals meinte, und habe dann, weil's dazu gehörte, das Berufspraktikum in einem Jugendamt gemacht in Schöneberg. Und dann hat man mir sofort, was also sehr ungewöhnlich war, weil es eine große Arbeitslosigkeit gab zu Beginn der fünfziger

Jahre, ne Stelle angeboten, ne Planstelle. Ich übernahm die gesamte Jugendabteilung dieses Nachbarschaftsheims und kam auch mit den vielen freiwilligen Helfern in Berührung. Weil nicht genügend Geld da war bei diesen freien Organisationen, arbeiteten Studenten mit und darunter einer von der Evangelischen Studentengemeinde, mit dem dann langsam eine Beziehung begann. Er war täglich im Haus, und wir haben 1951, glaub ich, zusammen zwei Jugendgruppenfahrten geleitet, und, ja, da hat's dann geschnackelt. Wir haben unheimlich gut zusammengearbeitet. Wie wir das angepackt haben und wie wir uns ergänzt haben, organisatorisch und in Ideen, was man mit den Jugendlichen machen kann, also die Ebene, wo man einfach dieselbe Antenne hat.

Er war groß, ist sehr groß, das war übrigens mein erster Verlobter auch, und, ja, sehr jung. Unsere Kinder lachen sich immer tot, wenn sie Bilder aus der Zeit sehen, sagen: »Der sieht aus«, also noch auf den Hochzeitsbildern, »als wenn er gerade aus dem Konfirmationsanzug rausgewachsen ist.« Er ist auch zwei Jahre jünger. Und wir haben damals, das kann man sich heute gar nicht mehr vorstellen, diese Beziehung geheimgehalten, absolut geheim. Ja, warum? Aus beschützender Scheu oder, ich kann das gar nicht erklären, es war nichts für die Öffentlichkeit. Gerade vor zwei Tagen sagte mein Mann, wir sprachen über die neue Zärtlichkeit und daß man heute Leute, denen man relativ fern ist, umarmt oder küßt: »Aber dieses Küssen in der Öffentlichkeit, das kann ich immer noch nich.« Ich mein', es ist schon en bißchen aufgefallen, einige Leute haben Verdacht gehabt, aber die große Überraschung passierte, indem wir alles fein säuberlich vorbereitet haben zur sogenannten Verlobung. Wir haben langfristig vorgeplant, daß wir an diesem Wochenende beide keinen Dienst hatten, sowohl am Samstag als am Sonntag, und haben dann Karten drucken lassen und haben diese Karte am Freitagabend, nachts um 11 Uhr, als wir vom Dienst kamen, in den Briefkasten gesteckt, so daß sie am Sonnabend früh im Nachbarschaftsheim sein mußte. Montags vormittags hatten wir immer Mitarbeiterbesprechung, und dann sind wir erschienen und haben uns irrsinnig gefreut natürlich über diese Bombe, die eingeschlagen ist übers Wochenende. In den letzten Tagen haben wir grade Hochzeitszeitungen studiert, weil wir dieses Jahr dreißigjährigen Hochzeitstag haben und feiern wollen, und auch 'n Gedicht gefunden, das sie uns als Tafellied im Nachbarschaftsheim vorbereitet hatten: »Wie habt Ihr denn das nur gemacht, keiner hat ja nüscht geahnt!« Das hat uns natürlich sehr gefreut.

Was uns die Jahre unheimlich belastet hat, war, daß wir keine Kinder bekamen, weil das eigentlich für uns der große Wunsch war und eigentlich auch selbstverständlich und ich mich unheimlich darauf gefreut und gespitzt hatte. Dann hat sich herausgestellt: Ich habe mit neun Jahren eine ganz schwere, nicht beizeiten erkannte Blinddarmentzündung gehabt, nicht nur Entzündung, sondern en Durchbruch, der also tödlich hätte ausgehn müssen, und in Folge dieser Operation wahrscheinlich sind beide Eileiter vollkommen vernarbt, verklebt gewesen. Mein Schwiegervater war Frauenarzt, und ein Kollege von ihm, Professor von der Universitätsklinik, in der Charité, hat mich dann operiert, so daß der eine Eileiter tatsächlich durchlässig wurde. Aber wir waren schon so weit, daß wir uns entschlossen hatten zur Adoption. Und wie man das häufig sagt: Als wir uns durchgerungen hatten und etliche von diesen Behördenbürokratien hinter uns hatten, hat es geklappt! Die Universitätsklinik, die jubelten alle mit uns, und nicht nur, sondern alle Familien natürlich auch, seine Familie, meine Familie. Dazu muß ich sagen, daß dieses Kind für mich ein solches Ereignis war und eine solche Erfüllung, daß ich oft denke: ›Man kann das heute gar nicht mehr richtig in seiner ganzen

Fülle darstellen.‹ Und dies Kind war unheimlich einfach, die schlief immer und hat nie geschrien. Und die Zeit von einem Füttern zum andern, diese vier Stunden kamen mir manchmal direkt zu lang vor, daß ich endlich dies Kind wieder knuddeln konnte! Es war damals etwas unmodern, daß man stillte: »Eigentlich sind doch die Milchpulversorten genauso gut, und warum soll man sich das zumuten«, und so. Und da war ich altmodisch, was man heute wieder progressiv nennt, und dachte: ›So weit es geht.‹ Es hat nicht sehr lang gedauert, vielleicht bis zum letzten Tropfen drei Monate, aber ich hab's intensiv versucht. Und ich war recht ab, muß ich sagen, vor der Entbindung, vor allen Dingen nach der Entbindung war ich sehr, sehr physisch mitgenommen, ja. Mein Mann hat mich unheimlich verwöhnt und war ja selber genauso glücklich und stolz und hat morgens mir den Säugling ins Bett gebracht und das Frühstück gemacht und ans Bett gestellt und ist dann in den Dienst geschossen. Er war damals bei einem andern Architekten angestellt. Das Kind hat uns eigentlich nicht nur erfüllt, sondern auch sehr stark verbunden miteinander. Unser zweites Kind ist dann sehr schnell gekommen, nach einem halben Jahr war ich schon wieder unruhig, wenn ich bloß wieder schwanger werden würde, und die zweite Tochter is sechzehn Monate später geboren. Ja.

Und dann kam das Angebot von der Gossnerschen Missionsgesellschaft und die Anfrage, ob wir, eigentlich mein Mann natürlich, nach Indien gehen wollten. Die Gossnersche Missionsgesellschaft hat seit über hundert Jahren im Staate Bihar missioniert und hatte dort Gebäude, die vor'm ersten Weltkrieg bereits gebaut waren, und war durch die beiden Weltkriege eben zurückgeworfen worden, die Missionare waren interniert. Nach dem Krieg begann es dann wieder. Ich entsinne mich, da hat mein Mann mich eines Tages zu Hause angerufen, hatte ein Gespräch, er wußte gar nicht, mit wem und warum, per Zufall eigentlich, und fragte mich: »Hätts du Lust, nach Indien zu gehen?« Und ich sehe mich noch, daß ich voller Begeisterung nur geschrien habe: »Jaaa!« Blindlings sozusagen. Er hätte es nie getan, wenn ich auch nur gesacht hätte: »Ich weiß nich...« Das war ne Sache, die absolut von uns beiden, absolut gleichmäßich getragen worden ist, sonst hätt ich's auch nich durchhalten könn', wenn ich nicht, wenn die Motivation nicht so stark gewesen wäre, das nu wirklich mit allen Fasern des Herzens bis ins Unbewußte hinein zu wolln, aus Abenteuerlust vielleicht, ich weiß nicht. Ich fand dis einfach reizvoll.

Wir wußten, daß das Geld sehr viel weniger sein wird. Mein Mann hatte inzwischen viel eigene Bauten hergestellt, er hätte einer der Kirchenarchitekten werden könn', und damals war die Aufbauphase. Aber unbewußt, nein, unbewußt ist das falsche Wort, haben wir eigentlich gespürt: ›Dieser Aufbau ist nicht der richtige Aufbau des Staates.‹ Es war so diese Adenauer-Ära, es ging so rasant nur in eine Richtung: höher, schneller, weiter, mehr bauen, mehr werden. Erst die Wohnung und dann das Auto und dann das Haus und und und... Und die ganz kritische Phase der Wehrmacht. Das Argument, was mein Mann damals immer brachte: »Deutschland wieder aufbauen, da gibt es so viele Architekten, die sich darum reißen. Aber dort in Indien gibt es keinen, das kann nur ich jetzt machen.«

Wir sind jedenfalls nachher herausgegangen mit vier Kindern unter 4½ Jahren.

Ich kann mich noch erinnern: Wir hatten 'n sehr netten Kinderarzt, und der sagte: »Also, Sie haben drei Kinder... Wollen Sie nicht die Pille nehmen?« Die war damals gerade neu, '61 war das. Und dann hab ich gesacht: »Ach nee, eigentlich hab ich da so'n bißchen Manschetten vor.« Mir war's einfach unheimlich, sowas mit Chemie zu bewältigen. Und wir haben's eigentlich immer mit dem, mit der Zyklusbeobachtung mehr gemacht, was natürlich nicht immer funktioniert hat, wie sich später erwies. Aber das war mit einkalkuliert, daß es ruhig noch mal sein könnte, noch mal ein Kind sein könnte. Und dann ist unser viertes Kind auch ungeplant geboren – just in die Zeit, als wir ausreisen sollten.

Und dann war die Frage, ob noch hier geboren werden oder in Indien, aber da hab ich doch gestreikt und hab gesagt: »Wenn ich in die Wüste komme und kenne nichts und niemand und weiß nicht mal, ob's überhaupt en Krankenhaus irgendwo in der Nähe gibt, also dann doch lieber hier.« Und dann ist unser viertes Kind im Januar geboren, und wir sind im März ausgereist, 1964. Das war strapaziös, kann ich nur sagen, das würde ich nicht en zweites Mal machen. Ich bin wirklich platt gewesen, völlich fertich, nich nur deswegen, sondern wegen der ganzen Haushaltsauflösung und, und viertes Kind kriegen und Weihnachten für die drei Großen und noch ausreisen. Und in eine Fremde, von der wir alle fast nichts wußten, wirklich nichts.

Der einzige Experte, den wir in Berlin ausfindig machen konnten, war vom Institut für Entwicklungspolitik, ein Mensch, der mal sechs Wochen durch Indien gereist war! Das war die profunde Erfahrung, die in ganz Berlin aufzutreiben war. Wir haben dann versucht, sind zu Schulen gerannt und haben gefracht: »Was gibt's für Lehrpläne? Was muß man seinen Kindern beibringen?« Und dabei haben wir ein unheimlich eindrückliches Erlebnis gehabt: In Zehlendorf, wo wir damals zuständig waren, hatte man uns an eine Schule verwiesen und an eine Lehrerin, die uns da beraten könnte. Und dann hat se erklärt, was die Grundschulfächer sind, und eins davon ist Heimatkunde. Haben wir gesagt: »Heimatkunde? Das ist ja wohl nich, wenn wir in Indien sind.« Und da hat se gesagt: »Doch, Sie müssen dem Kind sagen, wie der, also der Schulweg ist vom Haus zur Schule, und dann lernen wir eben Zehlendorf, und allmählich kommen die Bezirke von Berlin.« Haben wir gesagt: »Aber wir doch nich!« »Ja, das muß sein.« Also, wir gehen nach Indien, und man erwartet von uns, daß unser fünf- oder sechsjähriges Kind dort Heimatkunde von Zehlendorf lernt. Und dann haben wir's erst versucht mit ner indischen Schule dort, obwohl die Leute gesacht haben: »Das geht nicht.« ›Ach‹, haben wir gedacht, ›das sind Kolonialeinstellungen‹, und haben's ausprobiert. Es ging wirklich nicht, weil die Schulen dort noch, für uns, also hundertjährig zurück sind mit Gradesitzen, Stillesitzen, Melden und: »Wir haben Malstunde«, da wird an die Tafel ein Hase mit nem Osterei gemalt, und wer das nicht genau abmalt, der kriegt dann: Finger-hin-halten und Finger-schlagen. Hab ich gesagt: »Nee.« Hab ich gesacht: »O.k. Vergessen wer. Jetzt mach ich's selber.« Und hab meine Kinder selber unterrichtet! Allerdings hat mich en Missionsarzt, en Ehepaar, die hatten sieben Kinder, und die haben mich darauf verwiesen, daß es etwas gab, das nannte sich »Die Mutterschule«, das waren Lehrbriefe für Mütter im Ausland zum Unterrichten, nach der Ganzheitsmethode, und die waren ganz toll aufgebaut, so daß man's auf seine Verhältnisse anpassen konnte. Und dann hab ich das dann auch gemacht. Und sie haben alle keine Schwierigkeiten gehabt nachher, in der Schule mitzukommen.

Für meinen Mann ist es nachher schwierig geworden, der war wahnsinnig angespannt, wahnsinnig eingespannt. Er hat ein absolut desolates Unternehmen übernommen. In den Monaten, bis wir ausreisten, stellte sich nämlich heraus, daß der Mensch, der von der Gossnerschen Mission dorthin geschickt worden war und ein Technical Training Center, ein Handwerker-Ausbildungs-Zentrum, gegründet hat, daß der menschlich, finanziell und strukturell und organisatorisch und in jeder Beziehung die Sache *so* zugrunde gewirt-

schaftet hatte, daß also erstens mal die Mitarbeiter, die Deutschen, alle einander spinnefeind waren und im übrigen das Unternehmen am Zusammenbrechen war. Gerade vierzehn Tage, bevor wir kamen, war dieser Leiter suspendiert und weggeschickt wordn. Und je mehr die Tage und Wochen ins Land gingen, desto klarer wurde meinem Mann, daß dies ganze Unternehmen eigentlich bankrott und verschuldet und menschlich desolat und also in jeder Beziehung wirklich unmöglich war. Und das hat er sozusagen von, alles zu gleicher Zeit aufbauen müssen: die menschlichen Beziehungen und die Ausbildung und die Lehrlinge und Betreuung und Erzieher und die indischen Mitarbeiter und und und... Und von daher war ich natürlich draußen. Relativ.
Zudem sind wir zur unmöglichen Jahreszeit gekommen, in der Zeit, wo es unheimlich heiß wurde, nich. Im Juni ist die größte Hitze. Und wir hatten kein anständiges Haus, der hatte Häuser gebaut, die so wahnsinnich ungeeignet warn für die Hitze! Andererseits konnte ich mich erst einmal physisch erholn dadurch, daß also nun Hausangestellte da waren und ich einfach mal bloß sitzen konnte und mich erholn.
Wir haben auf einem Dorf gelebt, wenn man so was Dorf nennen kann, d.h., wir waren sogar ½ km vom Dorf weg und hatten ein eigenes Gelände, ziemlich großes Gelände mit Werkstätten, mit den Schlafsälen für die Lehrlinge und mit Arbeiterwohnungen und Bürogebäuden: ein kleines Dorf in sich. Und die einzige Verbindung zur Stadt, Ranschi, 25 km weg, war ein Auto, was alle paar Tage fuhr. Ein oder zweimal in der Woche konnte man also auf 'n Markt gehen. In Ranschi gab es die üblichen Läden, Basars, vorne offen, auf der Straße zerlumpte Leute usw., Rikschas, Autos... Das waren ungefähr meine größten Höhepunkte an Erlebnissen. Außer was an Freunden oder auch sonst mal an Weißen vorbeikam oder so von der Missionsgesellschaft

gab es keine Beziehungen. Natürlich gab es Beziehungen zu den Indern, aber die haben natürlich ne ganz andere Färbung oder Qualität gehabt. Die Gegend, wo wir wohnten, war sehr, sehr arm, und wir spielten ne Sonderrolle als Weiße, und als Leiter dieses Unternehmens waren wir reich, sehr reich. Obwohl wir ärmer waren als jeder durchschnittliche Entsprechende hier in Berlin. Aber wenn man schon dreimal am Tag essen kann, is man eben unwahrscheinlich reich in einer Umgebung, wo jeder nur einmal am Tag ißt. Es gab also praktisch kaum gebildete Inder, mit denen man Beziehungen hätte pflegen sollen, können. Manchmal kamen welche, die in Deutschland studiert hatten und die fließend deutsch sprechen konnten, aber das waren dann eigentlich auch keine anregenden Gesprächspartner. Die bewunderten den Mercedes und Entsprechendes, Technik und so, und wollten eigentlich den Reichtum vor allen Dingen. Und von daher war's also ne große Isolierung. Und mein Mann war im Lauf der Jahre weiter sehr stark eingespannt und hatte immer viel zu wenich Geld und meinte auch, mit dem Geld auskommen zu müssen, also Geld einnehmen zu müssen durch das, was gebaut oder fabriziert wurde, um damit das andere zu finanziern, was im Grunde kaum möglich war.

Und ich war nun wiederum mit meinen Kindern natürlich befaßt, die waren immer zu Hause und spielten auf dem Gelände herum. Heute weiß ich, daß ich im Grunde unheimlich eingesperrt und eingeengt war, was mir damals einfach nicht klar war, sondern was ich als selbstverständlich hingenommen habe. Und das war dann schon ne große Krise. Es ging immer darum, daß ich mich, ne, eigentlich hat sich das vor allen Dingen gegen mich selber gerichtet. Ich wurde meinen Kindern nicht mehr gerecht, muß da zum Teil unausstehlich gewesen sein mit den Kindern, hab die geohrfeigt, was ich, was gegen mein Prinzip war und was ich nicht wollte, und dann bin ich doch wieder ausgeflippt, und dann hatt' ich wieder 'n Katzenjammer und hab lange Briefe geschrieben und immer nur so Selbstanklage: »Warum werd ich nich fertich mit der Situation?«

Dann kam en Brief von meinem Vater, der sonst nie geschrieben hat, daß meiner Mutter en Bein amputiert worden ist. Sie war schon mehrmals so nachts mit Herzanfällen ins Krankenhaus gekommen, und da hab ich mir gesagt: »Das ist der Anfang vom Ende«, na ja, und bin also mit den beiden Kleinsten nach Haus gefahren, nach Berlin zu meinen Eltern. Und das war auch gut so, denn es hat nur noch zwei Monate gedauert, bis meine Mutter dann starb.

Ich hatte eine Wohnung gekriegt, eine Altbauwohnung in Friedenau. Und als wir unsere Kinder, meinen Mann mit den Großen vom Flughafen abgeholt hatten und standen vor dem Haus, da sagte unsere Älteste, immerhin neunjährig: »Und das ist unser Haus!« Weil sie noch nie en Haus mit Wohnungen gesehen hatten, 'n Mietshaus. Freunde von uns konnten überhaupt nicht fassen, wenn die Kinder sagten: »Oh, was ist denn das hier?«, weil sie ne Parkuhr sahen. Große Kinder, die gescheit und normal wirkten! Oder en Bus oder ne Straßenbahn! Im Bus fahren war wahnsinnig aufregend für die. Und ich bin natürlich in den oberen Stock gegangen und vorne hin, und dann sind die aufgestanden und haben sich hingestellt. Hat der Busschaffner gesagt: »Die Kinder müssen sitzen!« Und das waren unsere nich gewöhnt. Nun waren sie auch Sahebs-Kinder, was sicherlich einer Korrektur bedurfte. Aber daß überhaupt ein fremder Mensch Kinder hart anspricht, gab's nich in Indien. Auch mit den eigenen, indischen Kindern is man viel, ja sanfter. Auf der anderen Seite sind se barsch und autoritär. Nun ja.

Und uns ging's auf ner anderen Ebene genauso. Wir wußten nich mehr: Was wird im Theater gespielt? Was ist dran und drin? Wir hatten die ganze Apo-Phase verpaßt, hier. Damals

hat uns niemand gesagt, daß es so etwas wie einen Kulturschock gibt, daß man große Mühe hat, sich wieder einzugewöhnen. Wie üblich in solchen Fällen meint man ja immer, man ist selbst der Versager, der's nich richtig packt. Und ich hatte im Grunde überhaupt keine Funktion im Sinne von Selbstverwirklichung, Selbstbefriedigung oder so, außer eben Kinder und Haushalt. Das erste halbe Jahr, wenn's noch viel Neues und Aufregendes gibt, eh, geht das, aber dann kam Routine, und es gab im Grunde auch keine Möglichkeit mehr, mit fünf Kindern irgend etwas anderes zu tun. Die Älteste war damals neun und die anderen bis runter zu drei Jahren. Es ist keine akute Sache gewesen, nur auf meiner Seite ne einseitige Überbeanspruchung und ein Unterausgefülltsein. Und für meinen Mann, der dann in der Leitung der Gossner Mission war, er hat eine neue Arbeit begonnen in Afrika und hatte von daher immer wieder neue Anregungen oder Pläne oder konnte etwas anfangen. Eigentlich war's dis erste Mal in unserer Ehe, daß wir ganz getrennte Arbeitsbereiche hattn.
Zunächst ist uns das selber gar nicht bewußt gewesen, daß es, eh, dieses Unausgefülltsein, Unglücklichsein, sich dann eben allmählich, so wie Abfärben, oder wie soll man das nennen... Das ist auch keine Sache, die, die also bewußt geworden ist, sondern die uns erst wirklich klargeworden ist, als er eines Tages mal aus Sambia zurückkam von einer Reise, wo er für die Gossner Mission neue Arbeitsmöglichkeiten auskundschaften wollte, und daß wir, da plötzlich kein rechter Funken mehr übersprang. Und das hat zu einem Nebeneinanderherleben geführt en paar Wochen, und dann kam es zu einer ganz großen Aussprache mit viel Tränen auf meiner Seite. Ich weiß nur noch, daß er sagte: »Ja, also, wir haben uns eigentlich nich mehr viel zu sagen. Aber es kommt natürlich nich in Frage, daß wir auseinandergehen. Schon der Kinder wegen.« Und unsere Zweite,

die als Kind so schwierig gewesen war und in dieser Rückgliederungsphase sich mit ihrer ältesten Schwester unheimlich viel gestritten hatte, fragte mal eines Abends beim Gute-Nacht-Sagen: »Was wird denn, wenn ihr euch scheiden laßt?« Das war also ne Sache, die sie gerochen und eingeatmet hatte, oder wie man das nennen will. Und weil sie so viel Schwierigkeiten gemacht hat mit den Geschwistern und, ich weiß nicht, mit'm Geld nich klar kam beim Einkaufen, das Geld stimmte nich, und mit'n Schularbeiten und wenn se irgendwo hinfahren sollte, hat se's nicht gefunden oder ist in die falsche Richtung gefahren und. Jedenfalls bin ich zu einer Erziehungsberatung gegangen. Und dieser Erziehungsberater hat sich mit ihr unterhalten und hat gesagt: »Nee.« Er hätte eigentlich keine Schwierigkeiten erkannt, und intelligenzmäßig wär das nich, wenn se immer Mist baut. Auch in der Schule hatte sie Schwierigkeiten, klammerte sich an irgendwelche Freundinnen, daß die fast, bis se abgestoßen wurde. Und ich kam dann ne Weile bei ihm, in ja, zu Gesprächen, Beratung, also nich ne Therapie, nur einige Monate lang. Mir war damals nich klar, daß das im Grunde ne Sache war, die meine Abkühlung in der Beziehung zu meinem Mann betraf. Und als dieser Knoten geplatzt war, wir es ausgesprochen hatten und von daher plötzlich wieder, ja, die Antenne wieder lief, da bin ich auch nicht mehr zur Beratung gegangen, dann brauchte ich das auch nich mehr. Und dann wurde es natürlich auch mit den Kindern besser, ne.

Die Eingewöhnung in Berlin, um sich wieder richtich heimatlich zu fühlen, hat sicherlich an zwei Jahre gedauert. Und in den zwei Jahren is es uns gelungen, ein Haus zu bekommen. Das hat viel Druck von uns genommen, besonders von mir. In ner Etagenwohnung mit fünf Kindern zu leben, mit nem Hausmeister, einerseits den Kindern Freiheit geben wolln, andrerseits immer daran denken, daß es nicht

zu laut ist oder solche Sachen. Inzwischen hatte sich auch unser sechstes Kind angemeldet. Und daß das dann zusammenfiel mit dem neuen Haus, mit dem eigenen Haus, da war das dann nicht mehr belastend, jedenfalls innerlich belastend, also in der Vorstellung: ›Wie bewältige ich es?‹
Das war ne Zeit, die ein' gewissen Neuanfang mit neuen, ja, Motivationen und Möglichkeiten gab. Wir haben viel Feste mit den Kindern, Faschingsfeiern und solche Sachen, gemacht. Und ich hab mich in der Schule mehr mitbetätigt. Elternbeirat, und zum Teil auch in der Gemeinde, ich bin im Chor gewesen, so daß von daher schon ne Möglichkeit war, etwas aus der Enge des Hauses herauszukommen.
Und ich habe dann 1977, glaub ich, als der Jüngste in der Schule war, angefangen, ein sogenanntes Fernstudium zu machen, was das Haus der Kirche hier in Berlin angeboten hat. Evangelische Erwachsenenbildung. Das war der erste Einstieg irgendwie in der beruflichen Richtung. Und nun wieder Neues zu, ja, lernen ist vielleicht übertrieben, aber es war schon 'n bißchen mit Lernen, auch in Gruppen arbeiten und so. Is mir gar nicht schwergefallen. Im Gegenteil: Ich hab's als unheimlich bereichernd empfunden. Wir haben in Studienzirkeln zusammengearbeitet und. Aber das wurde dann abgebrochen. Das zweite Jahr hab ich nicht mehr mitmachen können, weil wir nach Kenia gegangen sind. Ich wollte eigentlich nich, und ich war gar nich so himmelhoch begeistert wie das erste Mal, nicht so sehr meinetwegen als der Kinder wegen. Unsere Älteste war schon ausgezogen, aber die Zweite und der Dritte waren im letzten Jahr vorm Abitur und waren knapp 17 und 18. Und da hatt' ich doch große Bange, dachte, wenn sie in schlechte Gesellschaft geraten oder mit Haschisch, was damals groß in Mode war. Obwohl ich mir zur gleichen Zeit gesagt habe: »Selbst wenn ich da bin, kann ich das nicht verhindern.« Ich meinte immer, wenn irgend so etwas geschähe, daß man sich dann

doch Vorwürfe machen würde, und bin eigentlich sehr schwer weggegangen. Aber im Nachhinein hat sich erwiesen, daß sie sehr viel rascher und nich nur rascher selbständig geworden sind, sondern auch verantwortlich.
In Kenia hab ich gleich versucht, wie soll ich sagen, nach vorne zu gucken und mir auszugucken, was ich tun könnte, und hab eigentlich nicht gelitten unter Sehnsucht oder so nach den Kindern. Ich hatte die drei jüngsten, die damals 14, 12 und 7 waren, mit uns. Die Vierzehnjährige hatte Schwierigkeiten, aber die beiden Jungen hatten überhaupt keine, sich da in die neue Schule einzufinden. Unsere Kinder sind in Berlin in die Kennedy-Schule gegangen. Für sie kam also gar nichts anderes in Frage, als dort in die International School zu gehen, die von ihrem Curriculum her auch amerikanisch ist, und nicht in die deutsche Schule in Nairobi. Das erwies sich als sehr problemlos. Und da die Schule den ganzen Tag ist, war ich also frei. Zuerst fällt man ja in ein Loch, wenn man so in ne Fremde kommt, und nun hat man natürlich genügend Leute im Haus, mehr als man eigentlich möchte. Und so hab ich mich schon nach zwei Monaten im Goethe-Institut angemeldet zu einem Kishuaheli-Kurs und hab Kishuaheli gelernt. Mein großes Handicap war erst, daß ich nicht Auto fahren konnte, noch nie Auto gefahren bin und geschworen hatte, ich werde auch nie Auto fahren, dann aber gesehen hab, daß ich verkümmern und verkommen werde ohne Auto, und hab dort meine Prüfung gemacht.
Mein Mann war, ist dort hingegangen als Beauftragter des Deutschen Entwicklungsdienstes, d. h., er hat die Projekte aussuchen müssen einerseits und die Entwicklungshelfer mit betreuen und bei Problemen eingreifen und die Verwaltung, die dazu gehört. Wenn man wieder irgendwo neu, Neuland erobern kann und sich in neue Beziehungen begibt, das hat ihm als auch mir einfach Aufschwung gegeben, was sich

dann automatisch auf die Beziehung auswirkt, wenn beide noch befriedigende Tätigkeiten haben. Ich hab in einem Community Center mitgearbeitet, also einer Art Nachbarschaftsheim, was in den Slums von Nairobi lag, wo sich die Deutsche Evangelische Gemeinde schon länger drum gekümmert hatte und wovon ich wußte, bevor ich nach Nairobi ging, und kam auf diese Weise sehr schnell rein in die Sozialarbeit, Slumarbeit mit Unterprivilegierten, wo ja Nairobi eine sehr traurige Rekordbilanz hat. Man hatte eigentlich immer 'n afrikanischen Sozialarbeiter, der die Hauptarbeit machte, schon aus kulturellen Gründen, weil man ja sehr lange braucht, bis man so viel Feingefühl für die gesellschaftlichen und Familienbeziehungen und Probleme bekommt. Jedenfalls hatte ich von Anfang an 'n andern Bezugskreis als mein Mann, was mir auch sehr wichtig war. Mein Kishuaheli ist nie furchtbar gut geworden, aber es reichte, um mit den Menschen einigermaßen in den Slums umgehen zu können, 'n bißchen wenigstens.
Wir waren dann fünf Jahre in Kenia, fünfeinhalb Jahre, und das letzte halbe Jahr war schon von depressiven Aussichten geprägt, bei beiden von uns eigentlich. Mein Mann hatte gemeint, es wäre Zeit, wieder wegzugehen, er sähe nichts Neues mehr, es müßte nun jemand anders kommen, während ich, ja, so was wie Wurzeln geschlagen hatte und eigentlich nicht weg wollte und das Gefühl hatte: ›Meine Güte, jetzt bist du zu alt, um noch mal neu anzufangen. Es gibt keinen Neuanfang mehr.‹ Mit etwas über fünfzig, wie ich weggegangen bin, hätt ich vielleicht noch irgendwo ein Schlupfloch finden könn', wenigstens ne Halbtagsarbeit, aber jetzt sind alle Aussichten negativ und schlecht. Und jedermann berichtete einem: »Die Arbeitslosigkeit ist von Jahr zu Jahr schlimmer geworden, und für so was Altes ist nicht viel mehr zu hoffen.«
Ich bin also etwas widerstrebend und mit sehr pessimisti-

schem Vorurteil, wie alles werden würde, nach Berlin zurückgekommen. Ein wesentlicher Punkt war auch, daß wir unser Haus mit der vollen Familie verlassen hatten, nur die Älteste war ausgezogen, und jetzt kamn wir zurück nur noch mit einem Kind, mit unserem Jüngsten, denn die Vierte war nach zwei Jahren oder drei Jahren zurückgegangen, und der Fünfte hat seine Schule noch in Kenia beendet. Für unseren Jüngsten, noch nicht einmal vierzehnjährigen war's sehr, sehr schlimm, weil er im Grunde keine Erinnerung oder kaum Erinnerung an Deutschland hatte und nun gerade auch in die Selbständigkeitsphase ging. Also, plötzlich ein leeres Haus, von dem wir nicht wissen oder wußten, wie wir es bewohnen oder vermieten oder doch nich vermieten sollten, mein Mann wieder an einem nicht gerade heißgeliebten Schreibtisch, und ich eigentlich, naja, zunächst »funktionslos«, denn im Haushalt war auch nicht mehr viel. Wir haben uns schwer getan in der ersten Zeit, sehr, sehr schwer getan. Mein Mann hat direkt von Depressionen gesprochen, und ich war selbst so negativ, daß ich nich genügend stützen konnte, und unser Jüngster in der Pubertät und todunglücklich, eigentlich voller Heimweh. Und je mehr er in der Schule davon sprach: »Bei uns war das so« – bei uns hieß: »Kenia« – desto mehr hat er sich distanziert von allen andern, die dann, wie das so ist, daß man das nich mehr hören will. Aber wider Erwarten haben wir uns doch reingefitzt, indem ich fast zufällich von einem Freund gefragt wurde, ob ich nicht zwei Gruppen oder zwei Kurse an einer Volkshochschule übernehmen wollte, Seniorenkurse, die dieser ältere Herr mehrere Jahre geleitet hatte, die er genannt hat: »Geistig fit bis ins hohe Alter.« Und der ging aus Berlin weg und suchte einen Nachfolger. Er hat mir erzählt, daß er alles gemacht hat, was ihm in den Sinn kam, von deutscher Grammatik über Goethes *Faust* und mit verteilten Rollen lesen. Zuletzt hat er den *Nibelungenring* behandelt, ist aber auch in Kunstausstellungen gegangen oder Gedichte, Lyrik durchgenommen oder oder oder. Das war im Wedding. Und die Weddinger Senioren sind sehr begeistert gewesen von ihrem Dozenten, und von daher hatt' ich auch Bange, ob ich nun als Frau und, ja, nun, etwas jünger als dieser ältere Herr, überhaupt landen würde. Nun hatte ich ja früher im Nachbarschaftsheim an sich viel Gruppenarbeit gemacht, nich nur mit Jugendgruppen, wir hatten auch Kindergruppen, Erwachsenengruppen und Altengruppen. Und es ging also aufgrund der Geduld der Leute, der Teilnehmer, die sehr, sehr kooperativ waren, auch menschlich kooperativ warn. Es hat sich dis eigentlich ganz gut angelassen.

Mein Mann hat inzwischen die sogenannten Zweiundzwanziger zu betreuen, das sind Entwicklungshelfer, die Ersatzdienst leisten statt Wehrdienst. Er sollte Seminare machen, hatte überhaupt keine Lust, hat gesagt: »Ich kann mit diesen jungen Menschen nich mehr!« Er hat eben Schwierigkeiten, Wehwehchen ernstzunehmen und die Ängste und so etwas. Aber dann is er mit andern zusammen auf die ersten Seminare gegangn und kam ganz begeistert zurück, sachte: »Das waren so tolle Gespräche und so tolle junge Leute. Das hat wirklich etwas gebracht. Es ging nicht nur darum: wieviel Versicherungsgeld kriege ich und wieviel Rückgliederungsgeld, wenn ich zurückkomme, sondern es ging um die Sache als solche.« Und das hat ihn so beflügelt, daß er wieder schöpferische Ideen, wie man Seminare anders oder neu gestalten könnte und wie man die Vorbereitungen ändern könnte, und er konnte natürlich viel Erfahrungen einbringen, weil er weiß, wie die Entwicklungshelfer rauskommen und was sie beklagt haben an der Vorbereitung hier.

Wir sind jetzt wieder angekommen in Berlin, angekommen, indem wir hier wirklich einen Inhalt und Lebenssinn gefunden haben und sich das Verhältnis mit unseren nun erwachsenen Kindern sehr, ja, stärker partnerschaftlich gestaltet. Die Beziehung zu meinem Mann is nach der Kinderphase eigentlich viel reicher geworden, möcht ich sagn. Die Wechseljahre hab ich, es klingt 'n bißchen unglaubwürdig, gar nicht gemerkt oder wirklich wahrgenommen. Und jetzt, wo sicher ist, daß keine Kinder mehr kommn, ist's in gewisser Weise viel erfüllter, von beiden Seiten her, ja, viel erfüllter eigentlich. Das, was jetzt doch noch möglich ist, hat mir unheimlichen Schwung gegeben. Ich glaube, das liegt wirklich daran, daß mein Mann immer noch bereit is und willich, auch wenn er's nich immer schafft, wir werden ja alle etwas unbeweglicher mit dem Alter. Aber die Bereitschaft, Veränderungen anzusteuern und zu unterstützen – von daher kann doch immer wieder was Neues kommen.

Nicole S., 16, und Klaus P., 17, Schüler: »Bei uns is die Beziehung schon wie inna Ehe...«

Nicole: Also, er is in unsere Klasse neu reingekommn, inna achten, und da hab ich erst: ›Na, was is'n dis für einer?‹ Er hat mir überhaupt nich gefalln.
Klaus: Wegen der Anziehsachen und so, Jeans, T-Shirt, wat weeß ick. Aber denn hab ick mitjekricht, wie die andern rumlofen, und da hat sich dit jeändert: drei paar Hosen jehabt, Schuhe, die man wechseln konnte und ooch Polohemdn. Und denn kommt man in Kontakt mit den Mädchen und so, und denn fing it an...
Nicole: Naja, und dann sind wa Klassenfahrt, nach Kronach...
Klaus: Is nicht weit von der Grenze.
Nicole: Und denn wollte meine Freundin, die Désirée, die fand ihn ganz toll. Da hab ich gesacht: »Kann ich ja mal mit ihm redn, irgendwie«, und denn hab ich die zusammjekricht, und dann dacht ich: ›Mensch, is ja Kacke.‹ Ich war doch'n bißchen eifersüchtig, weil ich ihn ja denn kennengelernt habe. Durch die Klassenfahrt issa in die Gemeinschaft ebend reingekommn, hat offener geredet, war lustig irgendwie, und da fand ich 'n vom Charakter schon ganz gut. Seine Art, irgendwie, fand ick toll, 'n lustiger Mensch issa, man kann sich mit ihm unterhaltn. Und, naja, groß, dünn, trägt ne Brille und hat 'n ziemlich ausgeflippten Haarschnitt, also ganz kurz, hinten und obn etwas länger und denn oben so plattgeschnitten. Und er interessiert sich ebend für Mofafahrn und Autos und bastelt gerne rum...
Klaus: Sonst war ick sehr schüchtern, aber denn bin ick durch Mitmachen und Necken und so reinjekomm in die Klasse, bin ooch ziemlich jut angekomm, war ooch immer schon der Clown, ne.

Nicole: Und denn haben die beiden gestritten, er wollte eigentlich nich so mit Désirée gehn, er hat mehr aus Mitleid ja gesagt, weil alle auf ihn eingeredet ham ...
Klaus: Die andern ham immer gesagt: »Mach doch«, und so, »is doch schön uff da Klassenfahrt. Da entstehen die meisten Beziehungn.« Ick hab det nich so sehr ernst jenommn, ha ick mehr unbewußt so zujestimmt, war aber trotzdem, naja, wenn sie sich so bemüht, und ick sag dann: »Ach, nee, ick will keene Freundschaft anfangn« und so, weeß ick, daß se denn sauer is und Gerüchte inne Welt setzt oder so: »Der is ja doof«, und mich ebend schlecht macht. Naja, und denn warn wa so zusamm ...
Nicole: Schlitten gefahrn!
Klaus: War im Winter. Also wir ham uns nich abgesondert, wir warn alle zusamm, jerodelt und so. Nich, daß wa uns inne Ecke jedrückt habn. Kam schon manchmal vor, wa? Da habn wir sozusagen 'n Knutschrekord aufjestellt, siebenundfünfzich Minuten ...
Nicole: Haben se 'n Zettel draußen angehangn: »Bitte, nicht stören.« Ich wußte davon nichts und mach natürlich, mir war dit eigentlich egal, ich mach die Tür auf, ja, und seh dis. Ich war sauer gewesen, hab die Tür zugeknallt, hab jedacht: »Mensch, wat haste anjerichtet! Erst bringst se zusammn und jetzt willste selber!« Ick hab den janzen Tag nur jeschmollt.
Klaus: Und ick hatt it so jefühlt, daß die Nicole mich sehr, sehr jut fand, weil sie immer die Briefe von Désirée rüberjebracht hat.
Nicole: Die hatten sich gestritten und ham denn immer Briefe jeschrieben, und ich zu Désirée: »Komm, laß mich rüberbringn«, da, wo die Jungens geschlafen haben, »Ich mach dis«, weil ich ihn unbedingt sehn wollte. Und denn fängt er an, mich anzupflaumn: »Verpiß dich, mach ne Flocke!« Da war ick wieder sauer, hab jedacht: ›Mensch, jetzt mag der mich nich, und ich mag ihn‹ und so ...

Klaus: Aber so war dit nich jemeint. Ich meinte nur, weil ick den Brief schnell lesen wollte, mein ick: »So, jetzt kannste gehn.« Nich wirklich Haß oder so. Da waren vorn die Jungenzimmer, denn kam ne Glastür, und denn waren die Mädchenzimmer. Und einmal, dit war so inna Mitte vonna Klassenfahrt, drei Wochen waren wir weg, die Glastür war noch auf, und da steht sie, eh, inna Tür von dem Mädchenzimmer, im Nachthemd. Und ick, eh, stand bei den Jungens so, und da meinte sie oder ick, nee, ick gloobe du: »Na, krieg ick kein' Gute-Nacht-Kuß?« Und ick: »Natürlich«, und so. Und sie: »Traust dich ja doch nich!« Und denn bin ick einfach hinjegangen, hab ihr'n Kuß jejeben.
Nicole: Denn bin ich ins Zimmer, voller Freude, und erzähl meiner andern Freundin, der Kerstin: »Ah, ich hab von Klaus 'n Kuß gekriegt!« Und da war sie sauer, weil sie auch was von ihm wollte!
Klaus: Und die Désirée hat dit erfahrn, und da hab ick jesacht: »Na, dit war doch nischt Schlimmes, daß ick gleich sage: ›Jetzt will ich nich mehr mit dir ...‹« Also, mit der Désirée ging dit weiter, aber wie lange nach der Klassenfahrt, weeß ick nich.
Nicole: Auf jeden Fall fing die Schule wieder an, und Désirée hat anderen Unterricht als wir, also in Deutsch sind wa geteilt ...
Klaus: Andere Kurse ...
Nicole: ... auf jeden Fall, Désirée hat donnerstags Religion, und denn haben wa uns Briefe geschriebn: »Wie wär's, wenn wa uns denn draußen treffen?« Wir haben beide keine Religion. Und da meint Klaus: »Naja, machen wa doch.«
Klaus: Aber dit war allit mehr so im Spaß.
Nicole: Und ich hab's ernst aufgefaßt und bin hingegangen, warte da, warte, fing an zu schnein, und er kommt nich. Da war ich wirklich janz sauer auf ihn. Danach hab ich ihn stehengelassen.

Klaus: Ick konnte verstehen, daß de sagen willst: »Siehste, so jing's mir ooch.«
Nicole: Und dann sind wa mal, hat er so Mittwoch gesagt: »Ich muß heute zu meiner Oma«, hat er Désirée irgendwie weggewiesen, daß sie sich nachmittags nich treffen konntn.
Klaus: Sind wa spazierngegangen durch'n Schloßpark.
Nicole: Und denn wollte er mir die Hand geben, aber ich war irgendwie so schüchtern...
Klaus: Da hatte sie ne Jacke an mit so ner Kordel, also wo man unten zubinden kann, und die hing anna Seite unter, und da hab ick die Schnur genommn und bin immer näher ran, und sie hat die andere Seite von der Schnur jenommn. Und denn sind wa so zusammn jekommn und haben Händchen jehaltn und haben uns so unterhalten über allis. Und denn sind wa nach Hause gegangen zu ihr, sie wohnt in der Schillerstraße, und denn standen wa vor der Tür, und denn hab ick kopfüber jesagt: »Kann ich dir nich noch 'n Kuß jeben?« Und da meinte sie: »Nein, ick hab 'n Kaugummi im Mund.« Und da meinte ick: »Spuck doch aus!« Naja, denn hat se'n ausjespuckt, und denn haben wa uns vor der Türe noch jeküßt.
Nicole: Ich fand's ganz toll. Und wo er dann jegangen is, hab ich kurz überlegt, bin wieder raus und hab ihm nachgerufen: »Was Désirée gesagt hat, stimmt: Du kannst wirklich toll küssen!« Ich war total happy.
Klaus: Denn ham wa uns jefragt: »Wat machen wa nun? Wat, wat sagn wa Désirée? Wat is die beste Lösung für sie und ooch für uns?«
Nicole: Da hab ich ihm so jedroht, also nicht direkt gedroht, ich hab gesacht: »Ich hab keine Lust hier, so Dreierbeziehungen zu machen, ne.«
Klaus: Sie wollte klare Verhältnisse schaffen...
Nicole: Ich hab gesacht: »Entweder sie oder ich. Da mußte dich entscheiden.« Und da meinta: »Weiß ja auch nich so

recht...«, und er findet uns beide toll. Und in dem Moment hab ich wieder jedacht: ›War allit umsonst‹, 'hab aufjehangen und war voll traurig, hab jeheult, und nächsten Tach bin ick nich zur Schule gegangn.

Klaus: Aber ich hab denn klaren Tisch jemacht, hab der Désirée nur jesacht, daß wir zusammn waren und uns janz jut unterhalten habn, aber ich hab nicht erzählt, daß wir rumjeknutscht haben, weil, ich hab gedacht, daß dit 'n Schock wär. So hat sie dit janz jut gefressen. Sie war verliebt, schon, aber denn hat se sich lieber verkrochen und noch Briefe jeschrieben und so: »Dat ick dich trotzdem janz jut finde« und so, und da meinte sie: »Ick werd bestimmt lange Zeit keinen Freund haben, weil ick sowat wie dich selten, eh, finde.« Na, denn konnten wa richtich offiziell zusammn sein.

Nicole: Es gab aber auch wieder Rückschläge. Zum Beispiel, ich war bei ihm zu Hause, hab so rumjekramt, und da war ne Tüte mit Briefn, und da war 'n Brief von Désirée drin, wo se verreist war, hat se ihm jeschrieben. Und er: »Ich mach mir überhaupt nichts dadraus, ich hab auch gar nich zurückgeschrieben...« Und nächsten Tag inna Schule hab ick dis Désirée vorjehalten, ich sage: »Is ja toll, daß de dich jetzt wieder für Klaus interessierst und so, Briefe schreibn.« Da meint sie: »Wieso? Der hat mir zuerst geschrieben!« und mir die Briefe gezeigt. Hat er geschrieben, daß er sie ebend noch ganz toll findet und daß ihm dis allis leid tut, was passiert is. Zwei, drei Monate warn wir da schon zusammn. Und dann gab's eben Krach. Hat er 'n schlechtes Gewissen bekommn und is abjehaun.

Klaus: Ick wußte erst nich, wat ick denken sollte, ob Désirée det aus Rache jemacht hat, damit wir beede uns streiten vielleicht oder, ehm, ich diskutiere sehr ungerne, sag denn lieber: »Ja, ja«, und brubbel vor mich hin und äußer mich jar nich dazu.

Nicole: Ich war total sauer auf ihn, dachte: ›Jetzt fängt dit Ganze wieder von vorne an.‹ Er konnte sich damals wirklich nicht entscheiden: sie oder mich. Und ick finde, irgendwie geht dit heute immer noch so.
Klaus: Inna Klassenfahrt und kurz nach der Klassenfahrt hätte ick's mir schon manchmal gewünscht, beide zu haben, aber, eh, kann ja nich 'n Harem um mir haben. Ich glaube, daß beide irgend'n Vorteil oder 'n Punkt haben, wat mir sehr jefällt. Bei Désirée, weil die ooch mehr Blödsinn machen kann. Aber ick gloobe, der Charakter, also wenn sie jetzt mit jemanden zusammn is, die nimmt überhaupt keene Rücksicht uff den Partner, wenn der zum Beispiel dasitzt, geht se einfach weg und redet mit andern Jungens und so. Also, irgendwie keen Verständnis. Und dis is bei Nicole anders. Désirée is dunkel, und Nicole hat blonde Haare, is ziemlich pummelich und von der Art so, naja, verständnisvoll. Ick würde nich sagn, daß eene schöner is als die andere, is mir ooch egal... Aber ick hab mich irgendwie für Nicole entschieden. Wenn ick jetzt fremd gehe oder so, wat schon passiert is...
Nicole: Wieder mit Désirée!
Klaus: Naja, 'n bißchen küssen oder so, aber nich, eh, daß ick mir wünsche, daß Nicole Schluß macht.
Nicole: Irgendwie verzeih ich ihm dit immer wieder, dassa fremd geht, weil ebend die Liebe zu ihm viel zu groß is. Die meisten sagen ja auch: Bei uns is die Beziehung schon wie inna Ehe. Also, ich darf nich groß mit andern Jungs rumreden und er auch nich mit andern Mädchen, weil, jeder is denn eifersüchtig. Wir gehn auch nur gemeinsam weg, nich, daß er inne Disko alleine geht oder ich, weil wir da Angst habn, es passiert irgendwas. Also, man kann schon sagen: wie inna Ehe.
Klaus: Ja.
Nicole: Wir treffen uns am Wochenende...

Klaus: Also, erst mal grundsätzlich inna Schule, von morgens bis nachmittags. Denn gehn wa zu ihrer Mutter in'n Laden, die hat'n Bonbonladen, unterhalten uns da 'n bißchen, denn zu ihr nach Hause...
Nicole: Denn schläfta bei mir.
Klaus: Ja, über't Wochenende. Ick weeß noch janz jenau, wo wa dit erstemal mit'nander jeschlafen habn. Dit war der 12. 10. 84 oder 85 jewesen.
Nicole: 84 war's.
Klaus: Also, ick hab sie nie jedrängt, daß ick's machen will. Wir habn so übern Körper und allit rumjequatscht und so, wa?
Nicole: Da waren wir 'n halbes Jahr zusammn.
Klaus: Aber trotzdem is so nie wat passiert. Und denn war dit bei dir im Zimmer, auf'm Bett, haben wa uns rumjeküßt, und denn kam es so kopfüber. Wir ham von beeden Seiten jestaunt, daß it ohne Probleme jeklappt hat, also, ick hab jedacht: ›Ick bin nich der erste.‹
Nicole: Und ick hab jedacht, daß sich 'n Junge beim erstenmal 'n bißchen blöde anstellt, hab ich gedacht: ›Na, der hat ja Erfahrung, hat bestimmt schon mit anderen Mädchen geschlafen.‹ Denn habn wa darüber gequatscht: Und es is mein erster gewesen, und ich bin auch seine erste Freundin. Da mußten wa beide lachen!
Klaus: Denn hatte sie noch nich die Pille. Und dann is sie nach ner Weile zum Frauenarzt jegangen und hat denn die Pille verschrieben jekr...
Nicole: War ganz anders! Wir habn zusammen geschlafen, aber mit Aufpassen!
Klaus: Ach, ja.
Nicole: Weil ich Angst hatte, meinen Eltern zu erzählen, daß ick schon mit 14 mit jemand schlafe. Und dann hatt' ich doch immer 'n bißchen Bammel, hab danach geweint und so, aber er hat mich beruhicht, daß wirklich nichts passiert

is, daß a aufjepaßt hat und so. Und denn haben wa dis, weiß ich, zehnmal gemacht so, und denn hab ich meine Tage nich gekricht. War ganz schlimm! Die Angst, schwanger zu sein, und wenn man ne Abtreibung macht, dis Kind merkt dis ja doch, also is ja noch kein Kind, aber wehrt sich schon, und davor hab ich Schiß. Und 'n Kind kriegen mit 14, is auch nich dis Wahre. Und denn hab ich meiner Mutter natürlich allis erzählt, und die hat es eigntlich ganz toll aufgefaßt.
Klaus: Ich hab auch mit meiner Mutter gesprochn, hab allit erzählt. Und wenn's hart auf hart jekommn wär, wär sie mit ihr zum Frauenarzt jegangn. Sie hätt's eigentlich gar nich schlecht jefunden und sich ooch n bißchen jefreut, manchmal, weil, sie is Hausfrau und kann selber keene Kinder mehr kriegn, is operiert worden früher, denn hätt' sie dit Kind ebend öfter und könnte sich darum kümmern. Ick selber hätte, na, überhaupt nischt dagegen, aber ick hab so dit Jefühl, da wußt ick nich, wat dit heißt, wenn jetzt eens da wäre oder so.
Nicole: Wir habn uns jestritten. Ich meinte: »Da muß ne Abtreibung, wenn...« Da meinta: »Wieso? Laß doch dis Kind kommn!« Da mein ich: »Spinnst du? Überleg doch mal, wir gehn noch zur Schule.« Und er: »Naja, und?« Er wußte wirklich noch nich, wat dit bedeutet.
Klaus: Nee, ick kann mir nicht vorstellen, wat man da allis machen muß, sprich alleene, wat et kostet oder so.
Nicole: Und meine Mutter meinte: »Hättste mir ja sagen können«, hätt ich die Pille gekricht. Meinte: »Erzähl nischt Vater davon. Und wenn wirklich Abtreibung is, dann machste dis, dauert ja nur'n Tach, und denn is wieder allis in Ordnung.« Bin ich zum Frauenarzt gegangen, und der meinte: »Naja, jetzt haste drei Tage nich deine Periode gekricht oder vier Tage, jetzt machen wir...«
Klaus: Dis war schon länger, ne Woche oder so!
Nicole: Weiß ich nich. Denn sollte ich 'ne Urinprobe abge-

ben, und habn wa schon so geredet, wie dis mit der Abtreibung is, und drei Tage danach hab ich denn meine Periode gekricht. Also, ick hätte jeden abknutschen können, es war dis erstemal, wo, ick war wirklich glücklich, daß ick meine Periode kriege!

Klaus: Ick hab mich ooch jefreut, weil sie so'n Bedrückten jemacht hat, und daß allit irgendwie jut jejangn is.

Nicole: Und denn stand fest: sofort die Pille nehmen, ne? Und ich würde sagen, seitdem wir zusammn schlafen, hat sich wat jeändert, die Beziehung.

Klaus: Daß et die Beziehung untermauert hat, weil man ja 'n Teil von dem andern hat oder, ja, und daß man ab da erst richtig glauben kann: »Du jehörst mir.« Da wär't ooch, gloob ick, schwerer, wenn der sagen würde: »Ick hab'n andern.«, weil man ja doch denn sacht: »Wieso? An sich hat se ja mir jehört.« Da is it schon fester, denn.

Nicole: Wo wa so die ersten drei Male zusammn geschlafen haben, fand ich dis ganz toll. Aber jetzt is es irgendwie selbstverständlich so.

Klaus: Wat am Anfang schwer war, daß man denn irgendwie die Stellen rausfindet und daß es denn da ooch klappt.

Nicole: Mit meiner Mutter kann ich über Probleme mit Klaus ganz toll redn. Aber mit meinem Vater rede ich nich.

Klaus: Er will dit sehr, daß sie mit Probleme ooch mal zu ihm ankommt.

Nicole: Aber er ist eifersüchtig, und wie! Er kann's nicht zeigen, daß er mich liebt. Er gibt mir zum Beispiel Geld für Klamotten, er will ja, daß ich vernünftig rumlaufe, was weiß ich, mal'n Rock und so. Und denn seh ich wirklich mal ganz toll im Rock aus, und denn sagta: »Na, siehste.« Dis war allis. Er kann's nicht zeigen. Und dit brauch ich. Darum geh ich auch nich zu ihm hin, irgendwie, weil ich denke: ›Denn sagta wieder so Blödsinn ...‹

Klaus: Und denn die Auseinandersetzungen über deine

Schlamperei. Da gab's vor kurzem 'n ganz großen Trouble. Da war ick sogar da. Ooch, daß sie sehr verwöhnt is und nich richtich sehr dankbar is, wie't ansich dem, wat se kricht, entsprechen sollte. Also allit locker hinnimmt. Bei mir issit nich so, daß ick da für Hunderte von Mark mir Sachen holn kann ...
Nicole: Ich hab ja keine Geschwister, und meine Eltern sind selbständich, also meine Mutter hat'n Bonbonladen, und mein Vater verkauft Fenster, Türn, Markisen und so.
Klaus: Wir sind vier Kinder insgesamt, ick bin der Zweitälteste. Meine Eltern sind geschieden, ich hab'n Stiefvater, der is Polizist, 'n richtijer »Löwe«, egoistisch. Mein eigntlicher Vater is Meister bei der Bewag, der kommt selten mal aus seiner Haut raus, nimmt allet sehr ernst, also macht sein Privatleben fast so wie seinen Beruf, amtlich und so. Mit meiner Mutter hab ick 'n janz tollit Verhältnis, ooch mit meinen Jeschwistern. Und mittwochs bin ick immer bei meiner Oma, von der krieg ick offiziell 50 Mark im Monat. Und wenn ick irgendwat Handwerklichet mache bei ihr, mal'n Fenster streichen oder sowat, denn gibt's noch mal, sehr viel, ha ick bestimmt 5, 600 Mark im Monat. Aber dit is schnell wieder weg, muß ick ganz ehrlich sagen.
Nicole: Jetzt hat er sich neu neue Mofa gekauft, und Klamotten sind ooch teuer.
Klaus: Aber von meiner Mutter krieg ick alle Zigaretten immer, also is nich so, daß ick uff jede Mark gucke, weil ick ja weeß: Da is meine Mutter noch, und die sacht nich »nee«. Ick hab immer wat zum Wochenende.
Nicole: Am Wochenende schläfta bei mir.
Klaus: Wenn ihr Vater aufsteht, denn müssen alle aufstehen, sonst issa sauer. Und wenn wir nachts bis 2.00 Uhr oder so Karten jespielt habn und denn morgens, wat weeß ick, so um zeehne, elfe uffstehen, denn sitzen wa erst mal da, verschlafen. Und wenn er mit ihr reden will, denn geht's los:

»Diese Flappen kann ick nich mehr sehen! Ihr macht immer so lange abends, und denn unausjeschlafn.«
Nicole: Mein Vater is unheimlich eifersüchtig, weil er mich jetzt nich mehr für sich alleine hat, sondern daß es jemand anders in meinm Leben halt gibt, ne.
Klaus: Er denkt, jetzt geht so'n Teil von ihm dahin, ja? Da übernimmt det 'n anderer. Und da denkta denn ebend, tja, verliert er irgendwat.
Nicole: Am Wochenende machen wir allis: spazieren, Disko, in'n Zoo gehn, ins Aquarium, denn gehn wa mal in Kneipen oder so, kommt druff an, wie wir uns fühlen. Mit Klaus kann man ebend auch viel Scheiße baun, lustig, allis auf'n Kopf stelln irgendwie. Zum Beispiel abends, uns fällt nischt ein, gehn wa einfach runter und, weeß ick, machen wa was ganz Ausjeflipptes, was überhaupt nicht geplant is, irgendwo ins Kino oder irgendwas.
Klaus: Oder inna Schule, wenn wa keine Lust haben, einfach rumalbern, daß wa uns mit irgend jemand aus der andern Ecke vom Klassenraum unterhalten. Und der Lehrer sacht: »Ruhich!« und wir sagen: »Eh, was?« und weiterredn.
Nicole: Auch, daß wir vor den Lehrern überhaupt keene Hemmungen zeigen. Klaus fäßt mir an'n Po oder so, und die Lehrer sagen irgendwas, dann sagen wa: »Na, wir sind ja schließlich zusammn!« Zwei Jahre und ein' Monat sind wa jetzt zusammn.
Klaus: Und is noch nie passiert, daß wa uns nichts mehr zu sagen habn. Wir unterhalten uns über eigentlich allit, als wenn man dit janze Leben eenmal vor und eenmal zurück jeht, ja, von jedem etwas.
Nicole: Also, wenn wir ausziehen, mit ner Wohnung, wie wa uns die einrichten würdn, wie wa, wenn wa 'n Kind kriegen, wie wa uns da dit Leben vorstellen. Wenn wa, naja, wie soll man sagn, wat kann man noch sagen, zum Beispiel, was ich gut finde, was er sich für Klamottn kauft. Und, ach,

über die Schule, die Lehrer und dann, ehm, über Désirée. Ich geh eigentlich ungerne mit Désirée und mit ihrm Freund weg, weil, irgendwie denk ich, na, o.k., jetzt hat Désirée 'n Freund, und die mögen sich ja vielleicht, und Klaus will nichts mehr von ihr. Aber denn denk ich, wenn se nur zusammn reden: ›Jetzt macht er wieder irgendne Scheiße...‹ Naja, wenn einer eifersüchtig is, denn weiß man, daß der ein' liebt.

Klaus: Wenn Désirée nur jefragt hat »Wie spät?« oder »Kannste mir Feuer geben«, denn isse schon uff Draht.

Nicole: Ja, dann hau ich ab oder red kein Wort mehr mit ihm oder knall ihm allis an'n Kopf, was überhaupt nicht stimmt, daß er was mit ihr hat und daß er sie doch toll findet und daß er mich nich mehr habn will. Innerlich will ich dis überhaupt nich.

Klaus: Am liebsten würd ick sie denn hinschleifen zu Désirée und würd ihr an Kopf werfen, wie doof sie is, wie albern sie war oder so, ja. Aber dit kann ick ja nich machen, weil, denn is dit ja noch schärfer. Also, ich probier irgendwie uff ne linke Art, sie wieder zur Vernunft zu kriegn, daß ihr dit peinlich wird. Zum Beispiel, sie sacht mir ganz leise, wat icke zu Désirée oder die Désirée zu mir jesacht hat oder so, und denn sag ick janz laut: »Ach, du hast ne Macke, dit stimmt ja gar nich!« Und denn is sie schon mal: »O Gott, jetzt kriegen die allet mit...« Und so.

Nicole: Na, denn seh ich dis nach ner gewissen Zeit ein, aber denn is er sauer, und denn redet er nich mehr mit mir. Und denn laß ich ihn einfach links liegen, denn denk ich: ›Na, irgendwann wirdta mal wieder zur Vernunft kommn.‹ Und dann klappt it, kommt er wieder an, und denn is wieder allit in Ordnung.

Klaus: Na, ick weeß nich, allit so Kleenkram...

Nicole: Jetzt brauchen wa nich mehr zur Schule, nur noch

Unterschriften holen von jedem Lehrer, und dann könn' wa wieder gehn.
Klaus: Dit is'n Test-Laufzettel, da müssen alle Lehrer, bei denen ich hatte, unterschreiben, und denn gibt's dis Zeugnis.
Nicole: Aber Klaus hält's nich für nötich, zur Schule zu kommn, und da bin ich natürlich sauer, weil, wat soll'n dit, dann kriegta sein Zeugnis nich.
Klaus: Also, erstens is noch Zeit, und, ja, ich bin faul. Und da sag ick mir: »Sind noch zwei oder drei Wochen bis zu'n Sommerferien, da kann ick dit noch schaffen.« Jenauso war dit mit meine Lehrstelle. Wat man da allit erledigen muß: Jesundheitsamt und so, ha ick mir ooch immer jesacht: »Na, uff den eenen Tach kommt's nich an.« Ick hatte nur zwee Bewerbungen jeschrieben, und bei der zweeten hat's jeklappt, bin richtig rinjeschlittert.
Nicole: Ich denke von klein an: Solange ich lebe, passiert sowieso nischt Schlimmet, also Krieg oder jetzt mit den Atomkraftwerken. Also, wenn wat kommt, denn geht's ooch wieder weg.
Klaus: Demonstriern oder so is Blödsinn. Wenn et kommt, denn issit da. Kann man nischt machen. Ick bin jedenfalls bei der Gasag unterjekommn, Rohrnetz-Installateur. Vom Geldlichen soll's sehr gut sein, und nach drei Jahren kann ick denn 'n Kurs machen, in Westdeutschland, mich weiterbilden und so. Und wenn ick zur Bewag gehe, also zur Konkurrenz sozusagn, denn kann ick beruflich janz hoch kommn, auch mit Verdienst, darum jeht's mir. Ick würde ooch zehn Stunden arbeiten für mehr Geld. Also, ick kann mir vorstellen, daß ick mich totschuften könnte nur für Geld.
Nicole: Ich hab mich jetzt mal beworben als Bürogehilfin, hab aber nichts jekricht. Und dann hab ich, hat meine Mutter so ne Stelle als Drogistin gelesen, und dann ha ick

jedacht: ›Na, o.k.‹ Und jetzt jefällt's mir sogar besser als im Büro,weil ick denke: ›Im Büro kriegste wat mitte Wirbelsäule und sitzt nur da.‹ Und ick bin ja gerne unter Menschen.

Klaus: Oder sie müßte dit Doppelte ackern, um dit mit'm Computer allit zu lernen und so.

Nicole: In drei, vier Jahren, wenn wa ausgelernt ham, denn stell ich mir vor, daß wa uns ne schöne Wohnung nehmn, zwei Zimmer oder ein Zimmer, reicht ja fürn Anfang, und denn zusammenziehn. Weil, wenn ich jetzt mit ihm schon zusammnziehe, also meine Eltern würdn's erlauben, aber denn geht Klaus vor, ich bin ja schlampig, und denn üb ich nich, und is ja besser, wenn ich erst meine Lehre schaffe.

Klaus: Und Kinder, würd ick sagn, erst wenn man ein oder zwei Jahre in'm richtigen Beruf drin war, da mal rinjerochen hat.

Nicole: Ich möcht gern zwei, ein' Jungen und ein Mädchen.

Klaus: Bin ich ooch dafür.

Nicole: Aber zuerst muß der Junge...

Klaus: Weil dit Mädchen ebend fortgeschrittener is...

Nicole: 'n Junge is immer irgendwie verständnisvoller und liebevoller, wenn 'n Kleener da is. Mädchen machen mehr Highlife, gehn mehr weg, Disko und so, die interessieren sich mehr.

Klaus: Und wenn ne große Schwester da wär, denn nimmt sich der Junge dit als Vorbild an wat, weeß ich, Haltung oder Bewegungen, Sprache oder so, und dit wär nich schön.

Nicole: Aber seit wa nich mehr so zur Schule brauchn, ruf ich immer an bei Klaus, denn frag ich: »Kommst ja nicht mehr vorbei, rufst ja auch nich an und so. Übers Wochenende kommste nich.« Denn sag ich: »Hast wohl ne andere?« Denn sagt er: »Spinnst du?« und so, und dann sag ich: »Ach, laß mich doch in Ruhe!« und leg auf.

Klaus: Dit is ihre Art, wenn ick nur mal kurz ausflipp,

entgleise oder so wat. Denn geht ihr eigenet Lexikon durch, denn malt se sich dolle Sachen aus, daß ick ne andere Freundin habe, ick lunger nur noch mit andern rum oder so, obwohl dit wirklich überhaupt nich stimmt. Der Hauptgrund is, daß ich mir ne neue Mofa jeholt habe, ja, und so unterwegs und denn rumfahre und so.
Nicole: Mit Detlef!
Klaus: Naja, so eener aus Ruhleben, mit dem bin ick ooch zusammn, weil der ooch ne Mofa hat...
Nicole: Da hab ich schon öfters gesagt: »Dann heirate doch gleich den Detlef!«, weil er sich nur noch mit dem trifft, zu dem gehta nach Hause, hört Musik, mit dem gehta weg, mit dem gehta Fußball spielen. Und ich sitz zu Hause und muß da sitzen, ja? Dit kann ick nich verkraften.
Klaus: Ick gloobe, ick kann dit verständnislos nennen. Sie hat jetzt zum Beispiel ne neue Katze jekricht, ja, und da isse nun ausjeflippt mit dem Tier. Und wenn wir telefoniern, krieg ick 'n viertel Jespräch und 'n dreiviertel Jespräch kricht die Katze, wa? Aber ick kann dit verstehen, weil, ich vergleich dit mit meiner Mofa, ick bin ja ooch voll glücklich. Und sie nun mit der Katze und so. Aber da kann sie sich doch denken: ›Jetzt hata 'n Mofa, is klar, daß er irgendwie rumfahren will oder so, sich freut, stolz is.‹
Nicole: Kannst doch wenigstens ma ein' Tach zu mir kommn, oder?

Wolfgang S., 74, Rentner:
»Ich bin mit Gerda glücklich.«

Meine Eltern habn eine sehr glückliche Ehe geführt und warn sehr bemüht um uns alle drei. Mein Vater war Maler, Dekorationsmaler, ist dann auch Malermeister gewesen, und ich bin später zu ihm in die Lehre gekommn. Meine Mutter war Stickerin. Politisch warn sie in der SPD organisiert. Sozialismus, Freiheit, Brüderlichkeit, Völkerfreundschaft, vor allen Dingen Frieden, das schwebte ihnen vor. Meine Mutter kam eigentlich aus einer christlichen Erziehung, sie war der Zeit entsprechend, eh, prüde. Ich nehm an, bei, bei meinen Eltern, die sind keine Ausnahme gewesen, obwohl sie sonst sehr fortschrittlich warn. Aber an diesem Punkt hatten sie selbst die Last ihrer Erziehung auf'm Puckel. In unserer Familie gab es keine sexuelle Aufklärung, es gab höchstens Warnungen: »Laß dich nich ein mit Mädchen und eh«, und so weiter. Also, das war dermaßen unvollkommn und ungenügend, und das is eine Sache, die, ja, große Hemmungen erzeugte bei mir. Es gab im Kommunistischen Jugendverband durchaus Vorträge vom Dr. Hodann über »Bub und Mädel«, und es gab Bücher auch von Max Hodann, dem Sexualforscher. Aber das war nicht leicht, hier etwas zu organisieren, das stand isoliert. Und eigentlich warn wir überzeugten jungen Kommunisten der Meinung: »Wir ham keine Zeit für die Liebe. Wir sind Agitatorn, wir sind Propagandistn, wir könn' sowieso nicht heiraten, die wirtschaftliche Lage erlaubt's nicht. Die Liebe kommt nach der Revolution!« So etwa. Selbstverständlich is das die Theorie jewesen, die Praxis, die sah anders aus. Ich war mächtich verliebt in ein Mädchen, das einen anderen Freund hatte, und war'n halbes Jahr praktisch liebeskrank daran. Solche Sachen sind mir schon passiert. Ich war eigentlich sehr oft verliebt, aber ne körperlichen Annäherung an eine Frau war damals so schwer, weil man ja immer Angst haben mußte vor, eben vor Schwangerschaften, also, es gab keene Verhütungsmittel, oder wir kannten se nicht, und da war Enthaltsamkeit einfach Diktat. Konkret sah's aus, daß ich meine politische Arbeit an erster Stelle durchführte und daß ich dann in die Emigration gehn mußte, nachdem ich Verfolgung usw. schon erlitten hatte, und daß ich in der Emigration dann aber doch eine Freundin jefunden habe, ein deutsches Dienstmädchen. In Holland als kommunistischer Emigrant ging es uns darum, auch Verbindung zu diesn Deutschn, die dort ebend arbeiteten, zu kriegen. Und da hieß es: »Nun bau doch mal ne Gruppe auf.« Naja, denn hab ich das irgendwie zusammgekricht, drei, vier, fünf Dienstmädchen, und mit denen hab ich das *Kommunistische Manifest* durchjenommn. Und ich hatte sexuelle Erfahrungn mit diesem Dienstmädchen, das ich sehr liebte, aber die sich dann, sich von mir getrennt hat, obwohl wir uns eigentlich sehr gut verstandn und sie mich auch lieb hatte, aber vielleicht doch nicht so lieb. Die fand dann ein' andern. Das war natürlich schwer für mich.

Die wirtschaftliche Lage in Holland war damals sehr schlecht, und die Arbeitslosichkeit war groß. Ich war lange, lange Zeit, ich war eigentlich die Jahre über deprimiert. Das einzige, was mich aufrechterhalten hat, war die politische Arbeit. Ich wurde dann Leiter der Jugendemigranten, hab die Zirkel geleitet. Und wir rechnetn fest damit, daß der Faschismus von der deutschn Arbeiterklasse und von der deutschn Volksfront gestürzt werdn würde. Wir rechnetn fest damit, daß wir den Krieg verhindern würden. Unsere Tätigkeit war auch davon abhängich, daß wir illegal warn, wir konntn uns nicht bei der Polizei melden. Wir hatten keine Arbeit, wir waren auf die Hilfe der holländischn Freunde und Genossen angewiesen, auch mit dem Mittagessen. Mittagessen wurde gewissermaßn mal im Norden, mal im Süden, mal im Osten eingenommen. Das Leben eines Emigranten war ein, nicht ein Hungerlebn, obwohl man auch nich immer satt wurde, weil man einfach zu bescheiden war zu sagen: »Ach, gib mir noch ein Stück Brot.« Es war ein Leben ohne ein' Pfennich, beziehungsweise ohne ein' Cent in der Tasche. Und diese Abhängichkeit, praktisch jemand andern, der nun selbst knabbern muß, dat Brot wegzuessen, das war für mich furchbar. Und ich kam immer in Familien rein, die selbst nichts hatten, die gerade so auskamn.

Dann kam ich in ein' Haushalt, da war ein sehr hübsches Mädchen, 17 Jahre alt, Henriette. In die hab ich mich verliebt und sie sich in mich verliebt. Ich habe sie 1936, nein, schon '35 kennenjelernt, aber '36 haben wir uns sozusagn verbundn, und wir wohnten dann zusammen. Dis war eine jüdische Familie, ein jüdisches Mädchn, sehr hübsch, starke rote Lippn, große braune Augn, etwas kleiner als ich, sehr tüchtich im Haushalt, von ihrer Mutter so angehaltn, erzogen worden, konnte schneidern, besaß eine große Lebensklugheit, auch so im Umgang mit Menschen, konnte handeln zum Beispiel, hat für mich nen Anzug gekauft, der 22 Gulden kostete, hat se auf 11 Gulden heruntergedrückt. Die war sehr lieb und sehr gut, und wir ham wirklich sehr glücklich zusammen gelebt vier Jahre. Der Vater war ein Milchbauer, er brachte mit einem Karrn die Milch von Haus zu Haus und war, eh, Sozialdemokrat, nicht organisiert, aber in diesa Richtung. Die Mutter war sehr krank, und die Tochter mußte oft die Mutter pflegen. Und 1938 ist dann der Robert jeboren, unser Junge jeboren. Es war en großes, es war ein großes Problem, eine Katastrophe war das für mich. Ich konnte mir doch als Emigrant, der, der sich selbst nich ernähren konnte, kein Kind erlaubn! Das war unmöglich. Aber was soll man machen? Abtreiben? Sie wollte das

Kind nicht, aber sie wollte es auch nicht abtreiben. Sie kam ins Krankenhaus und, eh, konnte nicht sagen, wer der Vater ist. Sie hat also ne ganze Menge auf sich genommn, viel auf sich genommn, wurde daher so angesehn, also, wie eine Hure angesehn und auch behandelt. Es kam eben zur Welt. Und als es da war, war große Freude, trotz allem. Die Großmutter hat sich sehr mit dem Kind abjegeben und hat es lieb jehabt, waren sehr vernünftig die Eltern. Wir ham dann auch eine Wohnung gekricht und krichten eine Unterstützung von 4 Gulden. Das war die Miete. Damals warn die Mieten noch sehr billich, und es war eine ganz billije Wohnung, ein Zimmer, eine Küche, war aber nicht mal schlecht. Die Miete wurde uns gezahlt vom Komitee, es gab so'n Hilfskomitee, die *Rote Hilfe.* Und Henriette krichte von ihrer Schwester noch etwas Geld, meine Schwester, die inna Emigration war, schickte aus Frankreich, und meine Eltern schicktn Geld. Also, wir kamen notdürftich über die Runden. Ich fand auch hin und wieder Arbeit als Maler. Und wir holten zum Beispiel immer das alte Brot, was beim Bäcker liegengeblieben war, das kostete nicht 11 Cente, sondern nur 5 Cente. Wir kamn mit 200 g Fleisch die ganze Woche aus oder auch ohne Fleisch, und Möbel habe ich selbst gebaut, en Bett hab ich für meinen Kleinen jebaut. Diese Not, in der wir lebten, diese große Not, und trotzdem warn wir glücklich zusammn, das ist sehr eigenartig.

Das politische Leben hörte nicht auf, dieses aktive Leben. Und Henriette hat sich im gewissen Maße daran beteiligt, sie war immer zum Schutz an meiner Seite. Die Nachbarn wußten nach Möglichkeit nichts von uns. Illegal – das durften die nicht erfahrn! Meistens hab ich mich überhaupt mit keinem eingelassen. Und meine Aussprache ähnelte ein wenig dem Limburger Dialekt, wenn sie's hörten, dann wurde gesacht: »Der kommt aus Limburg.«

Und sonst gab es natürlich auch schöne Erlebnisse: Wir

hatten ja viele Freunde und Bekannte. Zum Beispiel ham uns mal Freunde eingeladen zu einer Segelfahrt auf den holländischen Plassen, das ist ein Seengebiet, wo man von einm See in den andern fahren kann, und dann sind wir mitgefahrn, ham in dem Segelboot übernachtet, hab'n Sturm dort erlebt. Oder wir sind mit dem Rad rausgefahren, ham auch mal gepaddelt, 'n Paddelboot aufgetriebn. Wir ham jesungen zusammn! Wir warn lustig und wir warn jung und, eh, das Leben war für uns trotz aller Widerwärtigkeiten irgendwie normal.

Und dann kam eines Tages ein Flüchtlingskomitee, das sagte: »So geht das nicht weiter. Du mußt legal werden, dann haste vielleicht 'ne Möglichkeit, Arbeit zu kriegen.« Und: »Derundder ist schon legal jeworden. Wir ham verhandelt, und wir könn' das machen.« Also, sie haben mit der Polizei, mit den Behörden verhandelt. Na gut, ich hab eingewillicht. Und dann mußte ich mich alle vierzehn Tage bei der Polizei meldn. Und das ging drei- oder viermal gut, und dann sachten se: »Mein lieber Freund, nun bleibste hier« und versuchten, mir das so zu begründn: wegen meinem unmoralischen Verhalten, »Verführung einer Minderjährigen«, eines Mädchens überhaupt, eines holländischen, ich als Deutscher eine holländische Frau verführt usw. Das war die fadenscheinige Begründung. In Wirklichkeit ging's natürlich darum, politische Emigranten festzusetzen.

Ich kam in das Internierungslager Hoek van Holland. Es war Winter, es war alles verschneit, zwei Bewacher hatt' ich neben mir, die sachten: »Mach keine Dummheiten, versuch nich auszurücken. Wir kriegen dich sowieso. Wir sind zwei!« Und für mich war's natürlich eine große Tragik, eingesperrt zu werdn und von meiner Frau fortgerissen zu sein. Es war sehr schlimm.

Mitte Januar bin ich festgenommen worden, und insgesamt

war dreimal Besuchserlaubnis. Der 1. Mai war dann das letzte Mal, daß wir uns sahen, für viele Jahre. Es kamen viele Besucher, und wir saßen alle in einem großen Raum. Ja. Wir konnten uns unterhalten ... Sie sah recht angegriffen aus von der ganzen Zeit, recht ab, en bißchen abgenommen hatte sie. Aber sonst war sie lieb und phantastisch wie immer. Ja.... Ja, so. Es war natürlich schön für uns, die zwei Stundn. Aber, es war ja doch Gefangenschaft und Aufseher, nich? Der Kleine war auch mit, der konnte inzwischen en paar Worte sagen...

Es war damals eine sehr dunkle Zukunft. Du weißt ja, daß der Krieg 1939 im September begann, daß dieser ganze Polenfeldzug vielleicht sechs Wochen gedauert hat, d. h., es gab noch längere Kämpfe, aber in der Hauptsache war er abgeschlossn. Sie nannten es Feldzug, was natürlich eine Unverschämtheit, eine Verharmlosung sondergleichen ist, ein' Raubüberfall Feldzug zu nennen. Und dann kamen, kam schon der Balkan ran? Weiß ich gar nicht mehr genau. Jedenfalls, im April kam Norwegen ran, Dänemark, das warn alles Überfälle, und man konnte sich an den Fingern abzählen, wann eventuell Holland dran kommt. Frankreich hatte den Krieg erklärt, ihn aber nicht geführt; die standn Gewehr bei Fuß. Belgien war neutral, und Holland war neutral, und, die habn doch gepfiffn auf Neutralität. Sie habn dieses Land regelrecht überfalln. Und wir ham, als wir in'n frühen Morgenstunden aufwachten, hörten wir das Bummern, der Erdboden bebte, also wir wußten, daß Krieg ist. Dieser Moment löste einen allgemeinen Angstzustand aus, und von dieser Angst war ich auch ergriffen: »Jetzt is Krieg und jetzt – was kommt jetzt?«

Dann wurden wir evakuiert. Wir kamen in einen großen Raum, der ein Ausstellungsraum für Blumenschauen war, dort wurden wir einquartiert. Stroh wurde uns gegeben, wir lagn dort, hatten keine Nachrichten, keinerlei Informatio-

nen. Und plötzlich ging die Tür auf, und die faschistische Wehrmacht stand da. Stahlhelm, schwarz-weiß-rot am Stahlhelm, kamen sie herein. Die Deserteure, die ja mit einm sicheren Tod rechnen mußtn, verschwanden zum Teil durch ein' Hinterausgang, versuchten, sich zu retten. Wir andern wurden aufgestellt, jeder mußte vor seinem Lager stehn, und der holländische Offizier de Haan sagte: »Das ist ein Deserteur. Und das ist ein Kommunist. Und das ist ein Jude.« Und dann hieß es: »Juden und Kommunisten links raus! Die andern rechts raus!« Die Deserteure wurdn abgeführt zum Feldgericht, das bedeutete für sie: erschießen. Es mag für heutije Begriffe unwahrscheinlich sein, daß man sich nich irgendwie gewehrt hat, aber es war sicher nutzlos und hätte uns nichts jebracht, sondern unsre Lage nur verschlechtert. Der Gegner bestimmt in diesem Fall. Und einen Entschluß zu fassen, der muß ja gemeinschaftlich sein, das is in dieser Situation nicht möglich. Man fühlte sich völlich ausjeliefert und machtlos, ohnmächtich.
In Aachen wurde dann Quartier gemacht, wir wurden irgendwie abgeladn, ich weiß nich, wo wir geschlafen haben, ich weiß nur, daß sie den Anschein erweckten oder daß wir uns einbildeten: Wir werden erschossen. Es kann beides sein. Die Soldaten standn in einm bestimmten Abstand, luden ihre Gewehre durch, und man konnte den Eindruck kriegen: ›Jetzt ist alles aus.‹ Du wirst natürlich fragn: »Was haste in diesem Moment gefühlt?« Ich hatte eigentlich abgeschlossen mit dem Leben, ich dachte: ›Nun ja, hm …‹ Hoffnung hatt ich natürlich: ›Das is nur Theater.‹ Aber, irgendwie hab ich mich verabschiedet von meiner Familie, in Jedanken verabschiedet. Und sonst? Keine besondere Angst, eigentlich paradox, aber keine besondere Angst, nur etwas wehmütig, sozusagen.« »Lebt alle wohl, es ist nicht zu ändern.« Aber das ging vorbei, und wir kamn dann, wurden auseinandergerissen, und jeder kam in sein' Heimatbezirk,

ich zum Alexanderplatz und wurde dort von der Gestapo verhört. Dann gab es Einzelhaft, ein Vierteljahr lang, wo es keinen Spaziergang gab und kein Herauskommen aus der Zelle, nicht mal für zehn Minuten.
Ich hab sehr intensiv dran gedacht, was aus meiner Frau, was aus meinem Kind geworden ist. Ja? Ich hab immer an sie gedacht. Angst und Sorge um sie. Wehmütije Jefühle, oder wie soll ich dis sagn. Ich konnte mich nicht mitteilen, das war das Schlimmste. Ich konnte sie nicht erreichen. Es war sehr schlimm. Obwohl ich die Situation nicht einschätzen konnte. Ich konnte nicht ahnen, daß man auch die holländischen Juden verfolgen würde! Das lag eigentlich nicht im Bereich, für mich nicht im Bereich des Möglichen. Also, es ist, war unwahrscheinlich: Man besetzt ein Land und, und vernichtet die Einwohner! Also, auf den Jedanken bin ich nich jekommn. So eine Einschätzung zum Faschismus hatt' ich nicht.
Dann hab ich mich an Max Hoelz erinnert, ich kannte dieses Buch: *Vom Kreuz bis zur roten Fahne*, so etwa heißt der Titel. Und der hatte beschrieben, wie er in der Zelle Gymnastik gemacht hat, wie er seine Zeit vertrieben hat. Das war für mich das Vorbild eigentlich, das hab ich auch gemacht. Von dem wenigen Brot hab ich mir kleine Schachfiguren herjestellt und ein kleines Schachbrett aus dem Zeitungspapier, was wir als Klopapier hattn. Ich hab Schach gespielt. Ich habe alle Lieder aufjezählt, die ich kannte, das waren damals an die dreihundert Lieder, auf die ich jekommn bin, wenn ich mich nicht verzählt habe dabei. Ich habe gedichtet. Ich habe Schüttelreime gemacht, die schwer zu machen sind, weil man da viel überlegen muß, wie's sich reimt und wie, wie man die Worte setzt, und die hab ich auch behalten und hab diese Schüttelreime auch aufgeschriebn, später.
Und eh, das Ende vom Liede war, daß plötzlich einer in meine Zelle kam und ich den Schutzhaftbefehl unterschreibn

mußte. Das war'n roter Zettel, und wenn ich mich geweigert hätte, hätte nichts jebracht. Ich kenne eine Frau, die sich geweigert hat, die aber dann doch schließlich unterschrieb, als die andern gesagt ham: »Die schlagen dich tot. Unterschreibe!« In diese Situation kam ich also nich, ich grinste aber dabei, als ich unterschrieb, und da sagte er: »Na, wo du hinkommst, da wird dir das Lachen vergehn.« Und, nun, das Lachen is mir trotzdem nie vergangn. Ich habe auch in schwierijen Situationen, oder wenn sie überwunden wurden, noch jelacht. Also, da hatte er geirrt. Aber er meinte natürlich das Richtije. Er wußte, was in Sachsenhausen vor sich ging.

In Sachsenhausen angekommn, wurden wir aus dem Auto rausgeprügelt. Wir mußten Aufstellung nehmn, es kam ein Offizier vorbei, der fragte: »Warum bist du hier?« Der antwortete: »Ich bin Jude.« »Wie oft bist du vorbestraft?« »Viermal.« Und da schrie dieser Offizier: »Und so was lebt noch? Und so was lebt noch!« Mit so ner Fistelstimme, die, die ich nicht, nie vergessen werde. Naja, das war eigentlich das Todesurteil für uns, denn wir lebten ja alle noch. Dann wurden wir nachmittags abgeholt, wurden in die Entlausung gebracht, uns wurden die Haare geschoren, wir wurden unter eine kalte Dusche gestellt, zwanzich Minuten, dreißich Minuten, ich weiß nicht. Es war nur ein Zittern und Beben und Zähneklappern, was nicht aufhörte, was den ganzen Tach und die Nacht durchging und was noch am Morgen in unsern Knochen saß, diese Kälte. Und drei von uns starbn in dieser Nacht, an der Unterkühlung. Aber ein Entkommen aus dieser Dusche gab's nicht, da war, war dieser SS-Mann mit der Hundepeitsche, mit der Pistole in der Hand. Und es gab auch noch den Sachsengruß, den wir bringn mußten, drei Stundn, wo uns das Blut, was sowieso schon erstarrt war, noch völlig abstarb. Das war eine Kniebeuge mit verschränkten Armen im Genick, die mußtest du durchhalten, etwa drei Stunden. Es gab Leute, die den ganzen Tag so hocken mußtn, in der bittersten Kälte so hockten, und wenn sie umfieln, wurden sie mit Wasser, Kaltwasser begossn von den SS-Leutn und starben dann sofort an diesen, erfrorn dann sofort. Das gab es alles. Ich muß sagn, daß ich sehr deprimiert war. Ich kam nun aus dem Gefängnis, wo einijermaßen Ruhe und einigermaßen Sicherheit, also wenigstens Sicherheit, man wußte, daß man nicht erschlagen wird. Aber im KZ wußte man das nicht. Man konnte für geringe Verstöße gegen die Lagerordnung, die man selbst nicht kannte, schwer bestraft werdn. Und Solidarität wurde sowieso bestraft. Und was wir uns praktisch erkämpft hattn oder was uns da durch die Köche zugeschanzt wurde, das war ja Solidarität, und wir wurden dafür bestraft. Ich war, kam nun in einen Block rein, wo es sehr voll war, und mußte mich erst mal zurechtfindn. Durch diese Einsamkeit im Gefängnis war eine Untüchtichkeit erzeugt wordn, eine Unfähichkeit, Kontakte selbst herzustellen. Man war sprachlos im wahrsten Sinne des Wortes. Und ich verkroch mich sozusagn in mich selber, denn die Atmosphäre war ja auch nich so, daß man sagn kann: »Alles war Freundschaft.« Es war so eng, daß eine Nervosität entstand. Wenn ein Tisch für fünfzehn Plätze vorgesehen war, dann saßen da über zwanzich Leute dran, und zwanzich standn noch mal um de Tisch herum, um dis, das Essen zu empfangen. Aber eigentlich hatten sie keinen Platz zum Stehen, denn es war nur ein schmaler Gang, dann kam der Militärschrank, und dann mußten sie aneinander vorbei sich kämpfen und durchkämpfen zum Waschraum, um eben das Jeschirr abzuspüln und, und wieder zurück, um an den Schrank ranzukommn, wo schon vier andere an dem Schrank standen, um 'ne Tasse abzutrocknen. Diese Enge erzeugte eine gewisse Angst, manche Leute könn' nicht in einem Menschengewühl sein, da packt sie schon die Angst.

Wenn man täglich damit umgeht, mildert sich das zwar, aber es äußert sich in Aggressivität. Man schnauzt an, und man wird angeschnauzt. Und solange man eben kein' Freund hat, ja, solange man nicht weiß, wo die Genossen sind, ist das furchtbar. Das dauerte etwa sechs Wochen, und dann wurd' ich plötzlich von Herbert Arzt aufjesucht, den ich schon in der, aus der Emigration kannte, und der machte mich dann mit Genossen an meinem Tisch bekannt, so.

Ich habe jede Nacht an meine Frau gedacht und an meine Familie, an meine Eltern gedacht. Und das Furchtbare war eben, daß man kein' Kontakt zur Außenwelt hatte, das heißt: Man durfte dann schreibn, aber ich konnte nur an meine Eltern schreibn. Wir hatten irgendwie bestimmte Worte – so wenn man von »Paul« sprach in dem Brief, auch schon aus der Emigration, denn war das zum Beispiel die Partei. Man konnte also sagn: »Was macht Paul?« und krichte eine entsprechende Antwort: »Es geht ihm gut. Er lebt, und er ist tätig« oder sonst etwas. Und wenn man, wenn ich von »meine Cousine« sprach, dann war das meine Frau. Ja. Und so krichte ich dann doch einije Nachrichtn über meine Frau auch: daß sie lebte und daß eine briefliche Verbindung bestand. Diese Verbindungen wurden aufrechterhalten über andere Adressen, über Deckadressen, trotz großer Gefahr. Die Gefahr war ganz konkret: Meine Frau war Jüdin. Und wie kann ein Arier sich noch irgendwie herablassn, ein' Brief an eine Jüdin zu schicken, und wie kann er vor allen Dingen Geld schicken. Denn meine Eltern schickten meiner Frau Geld, was sie bitter notwend, nötich hatte, denn sie war, was ich ja auch nicht ahnte und wußte, illegal. Sie hatte, sie is gerettet worden durch einen Kameraden, den ich in einem Internierungslager kennengelernt hatte. Das war en österreichischer jüdischer Kamerad, der hat ihr das Leben gerettet, der hat auch meinem Sohn das Leben gerettet. Sie war schon in der, der Sammelstelle, von dort ging es ja nach Auschwitz, und da konnte sie einen Brief meiner Mutter vorlegn, also, dieser Freund hatte ihr gesagt: »Du mußt, mit diesem Brief mußt du behaupten, daß das von deinem Mann ist.« Aus diesem Brief ging hervor, daß mein Bruder an der Ostfront war. Und sie sollte sagn und hat das auch plausibel gemacht, hat sich durchgekämpft zu diesem Hauptbonzen, der über die, über das Schicksal entschied. Und sie war, von den fünfhundert Juden, die dann in's Sammellager kamn, blieben fünf übrich. Da war sie eine von den fünf, weil sie also nachweisen konnte, daß ihr Mann, brieflich nachweisen konnte, an der Ostfront kämpfte, was natürlich, auf diesen Schwindel ist er reingefalln. Da ist sie nochmal freigekommn, *noch*mal freigekommn, bevor man sie holn wollte, ist in'n Untergrund gegangn und hat sich versteckt aufgrund der Unterstützung dieses meines Freundes. Und sie hat sich dann mit ihm liiert und – das wußte ich natürlich zu dieser Zeit alles nicht. Sicher blieb den beiden gar nichts anders übrich, als nun zusammenzuhaltn und eben auch sexuelle Bindungen einzugehn. Das, hm, war einfach die Folge des Krieges und war ein Gebot, gemeinsam zu überleben, man mußte zusammenstehn. Und das Kind wurde zu einer Pflegemutter gegeben. Der Robert hatte erlebt, wie die Großeltern abgeholt wurden, da war er vier Jahre alt. Er zitterte, wenn er das Wort »SS« hörte. Er zitterte, wenn er diese SS-Leute sah. Er durfte, es wurde ihm eingeschärft, nichts zu sagen beziehungsweise, es wurde ihm eingeschärft, was er sagen mußte: daß er jetzt bei seiner Tante lebt, und irgend 'n Name, den er sich einprägen mußte. All solche Sachen. Und er begriff das alles. Er wurde Bettnässer, was eigentlich ne, ne natürliche Reaktion war. Es gab dort viele Kinder in dieser Familie, der Bettnässer wurde natürlich bestraft, wie's damals üblich war, weil diese Leute ja nicht die Ursachen kanntn und das für Bösartigkeit hielten. Und diese Bestrafung hat dazu geführt, daß er jeden Abend nach seiner

Mutter weinte. Und als ich verschwunden war, hat er ein halbes Jahr nach seinem Vater geweint, da war er zwei Jahre alt. Das Kind hat praktisch Schäden für sein ganzes Leben bekommn.
Dann kam der Befehl Himmlers: »Alle sind zu liquidiern.« Das bezog sich nicht nur auf Sachsenhausen, sondern auch auf die andern Lager. Das Lager zu bombardieren, gelang ihnen nicht, weil sie keine Flugzeuge bekamn. Wir wurden also in Marsch gesetzt, um nach Lübeck und zur Lübecker Bucht zu marschiern, um dort auf Schiffe geladen zu werdn und versenkt zu werden. Man hätte es den Engländern und Amerikanern angelastet, was ja tatsächlich passiert ist. Es ist das Schiff »Arcona«, das mit Häftlingn aus Neuengamme vollgeladen war, von den Engländern bombardiert wordn. Man weiß heute noch nicht, warum. Ich vermute, daß es eine geschickte Machination von den Faschisten war, die möglicherweise den Engländern suggeriert ham: »Es is en Truppentransporter.«
Ich bekam noch ein 500-Gramm-Brot, was ich mir einteilte in jeden Tag eine Scheibe. Vielleicht für zehn Tage hat's gereicht. Es gab keine Verpflegung. Man schleppte sich dahin und man war ausgepowert bis zum Letztn. Aber es is so: wenn man muß, dann wachsen einem Kräfte. Es ist so unwahrscheinlich, es ist unwahrscheinlich, wie Menschen einfach immer noch marschiern und laufn konnten und trotz des schlechten Schuhwerks, trotz des Schlafens im freien Feld, trotz Regen und Schneegestöber, trotz Hunger und Frieren und Ungewißheit, trotz der Bewachung, die an der Seite marschierte. Es is unwahrscheinlich. Uns begleiteten Flüchtlingstruppen und auch Polizei, die Berlin verteidijen sollten und es dann doch irgendwie nicht gemacht habn und auf der Flucht warn. Alle Wege waren überfüllt mit Flüchtlingen, die sich in Richtung Westen bewegten. Und wir wußtn: ›Berlin ist bereits umzingelt,‹ konntn wir uns denken. ›Berlin ist möglicherweise schon erobert! Aber wir werden einfach noch vorwärtsgetriebn, um

nicht den Russen in die Hände zu falln.‹ Die Außenlager waren nach Sachsenhausen gebracht wordn, Haselhorst, Siemens zum Beispiel oder Lichtenrade oder Lichterfelde, das marschierte alles in Richtung Sachsenhausen und dann weiter. Es gibt, eh, Zahlen: 36.000 ist die wahrscheinlichste und auch die, eigentlich die niedrichste. Die Karteien waren verbrannt. Es werden 40.000 angegebn. Das kann sich beziehn auf Frauen, die von Ravensbrück losmarschiertn und dabei warn. Es ist einfach nicht so, so genau bisher festgestellt wordn. Gehen wir von der Zahl 36.000 aus. 6000 wurden umgebracht unterwegs, starben an Erschöpfung, krichten en Genickschuß und blieben liegen. 70 habn wir noch in Schwerin beerdicht, sie lagen an diesen Grubn, die ausgehoben warn, gelb, gelbgesichtich, abgemagert, ausgehungert. In letzter Sekunde noch gestorbn. Das war sehr bitter, diese Beerdigung in Schwerin.
Und dann war es einfach so, daß die Henkersknechte uns in der Nacht zum 3. Mai verließn. Damit warn wir frei. Uns war ja nicht bekannt, wo was war. Wir liefn auf die nächste Stadt zu, das war Schwerin. Da begegnetn uns die Engländer, das war ne Kavalleriepatrouille, die grüßten von ihrn Pferdn, und wir grüßtn zurück. Das war unsre ganze, ja, hm, Feier der Befreiung. Denn in diesem Moment war's ja irgendwie eine Feier. Aber wir warn am Ende mit unsern Kräftn, wir schleppten uns dahin, ich spuckte Blut. Und sie stiegn nicht ab, sie gaben uns keine Zigarette und kein Stück Brot. Sie ritten vorbei.
Tja, und Zukunftspläne, das war natürlich einmal die Vereinigung wieder mit meiner Frau, mit meinem Kind. Und irgend etwas beginnen, wahrscheinlich meinen Beruf wieder ausüben, ich war ja Maler von Beruf. Und helfen, ein, ein demokratisches Deutschland aufzubaun, dort eine Funktion zu erhaltn, die mir das ermöglicht, teilzuhaben an dem Wiederaufbau. Meine Eltern wiederzusehn. Meinen Bruder wiederzufinden, der dann doch nicht zurückkam von Stalingrad, irgendwie in die Gefangenschaft geriet oder beim

Überlaufn erschossen wurde, ich weiß es nicht. Oder von einer Bombe getroffen wurde. Meine Schwester wiederzusehn, die in der französischen Emigration, in der französischen Resistence war. Das warn so alles meine Hoffnungen.
Wir sind so um den 25. Mai 1945 in zwei großen Lastwagn, offenen Lastwagn mit einem Traktor vorneweg und einer Gulaschkanone hinten dran, nach Berlin gezogen. Berlin war zerstört, es war Trümmerhaufen an Trümmerhaufen. Am Brandenburger Tor stand eine Rotarmistin, die die Fahnen schwenkte und Zeichen gab. Wir kamn durch die Leipziger Straße, die einijermaßen schon befahrbar war, kamen bis zur Jannowitzbrücke, und dort hielten wir an: Die Jannowitzbrücke war zerstört. Eine Holzbrücke wurde von sowjetischen Pionieren gebaut. Das war unser erster Eindruck. So ging ich dann mit meinem Freund Karl Veken, der zwar kein Berliner war, aber hier bleiben wollte, nach Mariendorf in der Hoffnung, das Haus meines Vaters würde vom Krieg verschont sein. Wir gingn zunächst zum Alexanderplatz in der Vorstellung, sonderbaren Vorstellung, die ich hatte, daß irgendein Verkehrsmittel fahren müßte. Es war ja schon der 30. Mai, also drei Wochen nach Krieg. Dennoch, es war ein trostloser Anblick: die Trümmerberge, die Trampelpfade zwischen den Bergen, die in irgendein Kellerloch führtn. Es blieb uns natürlich nichts anderes übrig, als nach Mariendorf zu laufen. Wir kamn dann in diese Straße, wo mein Vater wohnte, und von weitem sah ich: Da steht ein Giebel. Aber als ich näherkam, sah ich, daß das Haus zerstört war, ausgebrannt. Ich klopfte beim Nachbarn, meine Mutter stürzte raus, schrie laut: »Emil, Emil, der Wolfgang is wieder da!« Es gab eine Umarmung, eine Freude, wie man sie ganz selten, tja, überhaupt erleben kann – nach elfjähriger Trennung.
Es gab eine Verordnung der sowjetischen Militäradministration, die Schulen zu eröffnen, und es gab die Anweisung:

»Alle faschistischen Lehrer raus, Antifaschisten zu Lehrern ausbilden!« Und so wurde ich Schulhelfer, und da, als Schulhelfer, traf ich Gerda. Ich hatte sie nicht sonderlich beachtet, muß ich sagen, nicht mehr als die andern auch. Eh, du weißt, ja, daß ich in Holland meine Frau hatte und eigentlich immer nur an sie dachte. Das stand doch bei mir im Vordergrund. Und von daher habe ich natürlich Gefallen an andern Frauen schon gefunden und fand sie hübsch und schön, aber im Grunde genommn war das alles auf Abstand und ohne besondere Begeisterung oder Jefühle. Gerda war damals 19 Jahre alt, sie hatte das Abitur gemacht, ein Notabitur, sie hatte also Englischkenntnisse und bekam sofort eine Aufgabe von dem Karl Veken, und diese Aufgabe war, 'n Englischkursus einzurichten. Ich wollte eigentlich nicht Lehrer werden, aber ach, der Karl sachte: »Du hast die höchste Universität besucht, die's unter den Faschisten gab...« Er meinte das Konzentrationslager. Das stimmte natürlich, da war man, war ich wirklich reif-, herangereift und sicher auch fähich, Kinder zu leiten. Aber mir fehlte eine ganze Menge Wissensstoff. Den mußt ich mir erarbeiten, das war nicht so leicht. Und dann begann also der erste Schultach, und der Karl sagte: »Nun geh mal rein in die Klasse und unterrichte.« Ich sach: »Was? Ich soll unterrichten? Wie stellst'n dir dis vor? Ich weiß gar nich, ich bin doch gar nicht vorbereitet dadrauf.« »Ja, aber du weißt, daß die Schule anfängt.« »Mensch, im Jugendausschuß war so viel Arbeit. Und ich, du weißt, daß ich dauernd unterwegs bin, kam doch gar nicht dazu. Und dann weiß ich auch nicht, was.« »Ja«, sacht er, »die Schule fängt an. Geh rein in die Klasse und unterrichte.« »Das kann ich nich.« »Na, die Gerda wird mit dir zusammn reingehn.« Nu sind wir beide, das war so unsere erste gemeinsame Tätichkeit, diese erste Schulstunde. Er gab uns noch ein' Tip: »Erzählt den Kindern was, und laßt euch was erzähln.« Und wir habn uns dann was erzähln lassen vor allen Dingn, und das war eine sehr eindrucksvolle Stunde für die Kinder und für uns beide auch. Denn diese Kinder kamen ja aus verschiedenen Flüchtlingslagern, aus Verlagerung der Schulen oder sie kamen, hatten vielleicht sogar in Berlin den Bombenangriff überlebt. Einige waren Waisen, lebten bei der Großmutter. Und die meistn hatten keinen Vater, oder Vater war noch im Krieg oder in der Gefangenschaft. Also, es waren sehr bemitleidenswerte Kinder, und wir habn sofort Freundschaft mit ihnen geschlossen. Und es entwickelte sich dann eine Schule, und ich gehörte eigentlich zu den fabelhaften Lehrern, das ist ein pädagogischer Fachausdruck, also, ein Lehrer, der zwar sehr beliebt ist, aber mit dem Stoff doch, nicht so richtich ihn vermitteln kann. Den Eindruck hab ich von mir selber immer gehabt. Nicht, daß sie nichts gelernt habn, natürlich hab ich den Plan geschafft, aber es gab ja Lehrer, die das sehr gut verstandn, wo die Klasse immer mitging und begeistert war und was gelernt hat. Und bei mir war die Begeisterung mehr, ja, ich weiß nich, weil ich sie verstandn habe, weil wir uns überhaupt verstanden haben.

Nach 1945, als nun alles zu Ende war, habe ich noch auf diesem Todesmarsch einen Freund gebetn, der nach Holland ging, sich um meine Frau zu kümmern. Er hatte sich die Adresse eingeprägt bzw. hat selbst geforscht und ist auch vorgedrungn, is dort aber von diesm Willi ziemlich abgewiesen wordn. Und ich krichte dann eine Nachfrage durch das Rote Kreuz, und die kam von ihr. So hatt' ich ihre Adresse, und wir standn dann sofort im Briefwechsel. Ich war natürlich beglückt, muß ich sagen, daß sie lebte, denn das war ja schon fast unwahrscheinlich. Und auch der kleine Robert lebte, das war toll. Ich machte dann einije Anstaltn, um eine Erlaubnis zu bekommn, eine Aufenthaltserlaubnis. Aber die Briefe von ihr waren etwas, einerseits sehr erfreut, daß ich lebe, sie hätte gehört, daß ich tot wäre, andererseits doch etwas kühl. Der erste war fast abweisend, und der zweite, der gleich den nächsten Tach drauf kam, entschuldigte sich für die Abwesenheit, also irgendwas schien nicht in Ordnung. Sie war offenbar im, im Zwiespalt, und sie schrieb dann auch, sie würde nicht nach Deutschland kommn könn', daß die Deutschen, die ihre Eltern ermordet habn, die kann sie nicht, in dieses Land kann sie nicht kommn. Was verständlich war, aber ich konnte auch nicht kommn. Ich, eh, einmal hatte ich die Schule, das war für mich sehr wichtich. Ich hatte meine Eltern, das war ganz bedeutungsvoll für mich. Und dann gab es zu dieser Zeit keine Reisemöglichkeitn. Ich hatte keinen Ausweis, die Jefahr, eingelocht zu werden und irgendwo interniert zu werdn, bestand. Ich hätte zu Fuß laufen müssn, denn es gab keine Zugverbindung, und eh, nach Amsterdam war es hoffnungslos. Viele Jahre später habe ich gemerkt, daß der Willi im Grunde genommn intrigiert hat, mich praktisch ausgespielt hat und daß er sehr wahrscheinilch meine Briefe gefälscht hat. Es war, es war vielleicht sehr leicht, ich hab einije Briefe in Schreibmaschine geschriebn, in denen ich also ziemlich ehrlich meine Beziehung zu Gerda jeschildert hatte und gesagt habe: »Wie sieht's bei dir aus? Ich will Antwort habn!« Und ich krichte keine Antwort. Ich wär immer noch bereit jewesen, und Gerda hätte das auch verstandn, eh, eh, zurück zu, zu Henriette zu gehn. Aber die fehlende Antwort beziehungsweise die Antwort von Willi: Es wäre so das Beste, er würde die Vaterstelle bei Robert übernehmen und eh, andernfalls, er würde sehr unglücklich sein, und die Gerda würde doch sehr unglücklich sein. Mir leuchtete das ein. Es war wirklich nicht nur eine Sache der Empfindungn und des Gefühls und der Liebe, sondern es war auch eine Frage der, naja, vielleicht der Klugheit, sich so zu entscheidn, was nicht im Sinne von Henriette war. Aber da sie sich nich äußerte, sondern sich äußern ließ, durch ihn

äußern ließ, hab ich das erst viel später erfahrn. Dieser Zwiespalt hat ebend dazu geführt, daß wir doch nich mehr zunander gefunden habn.
Mit Gerda habe ich täglich zusammenjearbeitet, wir haben zusammn auch Schularbeitn gemacht, und sie hat mir viel geholfen. So entspann sich dann eine tiefe Zuneigung und eine große Liebe, eh, zwischen uns. Sie hatte im Grunde genommen in der Statur eine Ähnlichkeit mit meiner erstn Frau. Sie war dunkelhaarig, hatte tiefblaue Augen, und wenn sie, wenn sie, wenn ich plötzlich klingelte und sie die Tür aufmachte, dann wurdn, die Pupilln erweiterten sich ganz groß. Sie wurden ganz groß, die Pupillen. Die nahmen fast das ganze Auge ein, den Augapfel, das, das Blaue, die Iris wurde fast zugedeckt von dieser Pupille. Das war ein Zeichen ihrer Erregung, ja, das war ne deutliche Sache. Und, eh, frisches Gesicht, zierlichen Körper, mit einem Wort: ne hübsche Frau. Aber das war vielleicht nicht das Hervorragendste an ihr, sondern das Bestechendste war ihre große Intellijenz, ihre Fähigkeit, die sie entwickelte in unsrer Theatergruppe. Wir spielten z.B. von Bertolt Brecht *Furcht und Elend des dritten Reiches.* Sie spielte mit, ich spielte mit, andere waren natürlich auch dabei. Und das warn eigentlich Höchstleistungn, die sie da brachte. Sie konnte wunderbar Theater spieln, und sie konnte sehr gut rezitiern. Und sie rezitierte von Goethe, ich glaube, es heißt *Willkommen und Abschied.* Es war wirklich faszinierend, wie sie auch einwirkte auf die andern Jugendlichen. Das hat mich natürlich sehr berührt, und, ja, das hat mich eben sehr beeindruckt. Dazu muß ich sagn, daß Gerda inzwischn schwanger war und, eh, wir also vor der Frage standn: »Nun werden wir heiratn«, weil es das Jescheiteste war und Nützlichste. Und das habn wir dann auch gemacht.
Diese Hochzeit war eine außergewöhnliche Hochzeit. Es gab noch am Schwarzen Markt ein Brot für 100 Mark oder

500 Mark, ich weiß nicht, also, die Preise warn unverschämt. Es gab ein Karnickel, das Gerdas Großmutter im Hause hatte, und dieses Vieh riß die Petroleumkanne um und versaute sich sein ganzes Fell mit Petroleum und mußte aus diesem Grunde schon jeschlachtet werdn. Und das fiel mit unserer Hochzeit fast zusammn, so daß wir Leberwurst hattn. Es wurde Leberwurst gemacht aus diesem Kaninchenfleisch. Und irgendwo habn wir auch noch Mehl aufgetriebn. Aber dieses Mehl war im Grunde genommen kein Mehl, das war vielleicht Maismehl und gemischt mit, mit allem, eigentlich war es aus irgendeinem Viehfutter hergestellt. Es war ein furchtbares Zeuch, dennoch habn wir daraus was gebacken. Und im Garten wuchsen ja Äpfel, und alle hatten sie uns nicht geklaut. Meine Eltern schrieben eine Hochzeitszeitung. Und zwar gab es damals keine Vervielfältijung, und mit der Schreibmaschine, das war ja mit einem Einfingersystem geschrieben, war das sehr mühevoll. Und alles war gezeichnet. Vater zeichnete, Mutter schrieb das, beide hatten sie sich das ausjedacht. Es gab so einige Witze über das Brautpaar dabei, es gab einije Empfehlungn, alles in scherzhafter Form. Ja, und jeder Gast sollte so eine Zeitung kriegen. Meine Mutter hat sich mit diesen Zeitungn fast kaputtjewirtschaftet, sie war sowieso kränklich. Aber es wurde mit großer Begeisterung aufgenommen. Und dann, wir warn ja beide Lehrer, wir warn also zum Standesamt bestellt, und die Kinder, vor allen Dingen die Klasse von Gerda, bildeten Spalier an der Rathaustür. Und dann hab ich mich sehr geärgert, daß ich keine Brautkutsche bestellt hatte, das wär für die Kinder doch herrlich gewesn, so wie sie sich immer die Hochzeiten vorstellen mit Brautkutsche. Und das war damals ziemlich leicht zu bestelln, das war, ich glaube, die Brautkutschen waren so ziemlich das erste Verkehrsmittel in Berlin, ja? Und die Kollegen schenkten uns einen Kochtopf, der aus einem Stahlhelm gemacht war. Das

war auch eine Sensation, daß man damals solche Kochtöpfe herstellte, eigentlich symbolisch, aus Stahlhelmen Kochtöpfe zu machen. Und die Stube von Schwiegervater und Schwiegermutter wurde ausjeräumt und eben nur Tisch und Stühle reinjestellt, und dann hatten wir Musik, irgendwer kam und machte Akkordeonmusik. Und dann wurde die ganze Nacht da jejubelt und jetanzt, und es war eine phantastische Hochzeit. Es war ein herrlicher Tach, es war der 27. September, und er war warm wie ein Sommertach. Gerda hatte en ganz leichtes, jeblümtes, dünnes, fast durchsichtijes Kleid, und es ging auch nur bis zu den Knien, eigentlich war schon die spätre Minimode vorweggenommen, und mit dem Blumnstrauß, es war, ich hatte ne schöne Braut!

Henriette sah ich wieder 1959, sie hat mich besucht, hat dann ein Hotel genommen und hat in diesem Hotel geschlafn. Und wir habn uns am Tage getroffn. Wir warn beide recht erschüttert, muß ich sagen. Sie hätte am liebstn alles rückgängich gemacht und sah ihr Leben eigentlich verpfuscht, weil sie nicht mit mir zusammenbleibn konnte. Aber es ging ja nicht mehr. Für mich war's sehr schmerzhaft eigntlich. Ich hab ihr das immer wieder versucht klarzumachen, daß das natürlich eine Folge des Krieges ist, daß der Krieg uns auseinandergebracht hat. Aber persönliche Entscheidungn spielen ja auch, eh, trotzdem eine große Rolle. Wir, wir sind ja Menschen und hätten uns entscheiden könn'n. Und ich hab's nicht, hab mich nicht so entschieden, wie sie's gewollt hat oder nachträglich behauptete, wie sie's gewollt hat. Für sie ist das Leben nach ihrer Meinung verpfuscht wordn, obwohl ich ihr das nicht abnehme, denn sie war mit ihrem Mann, mit dem Willi, auch glücklich, den sie aber nicht, eigentlich, nach ihrer Meinung nicht aus Liebe geheiratet hat. Und doch hat sie ihn nachher sehr liebjewonnen. Wir warn dann, ich hab mit ihr irgendwie den

Funkturm besucht oder irgendwas jemacht. Und ich weiß, daß sie, daß in ihr das ganze Erlebnis, und es is ja doch ne Tatsache, daß ich mit ihr vier Jahre auch durch große Not, eigentlich noch durch größre Not jegangen bin, und sie sehr an meiner Seite war und wir sehr zusammengehalten habn – daß das alles in ihr wach wurde und ja, naja, was soll ich dazu noch sagen? Also, am liebsten wär's ihr jewesen, ich hätte sie umjebracht, so eine verzweifelte Stimmung hatte sie. Das war bei mir nicht so. Natürlich sind auch die Erinnerungen wachjeworden, aber die Entscheidung war jefalln und eh, war nich rückgängich zu machen. Ich hatte auch nicht die Absicht, sie rückgängich zu machen. Das war ja 'n überlegter Schritt von mir, den ich jemacht habe, dis war nicht irgendeine plötzliche Jefühlsaufwallung. Bloß, ich empfind es heute auch als tiefe Tragik, daß, daß eh, eine Sache, eh, Menschen, die praktisch doch so fest zusammenjehalten habn und so verbundn warn durch Not und Verfolgung, so verbundn warn, daß die einmal durch den Krieg, aber zusätzlich durch solche Machenschaftn, eh, und dann andererseits durch meine Abkehr, die natürlich dazu jehört, ausnanderjebracht wurdn.
Gerda und Henriette habn sich kennengelernt. Sie kam dann noch ein zweites Mal und brachte den Willi mit, und wir ham unser Schlafzimmer jeräumt und ham sie da praktisch einquartiert, hm. Gerda is sicher 'n bißchen eifersüchtich jewesn, is ja doch erklärlich und spricht nicht gegen sie, aber die beidn ham sich nich in 'n Haarn jelegn. Und Willi? Ich weiß, daß er ein guter sozialdemokratischer Genosse war, und er hat ja der Henriette das Leben jerettet. Und, eh, damit hat er sich eigentlich auch 'n Platz, diesen Platz verdient, in jewissem Sinne. Er selbst hat eh, eh, später jesacht: »Ich hab eine große Schuld auf mich jeladen.« Zu seiner Tochter hat er dis jesacht, ich hab's erfahrn. Und das is ein Eingeständnis. Er weiß, welche Schuld er trägt. Er hat

das arrangiert, diese Brieffälschungen und so weiter. Ich kann's nicht hundertprozentich beweisn, aber es gibt Sachn, die man weiß, ohne daß man es mit Dokumenten belegen kann. Ich kann jetzt nicht viel darüber sagn, das ist eine Sache, die mich noch zu stark berührt. Daß ich überhaupt darüber spreche, das hat, das hat Jahre, das hat Jahrzehnte jedauert...

Aber ich bin einverstanden mit meinem Leben. Ich bin einverstandn, weil ich in dieser Situation damals so handeln mußte, und ich bereu es auch nicht. Ich bin für mich glücklich. Ich bin mit Gerda glücklich. Es bedrückt mich schon, daß Jet nich glücklich is, aber ich meine, eh, ich bin daran nich schuld, zumindest nicht alleine. Da trägt sie den größern Teil der Schuld. Und aus diesem Grunde tut sie mir leid. Aber – das ist natürlich immer eine Sache, die man sein Leben lang mit sich herumträgt. Ganz klar. Nur, das Leben kann nich vollkommn sein. Es ist schon sehr vollkommn bei mir, daß ich so eine Frau habe und, und die Kinder habe. Das ist schon ein großes Glück, und das ist so eine Seltenheit in der heutijen Zeit. Ich bin mit meinem Leben sehr zufriedn.

Blasen machn und überhaupt, habn die jut jeschmeckt. Und Schokolade, nich zu fassn, brauch ich jar nich weiter. Oder weiße Turnschuhe! Ich hatte keine. Ich gehörte immer nich dazu. Ick hatte nie West-Geld.

Ich hab dann ne Lehre als Facharbeiter für Textiltechnik gemacht, weil dis eine Voraussetzung war für die Schauspielschule, also entweder abgeschlossene Berufsausbildung oder Abitur, und bin aus Ost-Berlin weg. Ewich und immer hab ich in Ost-Berlin gelebt, meine Mutter is da Schauspielerin beim Fernsehn, mein' Vater kenn ich nich. Ich bin also auf ein Kuhkaff mit fünfzich Einwohnern. Dis kann sich kein Mensch vorstelln: Sie guckn aus'm Fenster und da steht ne Kuh! Und dann Schichtdienst, rund um die Uhr, wirklich hart knüppeln, Riesenmaschinen bedienen. Ich hatte völlich die Hände mit Schwieln voll, hab fast mein Studium jebraucht, bis die weg waren, ne. Und während der Lehre hab ich gesacht: »Ich werde mal ganz bewußt mitfahrn mit dem Staatsapparat, ich mach, was die sagen, was se hörn wolln.« Und dis is mir gelungn, schweren Herzens. Ich war in so'm Heimaktiv, und ich mußte dann über Mädels urteiln und die bestrafn, weil se doch »Schlager der Woche« jehört habn. »Wir sind ein sozialistisches Lehrlingswohnheim, und wir wolln euch zu sozialistischen Persönlichkeitn heranziehn. Es wird kein Rias hier gehört! Warum macht ihr dis doch?« Wurden die halt an'n Pranger jestellt. Und die hattn dann Ausgangssperre, da war so'n kleiner Dorfklub, Tanzgehverbot. So was. Und siehe da: Ich hab meine Lehre mit »zwei« gemacht!

Die Aufnahmeprüfungen für die Schauspielschule hab ich während der letztn Lehrwochn gemacht, hab vom Betrieb freigekriegt, bin nach Berlin gefahrn und hab's jeschafft, ohne daß meine Mutter davon wußte, ohne daß die mich irgendwie vorbereitet hat oder so. Da war ich 21, und ich hab überlegt: ›Knall ick mich wieder rein in diese gesellschaftliche Arbeit, die so hoch gelobt wird, und alle heucheln se se', keinen interessiert se wirklich, weil alle sind se froh, wenn se abends um achte, neune aus de Schule raus sind und noch ne Seite lesn könn', wenn man dazu überhaupt kommt‹. Ich hab wirklich mich zu Anfang gefragt: ›Also, mußt du dich jetzt als FDJ-Sekretär wähln lassn?‹ Und ich hab's nach der Erfahrung während der Lehre nich jepackt, ich wollte auf keinen Fall so weiter machn und allen zu Munde redn, sondern einfach sagen, was ich denke, und kein Blatt vor'n Mund nehmn. Bin nich schlecht gefahrn bei, muß ich sagn. Und es war nich so, daß ich auf der fauln Haut gelegn hab. Früh um 8.00 hattn wir die erste Stunde, weiß ich, Theorie: Ästhetik-Vorlesung, zwei Stundn. Danach kam ne Stunde Fechten, dann war'n wa erst ma am Bodn. Danach kam noch Bewegung und Tanz. Und denn war sowieso erst mal aus, denn kam vielleicht mal ne kleine Mittagspause. Und Russisch-Unterricht, den hättn se sich sparn könn', ne? Dann kam Sprecherziehung. Und dann ging's weiter mit Szenenstudium, dis war eigentlich unsere Lieblingsarbeit, so richtich kleene Stücke machn auf der Bühne, mit einem Dozenten, der uns zur Verfügung gestellt wurde, und zwee, drei Mitstudenten. Dis warn dann vier Zeitstundn oder so, und es lief oft darauf hinaus, daß man die überschrittn hat. Wir sind manchmal erst um 9.00, 10.00, 11.00 abends aus der Schule jekommn. Und dann trifft man den Direktor alias Peter Minetti, was der Sohn von Bernhard Minetti hier im Westen is, und der sacht: »Na, du siehst aber ganz schön müde aus. Was machst du denn nachts?« Man sollte also auch noch ausgeschlafn sein, politisch interessiert, immer auf'm neustn Stand, nachts noch irgendwelche Zeitungen lesen am bestn. Man sollte Stücke durcharbeitn, auch schriftlich wat erledigen, ne Biographie von Goldoni oder irgendwas durchgehn, nächsten Tach was dazu sagn, sich Kostüme ausdenkn, 'n Bühnenbild aus-

Kollege dich in Empfang nehmn, und der wird zusehen, daß du nach Hause kommst.« Und der Andreas is nich in seine Maschine jestiegn, sondern zur Lufthansa jegangn, und damit war er in Gießen und in Westdeutschland. Punktum! Und dann kam natürlich die Stasi zu mir, also dieser blöde Staatssicherheitsdienst: Was ich denn wüßte, und was mit meinem Ehemann los is. Die habn zu mir gesacht: »Wenn Sie zu Ihrm Mann wolln, denken Sie mal nich, daß Sie dann weiterstudiern könn'. Entweder Sie lassn die Ehe anulliern oder...« Sie wolltn hörn: will ich zu ihm oder nich, und ich hab alles hinausgeschobn, hab nur gesacht: »Dis is eine schwerwiegende Entscheidung, dis muß ich mir überlegn.« Und denn hab ich den Antrach gestellt.
Ja, und dann bin ich erst mal freundlich von der Schule gegangen wordn, geschmissn, freiwillich, und habe diese große Wohnung aufgelöst, alles verkloppt. Ich hatte Staatsschuldn, mußte diesn 5000-Mark-Kredit zurückzahln, dis war unheimlich schwierich, weil ich dachte, ich krieg dis Zeug alles für's gleiche Geld los. Nee, lief nich. Ich hab ne ganz kleine Wohnung genommn, von der ich wußte, daß sie Telefon hat, mit einer Omi getauscht. Dis warn 12 m²-Zimmer und ne ganz kleine Küche, 'n ganz kleines Bad, 'n kleiner Flur, und da hab ich 24 Mark im Monat bezahlt und Kohln, dis sind alles keine Preise da. Aber, wie jesagt, mit Telefon, daß ich mit diesm Mann telefoniern konnte, mit meinm Freund. Mal wissn, wie's ihm geht, watta macht, wie's mit Arbeit aussieht. Ja, und da hab ich denn gewohnt. Irgendwie neue Matratzen hatt' ich und ne Decke und zwei gepackte Koffern, für die Ausreise bereits, um sie jederzeit griffbereit zu habn. Und ich hab dann noch sehr aufgepaßt, daß ich mich, wenn's geht, bitte nich sofort wieder verliebe, weil, klar, man wird bespitzelt. Wenn ich dann mit'm andern Mann zusammn bin, denken die sich: ›Die will ausreisen? Dis kann nich angehn. Dis werdn wa mal nich

genehmigen ...‹ Und ab da war ich ganz schön alleine. Ich hab mich dann bei mehreren Stelln, berufsfremden Stelln beworbn: Altenheim als Pflegerin, als Putzteufel und sonstwas, habe aber immer gesacht: »Ich hab 'n Ausreiseantrach laufn.« Und da hat mich kein Mensch genommn. Man befindet sich sozusagn in einm Teufelskreis, weil die erste Pflicht in der DDR is, zu arbeiten, ob man grad ne Million jeerbt hat oder wie, man muß arbeitn. Und wenn ich nicht arbeite, könn' se mich einknastn wegen asozialn Lebenswandels. Wir hattn ja nur 200 Mark Stipendium bekommn, aber dann wurd'es schwierich. Sofort vererbte mir meine Oma sechs Silberlöffel, reines Silber, die hab ich einschmelzn lassn für 600 Mark, und davon hab ich 'n halbes Jahr gelebt. Dis kann man, wirklich. Dann hab ich'n bissl Synchron gemacht, da hat mich jemand genommn, der sagte zwar: »Is verbotn, solche Leute wie dich zu beschäftigen«, aber dis war der Vater einer Freundin, und es wurde sehr gut bezahlt, und da hatt' ich dann Taschengeld.
Wenn man weiß, daß man nicht mehr für etwas arbeitet, um was zu erreichen, sondern wenn man nur noch wartet – also zwei Jahre könn' irre lang sein! Ich bin keinerlei Verpflichtungen, nichts mehr eingegangen, immer auf Absprung. Dis hat's so unerträglich gemacht. Ich hab Zeremonien veranstaltet, Kerzen aufjestellt. Ich hatte ne Katze jeschenkt bekommn, ich hab mit meener Katze dajesessn, mit der jesprochn, hab die behandelt wie 'n Menschen. Und, ach, denn hatt' ich mal eine aus Gips gefertigte große Katze auf einem Sockl, die hab ich von unten mit ner Kerze angeleuchtet und: »Die Katze is die DDR. Die wird jetzt vernichtet!« Ich bin total schizophren jewesn in der Zeit. Ich war wirklich echt einsam, ich hab meterweise Tagebuch jeschriebn, 'n ganzn Koffer voll. Meine Mutter wohnte 'n paar Schritte eigentlich nur weg, aber die hat auch ihr Leben. Wir habn Debattn geführt: »Warum denn ausreisn?« Und meine Mut-

alle, er hat mich halt mitgebracht, und letztendlich war ich nur sein Anhängsel. So hat er mich denn auch immer behandelt, als dis erste Feuer weg war, nach zwee Monaten oder so. Irgendwann hat er mich janz plump zu Hause abjesetzt und jesacht: er fährt jetzt nach West-Berlin und muß zu ner Fete. Und da war's erst ½9.00 oder was. Dis war echt hart. Und da hab ich jesacht: »O.k., fahr mal. Brauchst gar nich wiederkommn.« War 'n trauriges Ende.

Und dann hab ich aber, dis lief fast parallel, da war in Anklam an diesem Theater een ganz süßer Bühnenbildner, und ich mußte mich echt zusammreißn in der Zeit, wo ich mit Markus war. Ich hab gesacht: »Nein, du machst keine Dinger. Du hast den Markus, jetzt. Und nicht zwei Sachn auf einmal.« Aber dann wußt' ich: Mit dem Markus, das is vorbei, ich will da nich mehr mitrenn' wie ein dummer Hund, immer hinterher. Und denn war ich 'n halbes Jahr mit diesem Bühnenbildner zusammn, bis zu meiner Ausreise. Der wußte, daß ich'n Antrag laufn hab. Und dieses halbe Jahr war wirklich toll!

Irgendwann, so Weihnachten rum, stand denn Markus wieder vor der Tür und hatte ein Visum für vier Wochn und wollte sich bei mir einnistn. Und da hab ich ihm jesacht: »Dis is ja nun 'n bissl frech. Ich bin doch nich dein Hotel. Tut mir leid.« Das hatte ihm noch keiner gesagt und schon gar nich ne Frau im Osten. Er hat natürlich unheimlich profitiert von seinem Westlersein. 'n Freund aus West-Berlin zu habn, is ja was Tolles, weil der bringt halt mit, ob dis nu Klamottn sind, wenn a sich dis leistn kann, mal ne Jeans oder mal 'n Ohrring, auch dis ganze Feeling, da kommt ein Wind mit, da kommt ne Melodie mit, da kommt 'n Jeruch mit! Wenn der aus West-Berlin jekommn is morgens zum Frühstück, na, da hatta drei Bananen mitjebracht, zwei Orangn, davon hatta denn eine Banane und eine Orange zum Frühstück jegessn. So, naja. Immerhin, war toll. Und den mochtn ooch alle, der war locker. Und der kreuzte nun wieder auf, als mein Freund Bühnenbildner bei mir wohnte. Da war a sehr beleidicht und sehr gekränkt, ja, war sein männlicher Stolz verletzt.

Dann bin ich in Anklam nicht mehr besetzt worden, weil alle dachtn, ihre Premiere is gefährdet, wenn ich ausreise. In Brechts »Trommeln in der Nacht« hätt ich spieln könn', ham se ne andere jenommn, und dann hat sich alles so lange rausgezögert, daß ich die Premiere und die erstn Vorstellungen noch miterlebt habe, aber immer nur als Zuschauer. Dis war sehr schade, dort fand gutes Theater statt, ich hätt gerne da jearbeitet. Die Post kam immer zu einer bestimmtn Zeit, dieser Bescheid wurde aber durch ein' Botn gebracht, der war postunabhängich. Ich konnte mich also nich auf die Post verlassn, sondern bin zwölfmal an diesem Briefkastn jewesn. Ne richtije Manie! Und Februar 84 fand ich denn 'n Zettel, ich möchte mich bitte dortunddort einfindn. Und die habn mich gefracht: »Sind Sie immer noch davon überzeugt, daß Sie nach West-Berlin gehn müssn?« Hab ich gesagt: »Ja.« Ich hatte die ganzn zwei Jahre alle drei Monate 'n neuen Antrag gestellt, um mein' Beschluß zu bekräftign. Und denn sachte der Mann: »Gut. Wir habn uns entschlossn, Sie gehn zu lassn, dafür sind einige Erledigungn nötich. Sie müssn nachweisn, daß Sie keine Schuldn habn«, und zwar beim Kohlnhändler, bei der KWV, was die Kommunale Wohnungsverwaltung is, wo man zur Miete wohnt, is ja alles staatlich, bei sämtlichn Banken, Staatsbank, Landwirtschaftsnahrungsmittelgüterwirtschafts-Bank, mit denen ich noch nie was zu tun hatte, Bewag, Gasag, Telefon. Dis hatte man mir inzwischn weggenommn, der Kontakt zu dem Freund aus meinm Studienjahr is auch völlich abgebrochn. Ich mußte innerhalb von drei Tagn ein' Berg von Erledigungn tätijen, mir überall Stempel gebn lassn, die hattn dafür richtig ein Formular. Und denn war ich mit allm

toll jemacht, ich war total begeistert und war sofort wieder 'n bißchen Feuer und Flamme, das war also noch nicht ganz erloschn. Letztendlich hat Markus denn auch gesagt, ich kann bei ihnen wohn'. Der hatte ne Wohngemeinschaft und war so'n bissl der Chef, weil dis Haus seinem Vater jehört. Auf einer Etage sind da drei Wohnungen à zwei Zimmer, und die größte Küche haben se zur Gemeinschaftsküche gemacht. Und nu habn die andern beidn Wohnungn ja ooch noch ne Küche, und da hattn sie ein Hochbett eingebaut und die Armaturn verhangn und Übernachtungskammern für Freunde und Gäste jeschaffn. Hab ich also in einer nich mal 6 m²-Küche gehaust mit mein' beidn Koffern, hab 100 Mark bezahlt und Essengeld. Aber ich war nich alleine, und der hat sich 'n bissl um mich gekümmert. Ich wußte, er hat irgend ne Buddelkastnbeziehung, schon über Jahre, aber die Frau war in Frankreich. Inzwischen issa mit ihr verheiratet und hat zwei Kinder mit ihr. Und ich hatte von meinm Ehemann nichts mehr jehört, keine Spur, das hatte sich innerhalb der zwei Jahre völlich erledicht, war ne reine Geschäftsbeziehung sozusagn. Markus war also meine Bezugsperson in dem Moment, jemand anders hatt' ich nich. Und er hat gemerkt, daß ich immer noch an ihm hänge, und hat's mir heimgezahlt. Also, er hat jetan, als wenn a mitmacht, und mich ooch noch mal in's Bett jekriegt. Aber letztendlich wollte er mir 'n Ding zurückgeben, hatta sich jerächt, und dann hatta mich fallnjelassn wie ne heiße Kartoffl.

Markus hat mir immer von Thomas erzählt, seinem ältestn Bruder. Die sind sechs Jungens und ein Mädchen, is ne Pfarrersfamilie, deshalb habn se so viele Kinder. »Thomas is für mich irgendwie 'n Vorbild. Der is so ausjeglichn, der weeß, watta will, der studiert seine Medizin und spielt sein Saxophon. Zu dem hab ich den meistn Draht.« Da mußt ick ja nu Thomas mal kennlern'. Den heißn Draht! Und dann haben die beidn sich verabredet auf'm Flohmarkt, in Kreuzberg anna Mauer. Und wir kommn mit'm Motorrad hin, habn uns verspätet und habn ihn denn jesucht: auf diesem großn Flohmarkt, knüppeldicke voll, heiß und verstaubt. Mein Gott! Un plötzlich sachta: »Da stehta.« Na, haben wa uns gefundn! Markus sachte: »Also, dit is Friederike. Und dit is Thomas, mein Bruder.« Und da hat's bei mir sofort derartich einjeschlagn, daß ick ihn schon nicht mehr anguckn konnte. Thomas hatte denn noch Besuch von zwei Amerikanerinnen, denen war er den Flohmarkt zeign, und denn habn wa gesagt: »O.k., wir treffen uns bei ihm zu Hause.« Der wohnte mit einem Ehepaar zusammn, sie is Holländerin, er is ein Deutscher, und die habn ne kleene Tochter. Und da haben wa 'n bissl gefeiert und jequatscht, alles auf englisch, ich stand mit mein' Russischkenntnissn natürlich weit vom Schuß, haben se immer für mich übersetzt. Und irgendwann hat der Markus mich wieder auf sein Motorrad jehievt, und wir sind in unsere Wohngemeinschaft. Am nächsten Morgn, nee, gar nich nächstn Morgn, bald darauf, es war ziemlich kühl, und die andern sind schon alle weg, und ich bin in dieser großn Küche und ganz alleine, auf einmal klingelt's Sturm. Und da steht der Thomas vor da Tür. Hah! »Mir is so kalt, ich wollt' mir von Markus nur 'n Pulli holn und mal guckn, ob Post da is.« Thomas hat früher bei seinm Bruder jewohnt und kam ab und zu nach Post. »Ja, was machst du denn hier?« »Ich wohn' hier!« »Ach so, wußt ich gar nich.« Und denn guckt a diesn Stapel Post durch und sacht: »Keiner hat mir geschriebn.« Und da hab ich gesacht: »Ick kann dir ma schreibn.« Sacht a: »Weißt ja gar nich, wohin, hast meene Adresse nich.« Sag ick: »Gib mir doch deine Adresse oder deine Telefonnummer. Dann kann ick dich mal besuchn. Morgen oder so.« »Jo, kannste machn, komm ruhich.« Denn hatta mir seine Telefonnummer gegebn und is wieder verschwundn, ohne Pullover, ohne alles. Ich völlich aufjelöst, hab sofort ne Bekannte aufgesucht, die war ooch ab und zu in dieser WG. Sag ich: »Ick brauch Verstärkung! Wolln wa den nich heute abend besuchn?« »Au ja«, sagt se, »wir fahrn hin.« Sage ick: »Kerstin, der is echt jefährlich für mich.« »Macht nix, wir fahrn.« Und dann hat sie den Thomas anjerufn, sie kommt heut abend Haare schneidn. »Und ich bring noch jemand mit.« »Ja, is in Ordnung.« Wir also die Straße langjeflattert, ich war so uffjeregt, mein Gott! Und dann habn wa da 'n nettn Abend verbracht, was heißt: nett? 'n duftn, richtich ulkign Abend! Die hat dem also, er saß auf einm Hocker im Bad, und sie schnitt an sein' schönen Prachtlockn rum, er sah hinterher fürchterlicher aus als vorher. Und wir habn rumjegeigelt, ham Musik jehört bei ihm, kamn irgendwie auf Turnen zu sprechn. Sachte sie: »Kannste dit noch und dit noch?« Jedenfalls haben wir im Handstand rumjestandn oder habn Radschlagn oder Flickflack gemacht und sind durch sein riesengroßes Zimmer gehechtet. Ich hab mich so richtich gehn lassen, irgendwann is mir dit mächtich peinlich jewordn, ick dachte: ›Bist du bescheuert? Alberst hier rum!‹ Ich war über alle Backn in den verknallt. Und Thomas saß auf'm Bett und hat sich amüsiert. Er hat eine unheimliche Wärme ausgestrahlt und hatte so viel Charme und war janz lieb und total richtich, sofort zum Knuddeln. Man sacht ja immer: »Der is süß!«, und dis hört sich so doof an. Aber es war was dran! Und seine Augn, dis war das Größte, so was hab ich bis dahin noch nie jesehn, die sind fast stechend blau, richtige West-Augen! Wenn der ein' anjeguckt hat... Kerstin wollte denn nach Hause. Und er hatte auch 'n Motorrad, sachta: »Wen von euch soll ich zuerst fahrn?« Sacht se: »Ick! Ihr quatscht bestimmt noch 'n bißchen.« Issa abgedüst mit ihr, und in der Zeit fing es – Gott sei Dank! – fürchterlich an zu regnen. Kam er wieder, sagte: «Soll ich dich jetzt wirklich nach Hause fahrn? Bei dem Regn?« Ich

sage: »Nee. Wir wartn noch'n bissl. Vielleicht hört's auf.« Ich hab natürlich die richtige Musik aus sein' Plattn rausjesucht, Branduardi, 'n bissl Gitarre, dis geht immer, und ne Kerze anjezündet. Und dann war's irgendwann bestimmt 3 Uhr oder so, hab ich gesacht: »Ach, jetzt möcht ich nich mehr raus.« Da haben wa aber schon lange im Bett jelegn. Und die ganze Nacht is nix passiert! Nich zu fassen. Hab ich bis dahin noch nie erlebt! Irgendwann hab ich's nich mehr ausjehaltn, hab jefracht: »Willste nich oder was?« Hatta jesacht: »Nein. Ich will, daß du wiederkommst.« Und dis hat mich so jeplättet, dacht' ich: ›Dis darf nich wahr sein, dis darf nich wahr sein!‹ War wirklich enorm, weil's so völlich anders war als bei alln andern. Wir haben nebnander jelegn, es ging eine wohlige Wärme durch mein' ganzn Körper, wie Welln, ja? Wir habn uns unterhaltn über unser Leben, was ich Ihnen jetzt alles erzähle, hab ich ihm in der Nacht erzählt. Und ich hab ihn jefracht: »Hast du eigentlich ne Freundin?« »Nein.« Er hat mir seine traurige Liebesgeschichte erzählt, er war zwei Jahre ganz alleine, und dis war die Konsequenz dessen, daß er sich von einer Frau, mit der a sechs Jahre oder so, vonna Pubertät an kannten die sich, mit der war a lange zusammn, und dann hat a sich jetrennt. War sehr schwierich, ständich hin un her. Sie wollte denn, aber er nich, denn wollte er, aber sie nich und so. Und dann hatte er halt ab und zu so'n bissl Feuer jefangn, aber länger als zwei Wochn hat's nie jedauert.
Und fortan hat mir Thomas Berlin gezeigt. Der is mit mir durch die Kneipen und »Warste da schon? Und dis mußte unbedingt sehn! Komm, wir gehn ma auf'n Konzert.« Am 17. Juni – hab ick nu ausjerechnet Jeburtstach und 1961, im Jahr des Mauerbaus, bin ick jeborn wordn – sind wa bei Rio Reiser jewesn, Ton-Steine-Scherben-Konzert uff'm Ufa-Jelände, ham wa um 12.00 denn anjestoßn und so. Thomas hat weiter in seiner WG jewohnt, ich konnte da jederzeit hin

und hab mich mit den beidn, also mit diesem Ehepaar, wundervoll verstanden. Und er kam ooch ab und zu in meine Küche, schliefn wir beede uff dem Hochbett. Die WG kannte ihn ja. Und dann kam mein Wohnberechtigungsschein. Wenn man aus da DDR kommt, kriegt man ja ein' WBS mit Dringlichkeit. Das Landesamt für Wohnungswesn hat mir auch Vorschläge jemacht. Die habn mir ne Neubauwohnung anjebotn, 55 m², 540 Mark. Den Preis fand ich natürlich stolz, daran konnt ich mich nich so schnell jewöhn'. Also sind wir durch die Straßn jezogn, habn jeguckt, wo verlodderte Fenster sind ohne Gardin' oder eventuell was leersteht, sind in ein' Mieterberatungsladn: »Könnt Ihr mir helfn?« Sachta: »Nein, wir vermitteln keine Wohnungen. Wir behandeln die Umsetzmieter, die aus zu sanierenden Häusern raus müssen. Aber zufällich: Hier inna Knobelsdorffstraße is eine ganz winzige Wohnung frei.« War ein Zimmer im Hinterhaus mit ner Gasetagenheizung und ner herrlichen Kastanie vorm Fenster. Die Miete hat allein 139 Mark jekostet und denn Gas und Strom, dis war sehr teuer, kam's auf 400. O.k.! Und dann sind wir beide hin und her gependelt, und er hat immer mehr Sachn in meine kleene Wohnung jeschleppt, weil wa da eben alleine warn, nackicht durch die Wohnung und uff'm Herd sitzn und quatschn und so. Er hat studiert, hatte viel Zeit für mich, also war gut, daß a nich von morgens bis abends knuffn jegangn is. Und ich hab mich um 'n paar Jobs gekümmert. Die ZBF, die zentrale Vermittlungsstelle, hat mir ne Rolle für ne Wirtschaftssendung besorgt, da sollte 'n Beitrach gedreht werdn, ging irgendwie um Solarium und Deospray, also alles mächtich auf die Schippe jenommn und im Schnelldrehverfahrn. So was hab ich gemacht. Oder 'n bissl Synchron, allerdings sehr wenich, weil's so was von platt und oberflächlich war, dis is keen Arbeitn, dis is 'n Jeschludere, dis sind halt irgend sone blöden amerikanischn Nonstop-Serien, die man runterrasselt, dis hat kein' Inhalt.

Und dann hab ich ein' Anruf vonna ZBF-Theaterabteilung bekommn: die suchn noch jemanden für die »Bettleroper«. Hab ich mich vorbereitet, bin noch mal in meine Küche da in der altn Wohngemeinschaft, hab mich drei Tage verbarrikadiert, jeübt, jeübt, und denn bin ich völlich aufjeregt und aufjelöst ins Renaissance-Theater marschiert und hab vorjesprochn. Und denn haben se jesacht: »Weißt du igentlich, daß wir die Hauptrolle suchn?« »Was?« hab ich jesacht. »Die Polly? Die hab ich schon mal anna Schauspielschule gemacht. Toll! Ich kenn alle Lieder. Irre!« Und der Regisseur hat mich denn zum Essn eingeladn und nach Hause jefahrn, und dann wollt a mich im Auto irgendwie abknutschn, ick wollte aber nich, hab jesagt: »Hör auf!« Hab mich bedankt für's Essn und bin ausgestiegn. Und am nächsten Tag im Theater höre ich, daß ich die kleinste aller Rolln habe. Dis war 'n ziemlicher Schocker. So plump issis mir im Osten nie passiert. Und dann gingn die Proben los, und wir warn 'n Haufn Mädels für diese Puff-Jeschichte da, hat Spaß gemacht. Abends hat Thomas mich abgeholt, sind wir zusammn irgendwohin: Hier vorne is ja dis »Zille-Eck«, wo der Zille sehr lange jewohnt hat, habn wa viel jesessn, wie ein Traumpaar!
Und dann fingen die Vorstellungen an. Ich war also den ganzn Tach über zu Hause, Thomas hat studiert, und abends um 8.00 bin ich denn meine Knobelsdorffstraße lang und immer in dieses Theater. Von September bis Januar. Ensuite! Jedn Abend. Gerade mal heilich Abend hattn wa frei. Und treudoof habn wir jespielt. Dis hat sich sehr auf unsere Beziehung ausjewirkt, und das hat mir so zugesetzt, ich war fix und alle und hab jesacht: »So schnell kriegt mich kein Mensch mehr auf die Bühne! Jetzt krieg ich 'n Kind!« Wir habn ab und zu über Kinder jeredet. Es fing damit an, daß ich Schwierigkeiten mit der Pille bekam, plötzlich wurde mir abends immer schlecht. Hab ich dis Thomas

erzählt, und er sachte: »Hör doch auf! Pille und du rauchst, die Kombination is sowieso nich gut.« Hab ich jesacht: »Wenn ich ein' Tach die Pille nich nehme und 'n Mann nur sehe, bin ick sofort schwanger.« Sacht er: »Wir lassen uns was anderet einfalln. Oder ick laß mir was einfalln.« Fand ick toll, so was kannt ick aus'm Osten nich. Aber dann hab ick mich immer mehr mit auseinanderjesetzt und abends in meiner Garderobe drüber nachjedacht. ›Jetzt 'n Kind? Na, biste verrückt?‹ Und: ›Ick bin kaum hier, ick will erst mal wat vonna Welt sehn, will durch die Länder reisn, will arbeitn und wat schaffn und erreichn ...‹ Es ging jedenfalls immer hin und her, und immer mehr hab ich mich an's Kinderkriegn ranjetastet, weil: Endlich hatt' ich ja den Mann dazu! Irgendwann hab ich also aufjehört mitta Pille, ich dachte: ›Bevor ich wieder 'n Jahr hier rumsitze und auf'n nächsten Job warte‹, und denn haben wa's richtich beschlossn. Er hat mich im Theater abjeholt mit'm kleen' Blumnstrauß, dis war am 6. Dezember 84, Nikolaus, sind wa in die Paris-Bar gefahrn, habn da 'n Mokka getrunkn und dabei beschlossn: »Wir kriegn 'n Kind!« Völlich jenseits von Eden! Sind wa nach Hause und haben's gemacht, auf der Stelle. Ich hab's gemerkt, ich schwör's Ihnen. Ich war sofort schwanger. Also Magdalena resultiert aus der Liebe zu dem Mann und aus der schlechtn Theaterarbeit.

Der Arzt sagte denn: »Wir könn' ja mal gucken, ob wa was im Ultraschall sehn.« Und siehe da: Es erscheint unjefähr dis Bild einer weißn Bohne und macht immer: »Piep piep piep piep piep.« Thomas war mit, wir warn völlich aus'm Häuschen. Ich bin bald ausjerastet, bin von dieser Liege hoch, hätte den abknutschn könn', den Arzt! Die beedn haben sich ooch sofort verstandn, weil Thomas jesacht hat, er studiert Medizin, und sofort warn se Freunde. Wir warn seelich. Wir hattn richtich 'n Ding weg, saßn bei irgendwelchn Leutn, weit ausnander, er quatschte, ick quatschte, hab ick jemacht:

»Dit dit dit dit dit!« Wir haben uns so jefreut! Aber mir ging's schlecht erst, abjesehn von Übelkeit, ich hatte unglaubliche Rücknschmerzn, Verdauungsbeschwerdn und vor alln Dingn richtije Schmerzn im Unterleib und Blutungen sogar, also alles Anzeichn für 'ne eventuelle Fehljeburt. Hinzu kam, daß Thomas gerade gelernt hat für seine Prüfung »Gynäkologie« und wir diesen Wälzer Pschyrembel durchjenommn haben und »Schwangerschaft« und so weiter, und da stand eine Seite neben der andern, was alles gefährlich sein kann. Denn mußte ich natürlich erst mal vier Wochn liegn, und Thomas hat nur seine minimalsten Studientermine wahrjenommn, hat ausfalln lassn, was ging, und mich umhegt und umpflegt. Und wenn mir 5 vor 6.00 einjefalln is: »Ick muß jetzt Königsberger Klopse essen«, issa losjerannt und hat mir Königsberger Klopse jemacht. Und ich konnte auch mit ruhijem Jewissn liegn: Der Vertrach mit'm Theater war zu Ende.

Wir hättn eigentlich noch ne Weile in jetrenntn Wohnungen jelebt, damit jeder sich zurückziehn kann, also ich hab schlechte Erfahrungn gemacht mit gleich zusammenziehn. Dis hat was mit mir zu tun, weil ich so krallich bin. Ich will dann frühstückn und mittagessn und abendbrotessn mit dem, ich brauch den immer und ewich und nicht nur 'n paar Stunden. Ich hab 800 Mark Arbeitslosengeld gehabt. Und Thomas hat seine 400 Mark Bafög gehabt und von sein' Eltern 'n bissl was. Er hat seine Miete jezahlt, ich genauso, und als er dann bei mir jewohnt hat, hab ich jesacht: »Is doch Quatsch, du zahlst für dein eines Zimmer 400, und ick zahle hier 400, dann könn' wa uns ooch ne Wohnung für 800 nehmn. Warum nich?« Ich war denn schon im 6. Monat, also ich hatt's eilich. Ich wollte, daß wir auf jeden Fall vorher umgezogen sind und ich in Ruhe friemeln kann, und alles schön

machn und so. Er is immer noch in seine Uni gerannt. Naja, denn haben wir diese Wohnung hier bekommn vonna »Neuen Heimat«.
Mein Entbindungstermin war Ende August. Ich hab zugenommn wie bescheuert, aber mir ging's wunderbar inzwischen, mir ging's wirklich gut. Jedenfalls, hochschwanger im achten Monat, klingelt mein Telefon, und da is ein Regisseur dran, stellt sich vor und sagt: »Ich mach ein' Film und würd' gern mal mit Ihn' darüber redn.« Hab ich jesacht: »Könn' Sie sofort vorbeikommn. Aber wissen Sie, daß ich hochschwanger bin?« »Was? Dis hat mir niemand gesagt. Ach, du Schande! Verdammter Mist! Na gut, ich komm trotzdem.« Kam er und erzählte mir dis Drehbuch, also eine Ost-West-Geschichte, eine Liebesgeschichte über die Mauer weg, hin und her und so weiter. Und die hatten noch keine Besetzung für die weibliche Hauptrolle. Ich war total begeistert! Und wir sind so richtich schön drin: »Dis könnte man so machn, dis könnte man so machn«, und da frag ich: »Wann wollt Ihr denn eigentlich anfangn?« »Na, Mitte August. Und wann is dein Entbindungstermin?« Ich sage: »Ende August.« Dis ging überhaupt nich! Ick war total am Bodn. Und er war überzeugt von mir, er wollte nur mich und keine andere, er war ooch total am Bodn. So'n Film wird ja unheimlich lange jeplant, man fährt ein, zwei Jahre vorher auf Motivsuche, man läßt alles baun, der ganze Stab wird zusammjestellt, man holt sich ne Kameraausrüstung, ja, und die Termine. Und plötzlich soll dis verschoben werdn, weil Tussi 'n Kind kriegt? Ein Unding! Es war klar: »Wir könn' nich zusammkommn, diesbezüglich.« Er ging völlich niederjeschlagn nach Hause, oder weiß ich, wohin. Und ich war völlich gnatzich und dachte: ›Meine Güte! Ein ganzes Jahr sitz ick hier rum und genau jetzt! Kann dis nich vier, fünf, sechs Wochn wartn? Kann ick nich ooch mal Glück habn?« Denn rief der zwischendurch immer wieder

an: »Haste nich dein Kind schon? Wir finden keene, die an dich rankommt.« »Nein, ich hab mein Kind noch nich.« Wieder anjerufn: »Nein, ich hab mein Kind noch nich. Jetzt reicht's mir!« So. Und eines Tages, morgens um ½7.00, steig ich dick und fett aus meinem Bett, bei mir ging alles nach vorne raus, so'n Bauch hatt' ich, geh auf's Klo, und da platzt mir die Fruchtblase! Und ich guckte auf die Uhr und stellte fest: ›Ich hab schon alle fünf Minuten Wehen.‹ Ich sag: »Thomas, es geht los.« Meine Sachn anjezogn, fix jepackt, mein' Mutterpaß jenommn, denn habn wa Thomas' Vater angerufn: »Kannste uns ins Krankenhaus fahrn? Wir wolln nich mit'm Taxi...« Und der Vater sofort hierher, aus Wilmersdorf anjerast und uns dahin jefahrn. Und ich denn uff diesn Stuhl und »ja« und »wunderbar« und »aber erst drei Zentimeter Muttermund offn« und »da brauchn wa noch 'n bißchen«.

Als ich aus'm Osten ausgereist bin, war ich ja verheiratet, ne? Der Rechtsanwalt hat sich nich allzusehr beeilt mit der Scheidung, und im Sommer war ick immer noch die Frau dieses Knülches da, der sich überhaupt nich um mich jekümmert hat und nix. Man konnte ihn auch nich erreichn oder ihn anschreibn und ihn einladen zu einer Verhandlung, weil, er is nie irgendwo seßhaft. Denn issa 'n halbes Jahr in Portugal, arbeitet da im Hafen und hat hier ne Freundin und da eine. Er war nie in Westdeutschland. Ich also zu meinm Rechtsanwalt, hab gesagt: »Die Lage verschlimmert sich, ich hab's eilich. Ick krieg nämlich 'n Kind.« Und denn wurde ein Scheidungsverfahrn gemacht ohne Versorgungsausgleich, ohne Rentenübertragung und den janzn Müll. Und ich mußte eidesstattlich erklärn, daß ich beabsichtige, den Vater des Kindes zu heiratn. Eigentlich wolln wa nich heiratn, irgendwann vielleicht, aber wir habn jesacht: »O.k., wir erklärn's.« Und als der Scheidungsrichter sagte: »Frau Friederike F. erklärt hiermit eidesstattlich, daß sie, eh, bis zur Geburt des Kindes den Vater des Kindes heiraten wird«, hab ich erst begriffn, was jemeint is. Wir habn nämlich gedacht, wenn das Kind noch im Bestehen der alten Ehe zur Welt kommt, is gesetzlich der frühere Mann der Vater, deshalb muß ick mich vorher scheidn lassn, und dis is allet. Der kleine Unterschied im Bürgerlichen Gesetzbuch besagt aber: Wenn das Kind noch in der bestehenden Ehe gezeugt wurde... Nu hatte ich eijentlich nich vorjehabt, 'n Meineid zu leistn. Hab ich Thomas dis erzählt. Hatta jesacht: »Ich heirate dich sofort!« Ohne mitta Wimper zu zuckn. Fand ich janz toll. Jeschiedn war ich Mitte Juli, etwa vier Wochn vor der Jeburt. Wir hattn also nur 'n minimalen Zeitraum: Standesamt, Aufjebot bestelln, Bürokratie. Ich dachte: ›Dis schaffn wir nich.‹ Aber die haben alle mit uns zusammjearbeitet, die haben alle ein Herz für uns jehabt und haben sich wirklich beeilt und uns vorjezogn und andere zurückgestellt, und wir haben 'n Termin bekommn an einem Dienstag. Und den Sonnabend davor passierte dis mitta Fruchtblase!

Na, jedenfalls im Krankenhaus mußt' ich denn Vorbereitungen, 'n Einlauf, die üblichn Sachn, duschn, Kittel anziehn und so. Und Thomas war die ganze Zeit dabei, hat mir bei den Wehen jeholfn, die dann doch etwas heftich zuschlugn. Ich hab mich immer an ihn jehängt, wir sind den Flur auf und ab jegangn, und da sagte er auf einmal: »Könn' wa nich doch vorher heiratn?« Weil sein Vater Pfarrer is, wußte er, daß bei jedem Bezirksamt eine Notliste liegt, vom Bestattungsinstitut über Pfarrer bis Standesamt, 'n paar Leute, die in schlimmn Fälln da sein müssn. Sacht er: »Ich werd's versuchn. Ich ruf beim Bezirksamt Charlottenburg an und laß mir unsern Standesbeamten geben. Der soll hierher kommn.« Dis Telefon stand neben meinem Kreißbett, dann kam ne Wand, und dahinter hat ne Frau ihr Kind jekriegt. Er saß da, hat telefoniert, und ich immer: »Hehehieh!« Ein

Theater, wie bei Hempels unterm Sofa. Uffregend, wa, nich zu fassn. Und es war an einem Sonnabend, wie gesagt. Im Bezirksamt rückten sie die Privatnummer von dem Standesbeamten raus, hat Thomas den anjerufn, hat ihn erreicht, und der sagte: »Ich bin für Ihren Wohnbereich zuständich, d.h. für Charlottenburg. Sie befinden sich aber gerade im Krankenhaus ›Waldfriede‹, also auf dem Territorium von Zehlendorf. Rufen Sie das Bezirksamt Zehlendorf an, und lassn Se sich da ein' Standesbeamten gebn.« »Ja, aber die Papiere liegen doch in Charlottenburg.« »Mein Kollege in Zehlendorf is zuständich. Rufn Se den an, und kommn Sie mit dem nach Charlottenburg zum Standesamt, dort schließ' ich Ihn' alles auf und geb Ihn' die Papiere, und Sie könn' dis dann in Zehlendorf inna Klinik machn.« Jedenfalls, der Kollege aus Zehlendorf war irgendwie auswärts, mit Kind und Kegel Kaffee trinkn, und war nich zu erreichn. Ich lag in immer heftiger werdenden Wehen, und es war bereits ½2.00, es war 2 Uhr, und dann erreichtn wir ihn doch. Thomas sachte: »Es is ganz dringend und bitte unbedingt und im Kreißsaal und meine Frau und überhaupt.« Da sachte der: »Is in Ordnung.« Und Thomas is mit'm Taxi durch die ganze Stadt nach Charlottenburg gejagt. Ich voll in den Wehen, ich hab heftich jeatmet oder gearbeitet, is vielleicht der bessere Ausdruck, und da hört' ich die Ärztin sagn: »Ihr Mann is zurück mit dem Standesbeamten.« Denn sachte der plötzlich: »Wir brauchn doch Trauzeugn!« Ick meine Schwiegermutter anjerufn, die sich ins nächste Taxi jeschmissn und jekommn, stand an meinem Bett mit Kittel und Mütze und hielt mir die Hände, die sah aus wie im OP. Jetzt brauchtn wa aber noch 'n Trauzeugn, und da haben wa kurzer Hand die Ärztin zu ernannt. Es gibt ne Demarkationslinie im Kreißsaalbereich, bis dahin darf man ohne Schutzbekleidung, meine Schwiegermutter, die Ärztin und ich, wir standen diesseits der Linie, der Standesbeamte und

Thomas, die standen auf der andern Seite. Und der Standesbeamte machte es kurz: »Also, Eheschließung heißt...« und nich ewich ne Rede vorjelesn. Und: »Sind Sie, Frau Friederike Soundso, gewillt?« Und genau da kamn die Wehen: »Hehiehheh!« Und der Mann stand völlich wie's tapfere Schneiderlein und hat jezittert, und ich hab mich an der Wand: »Hhiiehhä!«, und die Ärztin hat mich 'n bissl jestützt. Und dann war's wieder gut, und dann hab ich jesacht: »Ja!« Und Thomas genauso. Und dis alles um 16 Uhr 20, und somit warn wa Mann und Frau.
Dann sind die Wehen zurückgegangn, und mir taten unheimlich die Untersuchungen weh, ich hatte nämlich ne Narbe von einer früheren Fehlgeburt und Abtreibung aus'm Osten noch. Und es war irgendwie 11 Uhr nachts schon, ich konnte nich mehr. Also, es ging nich weiter. Geburtsstillstand. Dann war Schichtwechsel, kam ne andere Hebamme. Und plötzlich sachte die: »Hurra! Der Muttermund is offn, jetzt könn' wa anfangn.« Und ick hab irgendwie 'n Drang zu pressn verspürt, aber ick hatte keene Kraft mehr, und dit Kind hatte keene Kraft mehr. Und dann wolltn se's mit der Saugglocke holn, dis Ding sieht aus wie'n Staubsauger. Also, unten hat die Ärztin mit dieser Saugglocke jezogn, auf mir drauf kniend, mit ihrn Fäustn fast an mein' Niern, die Hebamme, und anna Seite Thomas, mich anjefeuert. Wir haben ne Dreiviertelstunde jeackert wie die, wie die Besengten. Thomas hatte Tränen in den Augn: »Weiter, weiter, weiter!« Und denn kam se! Und da hab ich nur noch ganz weit weg gehört: »Is 'n Mädchen.« Ick hab mich so jefreut! Ick hab mich soo jefreut!
Mir ging's gut, Magdalena war o.k., ich kam nach Hause, bin an's Telefon, hab eine Nummer gewählt und gesagt: »Ich hab mein Kind.« Drei Wochen vor Drehbeginn! Da sind die bald nich mehr jewordn. Der Regisseur sachte: »Hervorragend! Wir habn immer noch keine...«, und ich

sachte: »Ich mach's unter der Bedingung, daß ich mein Kind stilln kann, und ich bringe Thomas mit, was mein Mann is, der kümmert sich drum.« Kein Mensch darf mich eigentlich beschäftigen sechs Wochn nach ner Geburt. Is ganz streng verbotn. Aber ich hab gedacht, es geht, wenn ich's auf meine Kappe nehme, in Eigenverantwortung. Die haben uns 'n Wohnmobil gemietet, wo ich stilln konnte, und denn habn wa anjefangn zu drehn. Und die habn ihr Versprechn wirklich jehaltn. Die Klappe stand schon anna Kamera, wir wolltn gerade anfangn, Thomas kam an mit ihr uff'm Arm, sie hat jebrüllt, und dann hab ich ihr halt was zu trinkn gegeben. Und das ging bis zum Ende so, es war wunderbar. Und inzwischn is Magdalena ein Jahr, morgen ein Jahr und zwei Monate. Und dieser Film, der heißt »Flitzebogen« und is'n ganz berühmter Film, der läuft jetzt fast 'n halbes Jahr hier in Berlin und ooch so in westdeutschen Großstädtn wie Hamburg oder München. Der hatte nur gute Kritikn. Die fragen mich nu alle: »Mensch, wenn der so gut läuft, haste ausgesorgt oder?« Is nich, überhaupt nich, mit meiner Gage sind alle Rechte abjegoltn. Naja, ich hab 'n paar Angebote jekricht inzwischen. Im Oktober hattn wa abgedreht. Dann war ich erst mal zu Hause. Und im April, Mai hab ich bei einm Film mitjemacht, ne Satire über ein' Behinderten, das war für's Kleine Fernsehspiel beim ZDF. Und da sind wir nach Frankreich gefahrn, vierzehn Tage, Südfrankreich. War schön. Sehr intensive Arbeit mit ganz wenich Leuten, mit wenich Geld. Dann hab ich 'n bißchen Hörspiel gemacht beim SFB. Und in Hamburg hab ich gerade drei Drehtage jehabt bei einer Fernsehserie, hab ne Kaufhausdiebin gespielt. Ich krieg auch immer noch Arbeitslosenhilfe. Im Osten habn wa oft den Spruch jehört: »Wer wirklich arbeitn will, der kann ooch arbeiten. Die da drüben wolln alle gar nich ...« Hab ick jedacht: ›Scheint wat dran zu sein.‹ Aber zwanzichtausend arbeitslose Schauspieler, also mit'm

Bundesjebiet, und zweitausend arbeitslose Ärzte allein in Berlin! Thomas is im praktischen Jahr jetzt und arbeitet inna Klinik, im Mai hatta sein drittes und letztes Staatsexamen. Ich denke, dis kann gar nich sein, daß es in einem Land oder in einer Stadt zu viele Ärzte gibt! Wenn er kein Bafög mehr kriegt, naja, ich hoffe, bis dahin hat sich was ergebn...
Und ick liebe diesn Mann immer noch wie am erstn Tach. Wir sind zweieinhalb Jahre zusammn und auf engstem Raum und nie lange jetrennt. Und es gibt einfach nichts, was mich total an ihm stört. Wir sind ja eigntlich wie Luft und Wasser. Er is sehr ausjeglichn, hat ein eher ruhiges Wesn. Und wenn ich mit meiner Spontaneität einherkomme und sage: »Weißte was? Wir fahrn nach London! Wir packn, nehmen Magdalena mit... Warum geht denn dis nich?« »Nein, und überleg mal, wir müssen doch und...« Und da sag ich: »Lahmarsch, du kommst nie ausda Hüfte!« Denn nimmta mich, sachta schließlich: »Hab ich recht oder?« »Ja, du hast recht. Aber trotzdem... Und überhaupt! Nie geht was!« Geh ick in mein Zimmer, schmolle fünf Minutn, und denn is wieder o.k.

Rudolf D., 32, und Ilka D., 37, Sozialhilfe-empfänger:

»Wir haben nie übers Sterben gesprochen...«

Rudolf D.: Ich bin vollmondabhängig. Und dis war grad Vollmond, i war also drei Tage schon wieder um die Häuser, und ich war schon stockbesoffn, und 'n Freund von mir, der wollte immer no weiter, immer noch weiter in die Kneipn nei. Und, ja, da sind wa in die Eckkneipe, und da war sie. Und da hab ich mit ihr gredet. I weiß gar nimmer, was, über Blumen haben wa gredet, und über Natur habn wa gredet, ja, war nur so, war kei Annäherungsversuch, dis war einfach mal so'n Kontaktnehmen. Und dann hat sie gsagt: Ja, sie fährt uns runter in die Kneipe von meinm Freund da. Und denn hab ich dis Auto gsehen: 'n Müllwagen! Wie der ausgsehen hat, äußerlich und innerlich! Und da hab ich mich schon mal köstlich drüber aufgeregt. Irgendwo war plötzlich Interesse für die Frau da. Die Bekanntschaftn, was ich früher gemacht hab, die sind eigentlich alle nach einem Schema abglaufen: das war Anmache, gegenseitige Anmache, so Abschnuppern, aha, ja, na gut, aber im Nachherein war dis immer allis leer. Ich glaub, da hab ich viel verwechselt, was gsucht, aber net gfunden, eigentlich auch gar net ernschthaft nach was gsucht. Ich war noch net so weit, daß ich mi wirklich auf 'e Beziehung total einlassen wollt.
Ilka D.: Ja, dis war '83 im Juni, inna Gaststätte. Ich hab da gearbeitet und hatte einfach keine Lust, nach Hause zu gehn, hab da noch gesessen und mit Gästn gesprochn. Und dann kam'a rein: schwarzhaarig, längre Haare, 'n blaues Hemd an, Jeans an, ne schwarze Lederjacke. Und, tja: ›Könnt mir jefalln!‹ Und denn hat er mich aber gar nich beachtet, und dis hat mich gestört. Er hat mit seinem Freund Bacardi getrunkn, und danach muß ihm wahnsinnich

schlecht gewordn sein, und denn hatt'a drei oder vier Tassen Kaffee jetrunkn. Ja, und denn habn wa uns beide bis morgens um 4.00 unterhaltn. Er hat mir sein Leben erzählt, ich hab ihm mein Leben erzählt, daß ich verheiratet bin und drei Kinder habe. Und er hat mir erzählt, daß er ne Freundin hat, die er heiraten soll. Also, ne feste Beziehung wollten wa eigentlich beide nich. Und ich hab immer zu ihm gesacht: »Ich helfe dir.« Ja? »In'n Knast kann jeder kommn.« Und er war wegen Rauschgift und Einbrüche und Körperverletzung und Raub, es war also schon ne ganz schöne Sache. Aber dis hat mich gar nich jestört. Wichtich war der Mensch für mich.

Rudolf D.: Ich hab mich von ihr nach Hause fahrn lassn. Und der Versuch war natürlich, glei am erschten Tag mit der Frau ins Bett zu gehn, wa? Und da bin ich schwer auf die Schnauze gefalln. Dis erschte mal in meinm Lebn. Sie hat mi also ganz aalglatt abtropfen lassen! Und ich bin unverrichteter Dinge in meine Wohnung rauf, mach morgens die Augen auf und denk als erstes an die Frau. Und dis hat mir 'n ganzen Tag keine Ruh net glassen. Ich hatte ihr dis Versprechen 'geben: Ich komm abends vorbei und hol mir ne Schallplatte von ihr ab. Weil ich a paar Tage zuvor grad auf'm Konzert war, auf'm ganz guten Konzert. 23. Mai 83 war Mink de Ville in Berlin, da war ich. Aber die Platte war uninteressant, die war nebensächlich. Ich bin den ganzen Tag da, war arbeiten, hab Markt gemacht, Stoffe verkauft, damals, nach der Arbeit noch in meine Kneipen reingangn und so und bin dann abends, ja, absichtlich mit Verspätung bin ich dann eingelaufen. Ja, und sie dann, in ihrer Art, kommt hinterm Tresen naus, gibt mir'n Kuß: »Hallo! Guck, ich hab dir die Platte mitbracht!« Und i war wieder dagstanden. I wollt doch eigntlich machn, wollt doch da'n Auftritt gebn und: »Hei! Hier bin ich!« und so. Wieder schiefgegangen! Ich war dann bei ihr am Tresen gsessen die ganze Nacht und hab zwoo, drei Flaschen Whisky gsoffn. Ich war ja vom Knascht rauskommn, und ich wollt nicht mehr auf die Nadel, aber den nüchternen Zustand, den konnt i net ertragen. Ich wollt dann irgendwo wissen, wie sie zu meinem Leben steht, wie sie mein Leben sieht. Und das Vertrauen, was da plötzlich da war. Ich hab überhaupt keine Skepsis mehr ghabt, und i hab kei Angscht net ghabt, mit ihr zu redn. I hab plötzlich gmerkt: Die Frau kann unwahrscheinlich gut zuhörn. Und wenn s' dann was gsagt hat, das konnt ich verstehn. Sie hat net gsagt: »Selber schuld«, sie hat gmeint: »Jetzt issis so, dis, was hinter dir liegt, o.k. Du wirst es nie vergessn können« und so weiter. »Aber es war nun mal. Das, was vor dir liegt, is wichtiger. Dis is am wichtigsten!« Und dis hat mir gfalln, dis hat mir irgendwie gfalln. Und irgendwo hat mi die Frau neugierig gmacht. Es war ganz stark, ja, sie war wie'n Magnet. Mi hat's immer wieder hin, immer wieder hin. Mit allem bin i natürlich net rauskommen, meine tiefsten Geheimnisse so, die hab i mir schon noch aufbewahrt, ja, daß i eigentlich Angscht vor ner Frau hab, daß i mal zu ner Frau hinkommn kann, die wo, ja, da wo i eigntlich keine Angst net hab, kei Mißtraun gegenüber hab, daß ich verletzt werd, daß man mir wieder weh tut. Und das konnt i ihr dann sagn. Und ich hab's ihr ja dann auch gesagt. Sag i: »Ich laß mi auf'e Beziehung mit dir ein. Mir issis egal, ob du verheiratet bist, dis is mir wurscht. So groß, so stark und so gut kann er gar net sei, daß i vor dem Mann davonlaufen würd. Laß uns keine Regeln net aufstelln. Laß uns einfach mal leben und schaun, wie sich des entwickelt.« Da sind mir abends mit unserm Rottweiler, dis war eigntlich unser großer Junge, mit dem sin wa spazierngangen. Die Zeit war richtig, die Atmosphäre war schön, dis hat halt allis passt, um mal wieder über uns beide zu redn, so daß i gsagt hab: »Du, wir könntn eigentlich heiratn.«

Ilka D.: Nee, du hast es anders gesacht...
Rudolf D.: Ich hab des so gsagt: »Paß mal auf, wenn i mal so viel Schuldn haben sollt, daß's nimmer weitergeht, dann heiratn ma und kriegn ma 'n Kind, und dann laß i allis auf's Kind und auf di laufn.« Und somit hab i ihr 'n Heiratsantrag gmacht.
Ilka D.: Und dis fand ich so toll! Dis war eigntlich der erste Mann, der mir 'n Heiratsantrag jemacht hat. Sonst wollt ich nämlich immer heiratn. Und ich wollte gar nich mehr heiraten! Ick meene, nach drei jescheitertn Ehen hat man ja irgendwo Angst. Und da macht der mir so'n Heiratsantrach auf der Straße, tja, da konnt ich einfach nicht mehr ›nein‹ sagn. »Aber wenn, dann nur kirchlich!« Ich wollte mein Lebn lang schon immer kirchlich heiratn, weil ich dis toll finde, dis is für mich feierlicher als auf'm Standesamt. Denn kam die Schwierichkeit: Mein Mann is katholisch, ich bin evangelisch. Wär allis gar kein Problem jewesn, wir hättn also katholisch heiratn könn, wenn mein erster Mann nicht evangelisch gewesen wäre. Da wir beide evangelisch sind, gilt vor der katholischen Kirche die Ehe noch als vaheiratet. Also, katholisch ging nich. Naja, o.k., dann heiratn wa evangelisch, is ja auch egal. Und denn habn wa uns, ja, ich weiß gar nich, irgendwann ham wa uns denn entschlossn...
Rudolf D.: Ja, daß du dei Scheidung antreibscht.
Ilka D.: ... daß ich meine Scheidung antreibe.
Rudolf D.: Also, erscht mal mußt ja der Weg freigmacht werdn, daß man da überhaupt was unternehmn kann in der Richtung. Dann hat sie Rabatz gmacht.
Ilka D.: Jo, und denn bin ich eigntlich auch sehr schnell geschieden wordn, nach anderthalb Jahren. Naja, und dann bin ich ins Krankenhaus gegangn, weil ich ja sterilisiert war und wir eigentlich uns'n Kind jewünscht habn. Habn wa jesacht: »O.k., ich laß meine Sterilisation aufhebn«, und bin dann im November '84 ins Kranknhaus gegangn. Und Gobi

war mit mein' Kindern allein zuhaus, also mit meinem Sohn Torsten, mit meiner zukünftign Schwiegertochter, mit der Konni und mit meiner kleinen Tochter, mit der Nicole. Aber Nicole, ja, wollte ihn für sich ham, also, dis war immer so'n, ja, so'n Jeknister. Sie ist 16, wird 17, und wenn ich da war, hat se's nie probiert, aber jetzt war ich weg. Und dann hat se's probiert.

Rudolf D.: Ich hab a ganze permanente Anmache geschpürt von der Nicole, und ich fand's paradox, ich fand's 'n absoluten Schock. Sicher, ich hab mir immer dacht, sie is sich gar nicht bewußt, was sie ihrer Mutter damit antun würd'. I mein, sie is ihre Tochter, ich bin da sowieso 'n bissl rücksichtsvoller, als wenn's jetzt 'e Fremde wär. Die hätt i genommn und hätt's nausgschmissn. Aber so, mei Gott, wir leben noch länger zusammn, wahrscheinlich. I hab einfach kein' Weg net gfunden, ihr dis irgendwie klarzumachen, i wollt sie net verletzn, i hab kein' Rat net gwußt, gar nix. 'en bestimmtn Grad kann i Abstand haltn, aber wenn's zu nah wird, i bin auch bloß'n Mann, dann würd wahrscheinlich au i umkrachen. Und bevor dis passiert, hab i mir gdacht, geh i zu Ilka. Bin i zu ihr ins Krankenhaus nei und hab's ihr am Bett da gsagt: »Komm nach Hause. Kannscht net nach Hause kommen, bevor was passiert?«

Ilka D.: Ich meine, ich fand's vom Gobi schon ganz toll. Er hat mir von Anfang an gesagt: Er wird mich im Krankenhaus nicht besuchn, weil, er hat ne panische Angst vor'm Krankenhaus. Und damit hatt' ich mich eigentlich abgefundn. Aber er kam jeden Tach zweimal. Es warn nur immer fünf Minuten, aber er war da. Naja, und dann hab ich also mit meinm Frauenarzt darüber gesprochn, ich lag privat. Denn meinte der, ich müßte sieben Tage wartn, bis die Klammern halt jezogen sind. Ja, aber ich wollt' nach Hause, wollt' ja partout nach Hause. Naja, und denn hab ich an meinem Verband gezupfelt, und nach fünf Tagn hatt' ich

den so schön weit ab, daß der Arzt denn, hat er sich dis angeguckt, meinta: »Oh, is ja toll verheilt.« Sag ich: »Denn könn' wa doch die Klammern gleich ziehn!« Und denn bin ich nach fünf Tagn mit ner Bauchoperation nach Hause. War leichtsinnich von mir. Aber mir ging's gut. Ich hab noch im Bett gelegn, jeder hat mich versorgt, sogar die Hunde waren rücksichtsvoll, sind nich auf's Bett jesprungn, war also ganz toll. Ja, und dann mußtn wa von irgendwo Geld herhabn. Und denn is uns die Sache mit den Schecks einjefalln.
Rudolf D.: Mei Meinung is: Ehrlichkeit ja, aber nicht immer. Manchmal is Ehrlichkeit, kann'n Strick sein am Galgen.
Ilka D.: Der Gobi wollte nich mehr, daß ich in der Kneipe arbeite. Dis hat ihm nicht gefalln: Seine Frau hat nicht inna Kneipe zu arbeitn. »Gut, akzeptier ich.« Und dann mußtn wir ja von irgendwoher Geld ham.
Rudolf D.: Wir hatten immer 'n paar Mark auf'm Konto und, mein Gott, wir hatten ja praktisch nur samstags Zeit, was einzukaufen. Und wenn wa kei Bargeld mehr ghabt habn, dann habn wa, ja, mit Scheck zahlt, und das wurde dann abbucht. Bloß, eh, war's in dem Moment nimmer korrekt, wo i gwußt hab, mei Konto hat kei Geld mehr droben, wa? Aber dis war mir scheißegal, weil, es ging hier um was zu essen, ja, es ging um meine Hunde, es ging um mei Frau, es ging um meine Kinder, es ging um meine Hunde. Ich hab am Anfang schon ihre Skepsis gschpürt und dann gsagt: »Dis wird schon wieder klar. Wenn wa wieder 'n paar Mark ham, dann kriegen die Leute ihr Geld.« Irgendwann hab i immer mei Gelegnheit kriegt, daß wo mir einer was antun hat, daß i mi da revanchieren konnte für, wa? Und ich hab mir dann diese Leute vorgenommn und hab se um Kohle abgelinkt. Also, ich hab ungedeckte Schecks ausgeben, hab einkauft mit ungedeckten Schecks. Am Anfang warn's'n paar 100 Mark.
Ilka D.: Also, bis jetzt sind es 10000 Mark. Denn hab ich 'n Termin jekricht, weil ja von mir auch Schecks warn, aber zu

dem Termin bin ich nich hingegangen. Warum, weiß ich bis heute nich, dis war noch kurz nach'm Krankenhaus, jedenfalls bin ich da nich hinjegangn, aus Angst auch. Und ich fahre dann mit meinm Camaro die Bundesallee lang, etwas schneller, zügiger, weil ich's auch eilich hatte, ich mußte zum Schulrat, und werde gestoppt. Kelle. ›Naja, bist zu schnell jefahren, was soll's.‹ »Steigen Se ma aus, machen Se den Motor aus. Papiere her. Sie sind verhaftet!« Ich sag: »Halt, stopp mal, bitte, warum, weshalb, weswegen?« Ich war mir überhaupt keiner Schuld in dem Augenblick bewußt. War ich mir nich! Und dann hat man mich also nach Spandau jebracht, ins Gefängnis, dis war auf'n Freitag. Konnte kein' Anwalt mehr anrufn, nichts mehr. Und denn kommt da so'n lieber, netter Kriminalbeamter, kommt der rein zu mir und meint: »Wo ist der Dusch?« Ich sag: »Kann ich Ihnen nich sagn. Ich bin seit 1.00 Uhr hier, jetz habn wa abends um 10.00«, sag ich: »Ich bin kein Hellseher.« Ich wußte, wo er is. Wir hatten das Haus schon und hatten aber noch ne andre Wohnung.
Rudolf D.: Wir warn grad am umziehn.
Ilka D.: Ich sag: »Ich weiß nich, wo er is.« »Ja, Sie müssen ...!« Sag ich: »Inna Tasche hab ich'n nich!« Dann mußt ich in so ne kleine Zelle, dis war für mich die Hölle: Kein Fenster drin, dreckich, speckich, Metallbett, ne einfache, ja Wolldecke. Brutal. Nich waschen könn', also, es war schlimm. Aber ich muß dazu sagn, daß die Beamtinnen, die Nachtdienst hatten, sehr nett warn. Wo ich jesacht hab: »Ich hab Platzangst«, ob se die Tür nich auflassn könn', ham se die Tür aufjelassn. 'n andern Morgen kommt der Kripobeamte wieder. Er will wissen, wo Herr Dusch is. Sag ich: »Jetzt bin ick schon fast vierundzwanzich Stunden hier. Ich weiß es nich.« Und: »Sie kommen sowieso nich frei, ich hab mit'm Haftrichter jesprochn. Sie kommn nach Plötzensee.« Gut. Jetzt wußte aber keiner, wo ich bin. Und ich 1700

Mark inna Tasche, weil ich ja die Miete bezahlen wollte für's Haus auch noch. Da durft ich anrufn, wollte ihn aber nicht verraten, habe also die Adresse von meiner großn Tochter anjegebn. Die haben da anjerufen, denn kam mein Sohn, hat dis Geld abjeholt, ja, und zwei Stunden später hatten se ihn also verhaftet. Dis war ganz schlimm. Vierzehn Tage war ich im Jefängnis.

Rudolf D.: Zwanzig Tage.

Ilka D.: Zwanzich Tage warn also für mich wie zwanzich Jahre. Es war permanente Einzelhaft, dreiundzwanzig Stunden einjesperrt. Und für jemanden, der noch nie damit zu tun hatte, is dis die Hölle. Dann war ich früh beim Arzt, hab mir die Erlaubnis jeholt, daß ich wenigstens Sport mitmachen kann, da sind denn wieder zwei Stunden, wo man unter Menschen is. Komm da also rauf zum Arzt, sagt er: »Kennen Sie Herrn Dusch?« »Ja.« »Sind Sie intim mit Herrn Dusch?« Sag ick: »Ja, wenn man heiraten will, is man dis schon.« »Is Herr Dusch homosexuell?« Sag ich: »Nee!« »Is Herr Dusch uff der Nadel?« »Nee!« »Ja, wir wolltn Ihnen nur sagn: Herr Dusch hat AIDS.« Und als ich rausjejangn bin, hat's mir die Füße regelrecht wegjehaun. Da hab ich nämlich erst mal begriffen, wat passiert is! Dann bin ich nach oben, total fertich, und hab mir die Sozialarbeiterin jeschnappt, hab jesacht: »Tun Sie mir bitte ein Jefalln, rufen Se in Moabit an, sagen Se meim Verlobtn, daß ich dis weiß, und er soll sich keine Sorgen machn. Ich pack dis schon irgendwie.« Dann steht die vor mir und meint, was ich mich eigentlich aufrege, jeder zweite hier in Plötzensee hat AIDS. Und sie weiß auch gar nich, ob sie das hat. Und ich soll dis gar nich so tragisch nehmn.

Rudolf D.: Ich hab geschwollne Lymphdrüsen ghabt plötzlich. Und ich konnt mir nicht erklärn, woher die kommn, wa? Und ich mein', wenn man, ja, wie lang war ich in der Drogenszene drin: fünfzehn Jahre, ich hab so viele Sym-

ptome gsehn und Krankheitn undsoweiter undsofort, aber dis war etwas, wo ich keine Erklärung für haben konnte. Ich hab nur a Angscht in mir drin ghabt, daß da irgendwas mit meinem Körper is. Ich hab gearbeitet damals bei nem Bekannten als Dachdecker, und i hab ’n paar Tage, ’n paar Wochen schon gearbeitet ghabt, und ich hätt in der Früh aufstehn solln und bin plötzlich nimmer hochgkommn! Todesangst hab i ghabt. Mein erster Gedanke war: Ich hab Krebs. Wie ich dann in den Knascht neingegangn bin und bei der allgemeinen Untersuchung die Ärztin meine Lymphdrüsen gesehn hat, hat s’ gmeint, ich soll mi doch mal nem AIDS-Test unterziehn. I bin ehemaliger Drogenabhängiger, also von Homosexualität, hat’s gemeint, is nix bekannt. Hab ich gsagt: »Tut mir leid, da muß i Sie enttäuschen, ich bin total lesbisch. I steh nur auf Frauen!« Also, sehr nette Ärztin, muß i wirklich sagen. Hat’s gemeint: »Na, Drogenabhängiger, geschwollene Lymphdrüsen und so«, sie könnte mir sagen, daß i AIDS hab. Und da hab i ma gdacht: »Lachhaft. Ich nicht. Ich nicht!«
Ilka D.: Und da wollt ich’n besuchn, und dann hab ich keine Besuchererlaubnis jekricht, weil wir die Schecks ja zusammn ausjegeben ham. Das war schlimm. Nich wissen, wie’s ihm geht, dis war also für mich, ja, die Hölle. Ich hab nur hier jesessn, hab jeschrieben, jeden Tach ’n Brief, hab, ja, was hab ich jemacht, jekämpft, bin jeden Tach zum, zum Staatsanwalt jelaufn, hab jesacht: »Der muß raus. Der Mann hat AIDS.« Ich wußte, was AIDS bedeutet, ich wußte, daß es zum Tode führt, mehr wollt ich auch nich wissen. Und ich selber hab kein AIDS. Er is so egoistisch, dis is dis einzije, was er für sich behält. Für mich gab’s da keine Schranke, könnt mich anstecken oder so, ich hab keine Angst davor jehabt. Insofern, wir benutzen keine Schutzmittel, überhaupt nich, weil, ich finde dis als Diskriminierung ihm gegenüber. Wenn ich weiß, daß jemand schwer krank is,

auch wenn's ne ansteckende Krankheit is, is seine Psyche sowieso schon so belastet, kann ich ihn doch mit, mit meiner Angst, die ich vielleicht hätte, nich ooch noch belasten. Wir leben jenauso wie vorher, wir leben vielleicht'n bißchen bewußter als vorher, ja, weil wir wissen, daß er vielleicht wirklich nich mehr lange zu leben hat. Wir leben jeden Tach, und wir leben nur diesen Tach, weil wa nich wissen, was uns morgen bringt.

Rudolf D.: Es hat lang gbraucht, bis i mich damit abfinden konnte oder bis i dis überhaupt akzeptier, daß i krank bin. Ich hab heut noch Tage, da kommt mir dis allis vor wie a böser Traum, da kann ich mir dis nit vorstellen, daß es um Leben und Tod geht. Dis kam erscht nach meiner Haftentlassung, wie i denn permanent konfrontiert wurde, also immer Leute mi drauf angsprochen ham. Da hab i mir die Krankheit so bewußt gmacht, daß ich scho dacht hab: ›I muß wahnsinnig werden.‹ Und da hab ich zu ihr gesagt: »Du, ich möcht nur noch eins, laß uns dis wegschiebn. Du sagscht zwar nix, aber du siehst es selber, i veränder mi, ich nehm' ab, ich krieg Durchfall, es kommn Symptome.« I hab nie, wir ham nie über Tod gschprochn, also, i hab nie mit ihr übers Sterben gschprochn, i, i hätt dis auch gar nit gkonnt, weil, i mein, es wär gelogen zu sagen, es stirbt sich leicht oder i kann mi damit abfindn. Ich kann mi nie damit abfindn!

Ilka D.: Unser Hausarzt war auch so, daß er mir erzählt hat, wie weit dis schon is. Also, er hat mir gesagt: »Bis Ende 86 hat er noch zu leben«, er will sich aber nicht drauf festlegen. Ich muß so was wissn, um damit umgehn zu könn'. Wir ham damit jelebt, wir habn nie über Tod jesprochn. Einmal hat er zu mir jesagt: »Wenn ich merke, es geht zu Ende, dann nehm ich mir dis Leben.« Und dis war für mich schlimm. Dis, dis hätt ich nich begriffn, weil er ja weiß, daß ich da bin, und er weiß auch, daß ich ihn nie ins Kranken-

haus bringen würde, da könnt's ihm noch so schlecht gehn. Es is nich so, daß ich, daß ich's von seiner Warte aus nich verstehn kann, aber ich kann's nich akzeptieren. Ich kam mir hilflos vor.
Rudolf D.: Ihre Reaktionen warn gut. Sie war toll. Aber, ich mein', es ändert nix an meinem Entschluß. Ich mein', mir selber helfen kann i denn sowieso nimmer, wa? Wenn ich im Endstadium drin bin, wenn i weiß, jetzt, ich sag's mal kraß, es dreht sich nur noch um Stundn, dann, und i hab die Auffassung, ich sollte ihr des ersparn. Ich weiß net, wie's endet, i kann, kann's mir vielleicht vorstelln, und des will i net. Ich will net qualvoll sterbn, ich will net qualvoll sterbn, wa?
Ilka D.: Ja, und denn sind wa, wann ham wa jeheiratet?
Rudolf D.: Das weischt schon gar nimmer?
Ilka D.: Am 22. November! Dann habn wa hundert Einladungskarten verschickt an Freunde, Bekannte, Verwandte, sollte ja ne große Hochzeit werdn. Es hat auch keiner abgesagt, deswegen war uns klar: »Wir suchen ne Gaststätte für hundert Personen.« 'ne Woche vorher is aber die Anzeige in den Zeitungen gewesen: »ARD-Ratgeber Gesundheit über AIDS: Herr Dusch.« Und ein' Tach vor der Hochzeit ruft der Herr an vom Restaurant »Eierkuchen«: Wir könn' bei ihm die Hochzeit nich feiern. »Man kann dis ja nie so verdecken, eh, daß da 'n AIDS-Kranker nu jeheiratet hat«, und er müßte denn alle Gläser wegwerfn, und was der uns allis da erzählt hat. Ich wurde schon immer saurer und wütender und kochte schon. Sag ich: »Wissen Sie, wir könn' dis allis vergessn, behalten Sie Ihre Kneipe«, sag ich, »ich find auch ne andere.« So. Und denn habn war jesucht, und abends um 9.00 hatten wa denn glücklicherweise ne Kneipe, wo wir unsre Hochzeit machn könn', immer noch der Meinung, es kommn hundert Personen. Und jekommn sind acht. Mein Sohn war dabei mit meiner

zukünftign Schwiegertochter, meine Niki, mein anderer Schwiegersohn, der Dolomite. Meine große Tochter is nich jekommn, die hat uns die Einladungskarte diskret zurückjegebn. Tja, und ne Freundin von uns mit Tochter, und von ihm Freunde aus Augsburg. Dis war denn also so lustich, daß wir uns beide in die Haare jekricht ham. Wir habn da gesessen und Kaffee und Kuchen und sind denn anschließend noch inne Diskothek jefahrn. Und ja, denn sag ich: »Guck mal, die hat ne Hose von der Niki an.« Also der Besuch. »Laß mich doch damit in Frieden!« Und denn kommt sein Freund, sein bester Freund, mit ner Hose von ihm! Und dann issis ihm zu viel jewordn. Denn is er aufgestandn, hat sein Whisky-Glas jenommn, hat dis auf'n Tisch jeschmissn. Und dis alles schön in Montur, Dinnerjacket, und ich mit Schleier. Und auf eenmal war er weg! Und ich stand mit meinm Brautstrauß und mit meinem Brautkleid, meine Tochter mit ihrem Biedermeierkleid, mutterseelenalleine da. Da hab ich gesacht: »Mein Mann hat 1000 Mark inna Tasche, der Streß, weiß nich, wie er's verkraftet, weiß nich, wo er hinfährt!« Also, mein erster Gedanke war: Rauschgift. Denn hab ich 'n jesucht, im Brautkleid, im Winter, bei Schnee, ohne Jacke, es war kalt. Es war katastrophal! Aber irgendwo war's schön. Denn bin ich in's »Schwarze Café« gefahren, in die Kantstraße, hab mich da hinjesetzt, hab mir 'n Kaffee bestellt, hab mir Zigaretten jekauft, hab mir jedacht: ›Is ja Quatsch, daß de hier in Berlin rumrennst, im Brautkleid mit Schleier und allem drum und dran. Die müssen doch denken, du spinnst!‹ Bin ich also zum nächsten Taxistand, da prügeltn sich zwei um ne Taxe, die konnt ich denn gleich nehmn und komme nach Hause, und da saßen die schon alle wieder parat, und die Kinder habn mir nur jesacht: »Papa schläft.«

Rudolf D.: Ich hab mein' Kummer, ja, ersoffn. Ich hab, ich hab dacht, ich hab wirklich Freunde, wa?

Ilka D.: Es is ja nich mal sein Trauzeuge gekommn.
Rudolf D.: Ich hab dacht, i hab Freunde, ich hab Verwandtschaft, ich hab alles. Aber ich hab überhaupt niemand mehr ghabt. An meiner Hochzeit hat sich's rausgestellt. I bin ihnen nicht wichtig, ganz einfach, ich bin ihnen nicht wichtig.
Ilka D.: Nee, dis darfste nich sagen.
Rudolf D.: Dis hat mit der Krankheit zu tun, dis hat mit allem, ich bin ihnen nicht mehr wichtig, Ilka!
Ilka D.: Es habn sich alle Freunde, alle Bekannte, seitdem se dis wußten, die habn sich einfach zurückjezogen. Wir werdn im Grunde jenommen behandelt wie Aussätzije...
Rudolf D.: Zwischenzeitlich issis 'n Zustand, wo ma uns dran gewöhnt habn, dis hat, bringt seine Vorteile auch mit. Der Eisschrank is zwar nich mehr so voll, wie er früher voll war, aber wenna voll is, dann hält er sich länger.
Ilka D.: Aber unsere kirchliche Trauung war für mich persönlich dis schönste Erlebnis.
Rudolf D.: Für dich...
Ilka D.: Ja, die fand ich toll. Ich kann's nich erklärn. Im ersten Augenblick war ich enttäuscht, weil nich so viele Leute inna Kirsche warn, aber denn, dis war einfach...
Rudolf D.: Unsere Hochzeit!
Ilka D.: Ja. Sonst erlebn wa eigentlich jeden Tach schöne Sachen...
Rudolf D.: Meine schönschten Erlebnisse mit dir sind immer, wenn, wenn wir beide ganz alleine auf da Autobahn wo hinfahrn, zwar mit'm Ziel, wo mir hin müssen, aber mir beide ganz allein im Auto, und sie donnert über die Autobahn drüber, und i hock nebn ihr, und dann quatschen wir, und Musik läuft und allis. Gell? Wir reden über d' Kinder, wir reden über uns, was ma gerad durch'n Kopf durch geht, oder was ihr durch'n Kopf durchgeht.
Ilka D.: Wir reden viel über unsre Vergangenheit.

Rudolf D.: Ich hab ein sehr schlechtes Verhältnis zu meine Onkels wie zu meine Tanten. Die behauptn, mei Vater sei amerikanischer Soldat gwesen, wa, also ich sei a Besatzungskind. Aus andern Kreisen weiß i aber her, daß mei Vater Reisender sein soll, ja, 'n Deutscher, 'n Zigeuner. Ich bin eigentlich a Kind gwesen, des geduldet war, ich war halt da, und wenn i net da war, war's auch nit schlimm. Ich bin in a Erziehungsanstalt gkommn, und, ja, i mein', was i in der Erziehungsanstalt glernt hab, dis war genau dis, nur paar Grad schärfer, als was ich zu Hause schon von meine Onkels und so mitkriegt hab: Dresche, nur Dresche, Strafen, Dresche, Strafe, Dresche. Ja. Und an dem Abend, wo ich's erschte Mal Haschisch graucht hab, war ich so tierisch allein, ich war einsam, ich war stockeinsam, und da hab i plötzlich was ghabt, wo mei Einsamkeit überdeckt hat. Dis war gut. Und von dem Tag an issis losgangen. Die Arbeit is plötzlich nebensächlich gworden. Ich hab von '68 bis '71, wo se mi dann verhaftet habn, über zwanzig Arbeitsstellen ghabt. Damals hab ich zwei Raubüberfälle gmacht, ich wollte Geld, viel Geld wollt i erwischn. Die Großdealer, denen ham mir's Zeug weggnommn, die habn wa überfalln und dis Geld und's Haschisch weggnommn, also dis Rauschgift. Damals war's dann au so weit, daß ma schon LSD gnommn haben, ich hab meinen erschten Opiumschuß schon wegghabt und so. Ich hab auch im Zuhältermilieu zu tun ghabt, mir blieb nix andres übrig. Es war für mi, es gab dann nur die Möglichkeit: Such dir 'e Frau, wo anschaffen geht, weil: Ich war auf der Nadel. Die Gier, die Gier nach'm Gift wurde immer größer, also is immer brutaler worden. Und dann ging's in'n Knascht. Aber i hab net gwußt, wie abhängig ich bin. Und dann sind die Entzüge gkommn. Ah Gott, hab i Entzug gmacht! I wollt net mehr leben, i wollt nit mehr leben, aber i konnt nit schterben, weil, ich konnt's net, i war praktisch nix mehr, es war nix mehr übrig von mir. Ich hab noch nie Selbschtmordgedanken ghabt in meinem Leben, ich hab sie da ghabt! Mußt i kriegn. Aber ich hab's nit machen können, ich hätt mich weder aufhängen können noch, weil i kei Kraft net ghabt hab. Ich war total fertig, ich war fix und fertig. Wär i allein jetzt, wär i bestimmt wieder auf der Nadel. Würd i die Ilka net kennen, mein Leben würd so weitergehn. Dis is's erschte Mal in meinem Leben, da, wo i was hab, was ich um nix auf der Welt verlieren will. I mein, i kann mi mal zurückfalln lassen, und i kann mi mal wirklich zurückziehn total und brauch keine Angscht zu habn. Ich hab kei Angscht net mit der Frau! Sicher, es tauchn Probleme auf, aber trotzdem, solang sie an meiner Seite is, da geht mein Blick nach vorne. Und in der Zeit, wo ich so schwer krank war, wo ma dacht habn: ›Es is aus, es is vorbei, dis is mein letzschtes Jahr‹ und so – sie war an meiner Seite. Und es ist Kraft, es ist wahnsinnige Kraft in mir drin. Ja? Es ist für mi kei Frage von Entscheidung zwischen ihr oder zwischen Drogen oder, sondern dis is für mi ganz klar dis Bessere, und dis Bessere will i behalten. Von dem Tag, wo i di kennt hab, hab i nit mehr drückt. An dem Tag, wo ich sie kennengelernt hab, da hat's für mich koi, keine harten Drogen mehr geben.

Ilka D.: Aber ohne daß ich dir dis verboten...

Rudolf D.: Ja, ohne daß du mir dis verboten hascht oder wir irgendwie über dis Thema geredt habn. Du hast, dis war auch, weil sie zu mir gsagt hat: »Du kannst süchtig wieder werdn, i würd di nit, i würd di net hängn lassn.« Aber i wollt's auf den Versuch gar nicht ankommn lassn, i wollt ihr dis net antun.

Ilka D.: Wir haben jetzt ne Hoffnung, daß wa die Krankheit zum Stillstand bringn. Dis is eigentlich durch'n Zufall, wirklich durch'n reinen Zufall jekommn, und zwar haben wir den Film gemacht für »ARD-Ratgeber: Gesundheit«, am 24. November issa ausjestrahlt wordn, und ein' Tach später rief uns jemand an, der Herr Vorster aus Westdeutschland, und meinte, sie hätten ein Mittel und ob wir bereit wärn, dis auszuprobieren gegen AIDS. Hab ich jesagt: »Ja, o.k.«, soll uns ne Probe schickn. Ich hab also von vorneherein für mein' Mann mitjesprochen. Denn schickte er uns den Saft, so ne kleine Probeflasche. Und denn wurden wir aber wieder verhaftet am 28. November, weil wir eigntlich am 30. November hier aus'm Haus raus sein solltn, weil wir ja die Räumungsklage hatten, eh, wegen Fluchtgefahr, was total lächerlich war, mit fünf Hunden und, und Kindern also zu fliehn, is sowieso der größte Schwachsinn. Und denn war ich also sechs Tage im Jefängnis, mein Mann zwanzich Tage. Und dann rief der Herr Vorster schon an, warum wir uns nich melden. Denn hab ich ihm alles erzählt, daß mein Mann also zur Zeit im Jefängnis is, den Saft nich nehmn kann und mein Hauswirt 3000 Mark Miete ham will. »Ja, is gar kein Problem«, er übernimmt dis und kam denn auch mit den 3000 Mark. Dann stellte sich aber heraus, daß der Hauswirt die 3000 plus 4800, nämlich drei Monatsmietn im voraus, habn wollte plus 5000 Mark Kaution. Hat er allis bekommn! Dann kam mein Mann raus. So. Und denn konnte er den Saft nehmn und denn wollt a nich. Der war in so einem riesengroßen Kanister drin. »Nehm ich nich.« Ich sag: »Mensch, komm, probier doch mal. Vielleicht hilft dis.« Denn hatta so'n kleines Schnapsglas jenommn, hat bestialisch jeschmeckt! Also, ich hab's selber jekostet, es schmeckt bestialisch. Man jewöhnt sich mit der Zeit dran, aber es schmeckt furchbar. Ja, und dann auf einmal gehn die Kopfschmerzen weg. Na, und denn wara nich mehr so skeptisch. Denn hatta schon jesagt: »Gib mir mal'n bißchen mehr zu trinken.« Denn hat a 'n bißchen mehr getrunkn. Nach vier Tagen ging der Durchfall weg. Na, dann war a glücklich! Erstemal nach 'm halben Jahr mal wieder richtig auf die

Toilette zu gehen, es war toll für ihn. Denn hat a Hunger verspürt. Denn wurde er immer dicker und immer dicker! Er konnt' also nur noch permanent essen, essen, essen. Er hat also ein' Nachholebedarf jehabt, dis war unnormal. Er hat nur noch jefressen.
Rudolf D.: Süßichkeiten.
Ilka D.: Süßichkeiten, Eisbein mit Sauerkraut mit Vorliebe, Kakao mit Brot einjedrückt und ja, allis so Sachen.
Rudolf D.: Und Obst, dann Obst, wa...
Ilka D.: Er hat ja überhaupt keine Verdauung mehr gehabt. So wie er's jegessen hat, kam's auch wieder raus. Na, denn hatta gesagt: »Jetzt möcht ich Obst!« Denn hab ich wieder drüben in Westdeutschland anjerufen, denn habn die uns Geld jeschickt, damit wa Obst kaufen. Denn hatta nur noch Obst jegessen. Und die Verdauung war wieder da! Ja, dann wußten wa: Es hilft. Da war dis für uns einfach klar: Es hilft. Denn habn wa Blutwerte machen lassen, und denn sind die von 0,4 auf 0,9 gestiegen, und 1,0 is normal. Dis is einfach toll, dis ist, ja dis is der Hoffnungsschimmer, den wa ham. Es hat auf jedn Fall die Krankheit zum Stillstand jebracht. Ob es se besiegt hat, dis wissen wa nich. Aber is doch schön zu wissn, daß er Aussicht hat, länger zu lebn.
Und denn kommt noch dazu, daß ich jetzt drüben in Westdeutschland beim Frauenarzt war und der zu mir gesagt hat: Er sieht ne junge Schwangerschaft. Tja. Und nun hoff ich, daß es auch wirklich, also daß ich keine Fehljeburt kriege. Ich hab mich noch nich jetraut, hier wieder zum Arzt zu gehn, hab ich Angst vor. Aber das wär natürlich die Krönung, was ja, hm, vielleicht 'n bißchen leichtsinnich von uns is, weil der Erreger ja immer noch in seinem Körper is, und der is nun leider mal übertragbar. Aber, wir ham den Saft. Ich hab keine Angst mehr davor.
Rudolf D.: Mei Frau is gsund.
Ilka D.: Ich will nich wieder 'n AIDS-Test machen lassen.

Wenn ich hingehn würde und würde jetzt AIDS positiv habn, müßt ich ne Abtreibung machn lassen. Und dis will ich auf keinen Fall.
Rudolf D.: Das geht über die psychischen Kräfte.
Ilka D.: Ich meine, ich hab mir meine Sterilisation nich umsonst wegmachen lassn. Und dann ganz knallhart zu erfahrn: Nee, wir dürfen nich... Es is schwer. Deswegn auch die ganzn Hunde, die sind eigentlich unser Kinderersatz. Und wenn ich jetzt wirklich schwanger bin, denn will ich dis Kind auch habn, wo er vielleicht vernünftiger is als ich und sagen würde: »'ne Abtreibung is gesünder fürs Kind.«
Rudolf D.: Dis koschtet mich noch a paar schwarze Haare. Ja, wer, wer gewinnt in mir drin, mein Verstand oder mein Wunsch? Wahrscheinlich wird's so aussehn, daß, ja, ich dich selber entscheidn laß. Das war bisher immer's Beschte.
Ilka D.: Ich streite mich ungern, aber wenn ich mich streit, dann wird's tödlich. Zum Beispiel: Wir warn weg mit 'm Freund von ihm, der war aus Augsburg hier, ham allet durchnander jetrunkn, und, ja, der wollte also unbedingt Haschisch ham. Sag ich: »Paß auf, ich kann was besorgen.« Ich war ja mal in Neukölln in ner Kneipe und wußte, daß da immer Türken sind mit Rauschgift. Ich sag: »Ich besorg euch was, damit Ruhe is.« Wollte einfach nur Ruhe. Und geh in die Kneipe rein, es dauerte 'n bißchen länga, mein Mann kommt hinterher, wird mit meinm Ex-Mann verwechselt, und denn war schon mal 'n Streß da.
Rudolf D.: Ich bin ja dein Mann, is ja richtig, aber ich bin net der andere Pausen-Kaschper, wa? Und der spricht mi die ganze Zeit mit ihrem Ex-Mann an. »Hallo, Uli!« Und so. Sag i: »I bin net der Uli.« Sagt er: »Du bischt doch der Ilka ihr Mann.« Sag i: »Ja, i bin der Ilka ihr Mann, aber i bin net der Uli, i bin der andere, i bin der neue.« I wollt noch einen auf Spaß machn, aber der hat mi gnervt, der Typ. Bin ich zu

ihr hin, sag: »Raus hier, bevor i 'n hintern Tresen werf.« Aber mei Frau, wenn was trunken hat, dann is sie der Stier auf Knien, dann kriegt man sie net weg vom Fleck. Also, sowas Störrisches gibt's überhaupt net. Und ich will ihr ja keine drüberziehn, daß se losspringt vor Schreck, wa? I bin auf alle Fälle naus ins Auto, und sie kommt kurz danach, und da hab i sie angmacht: »Bischt wohl bled, mi in die Kneipe nei zu tun, wo mi jeder mit dem andern Pausen-Kaschper verwechselt.« I sag: »Irgendwas stimmt bei dir da net.« O.k. Wir sind in die nächschte Kneipe gfahrn, ins »Schwarze Café«, mei Schtammlokal. Ja, da wird, da wird sie mit niemand verwechselt. Aber sie hat gestichelt, und ich contra, so ging des. Wir habn uns beide schön hochgarbeitet. Dann sind die erschten Ausdrücke gefalln, »Flachwichser« und »Bischt doch a Arschloch«, i mein, Arschloch is mir wurscht, aber Flachwichser! Ich wollt sie ja bloß zum, Ruhe, hab i mei Bierglas gnommn und hab's ihr ins Gesicht nei gschüttet, weil i gewußt hab, denn is sie ruhig.
Ilka D.: Um mich nich weiter zu streitn, geh ich raus, geh 'n kleines Karree und komm wieder rein. Und denn is es für mich erledigt. Wußte er aber nich. Also, er kommt mir hinterher. Ging dis auf der Straße weiter. Kam'n Funkwagen: »Ausweiskontrolle!« Wir ein Herz und eine Seele, ham wir ja zusammgehaltn! Denn war der Funkwagen weg, denn ging dit wieda los. Und denn sind wa hier nach Hause, und denn fing sein Freund an, sich einzumischen. Dis war mir denn zu viel, hab ich ihn anjegriffn. Und ich weiß, daß ich dann gemein werden kann.
Rudolf D.: In dem Fall war's, daß er a verkappter Zuhälter is und pervers is und 'n Arschloch is, daß er überhaupt kein Mann net is, daß er a dummer Bub is im Grunde und daß er nur sei, sei zwölf Jahre Zuchthaus zur Schau trägt und da einen auf Schtarken macht unsoweiter, daß er halt im Endeffekt a Null is. Und er hat sich jetzt entscheidn können: Geht

er auf sie los, dann geh ich auf ihn los. Oder er haltet sei Schnauze und schlagt sich ins Bett und laßt uns zwei in Ruhe machen. Dis hat er dann auch gmacht. Und dann ham ma uns erscht mal angschrien.
Ilka D.: Denn haben wa uns anjeschrien!
Rudolf D.: Lauthals, daß wa am anderen Tag beide heiser warn.
Ilka D.: Er würde mich nie anfassn, er wirft Gegenstände. Also, es flog hier allis durch die Gegend. Der Fernseher war unten, die Anlage is kaputt, da wollt er an mein teures Gschirr, und da hab ich mich in die Küche hingestellt: »Und das nich! Allis kannste demoliern, aber das nich!« Gut, hat er nich anjefaßt. Ich werd ja denn ruhich, wenn ich ausjeschrien habe. Denn hab ich ihn langsam ins Schlafzimmer nach obn. Denn hat er erst mal dis Regal mit den Handtüchern runterjeschmissn, also er hat sich sein' Fluchtweg selber verbaut. So wie ich dis haben wollte.
Rudolf D.: Aber systematisch!
Ilka D.: Denn hatta die Blumen, die im Schlafzimmer warn, ne riesengroße Palme, alles aus dem Fenster raus. Bomm! Ich hab immer nur dajestandn, hab kein' Ton mehr jesagt. Denn issa wirklich erschöpft ins Bett jefalln und hat jeschlafn.
Rudolf D.: Das is mir noch nie passiert!
Ilka D.: Naja, und am andern Tach war eigntlich allis wieder gut.
Rudolf D.: War alles o.k.
Ilka D.: Und den Streit brauchtn wir. Ich meine: Bei zwei Jahrn, die wa zusammn warn, nich einmal Streit, dis, dis mußte einfach sein. Er wirft ab und zu mal was durch die Gegend, was mich, ich sag dazu nichts mehr, ich guck'n denn bloß an, und denn weiß a, daß mir dis nicht so jefalln hat. Denn geht er auch meistens mit den Hunden raus, und denn räum' ich allis wieder auf. Wenn er wiederkommt,

sieht er von der Sache überhaupt nichts mehr. Und dis macht'n noch saurer.

Rudolf D.: Ja, dis is dis Schöne an unsrer Beziehung, daß i zwar a Beziehung hab, aber ich trotzdem meinen Freiraum hab. Ich kann entscheiden, was ich selber machen will. Wenn i zum Beispiel kein' Bock net hab, was zu tun, sondern nur mi den ganzen Tag mit meine Hunde abzugeben, dann kann i des machn. Sie würd' mir dis nie böse nehmen. Und Ilka kennt mich, sie weiß genau, in der Früh, ich will langsam aufstehn, ich brauch 'n beschtimmtn Anlauf, bis i in mein' Tagesrhythmus neikomm', also bis ich überhaupt mal in dem Tag drin bin. Wenn man mi in der Früh schon überfällt mit dem und mit dem, geht der ganze Tag schief bei mir. Ja, sie stellt auch, was ganz wischtig is für mich, sie stellt keine Anfordrungen an mi. Wir habn jetzt die ganze Zeit von dem glebt, der wo mir dis Mittel geben hat. Bei dem sind die finanziellen Möglichkeiten aber ausgeschöpft. Wir hängen also praktisch auf'm Nullpunkt.

Ilka D.: Denn standn wa da, konntn wa die Miete nich bezahln. Und damit war die Räumungsklage fällich. Da is nämlich der liebe, nette Kripo-Beamte zu unserm Hauswirt gelaufn, hat ihm erzählt, was wir allis verbrochn ham, seine frühere Vergangenheit, ja? Denn is der natürlich zum Gericht jerast. Logisch. Also, wir müssen am 1.3. wahrscheinlich aus'm Haus hier raus.

Rudolf D.: Es sieht mehr wie schlecht aus. Ich hoff, ich hoff nur für mich und für uns, daß sie mi net dazu treibn, daß ich irgendwie was Kriminelles machen muß, um mei Familie zu rettn oder mich selber zu retten. Arbeiten kann ich nimmer, weil i auf Garantie keine Arbeitsstelle krieg. Ich bin doch als Arbeitnehmer verpflichtet, mein' Gesundheitszustand anzugeben, und der würde, müßte in jedem Fragebogen heißen: »AIDS positiv.« Ich krieg auch keine Sozialunterstützung, weil ich'n Auto habe und weil die von mir erwartn, daß i des Auto wegtu. I mein', i könnt des Auto auf, auf mein' Sohn ummeldn, aber dis is ma zu dumm, nur wegen a paar Mark vom Sozialamt so a Linkung vorzunehmen. Es geht hier um läppige 300 Mark!

Ilka D.: Und ich, wenn ich schwanger bin, würde mich auch keiner einstelln. Ich meine, ich müßte ja auch ehrlich sein: Wenn's meinm Mann schlecht geht, bin ich zu Hause. Wer stellt ne Frau ein, die mit'm AIDS-Kranken verheiratet is. Wer macht das?

Rudolf D.: Aber so schlecht kann nix sein, daß i mi net abends freu, mit der Ilka ins Bett gehn zu können, und früh: aufwachen und sie neben mir! Es gibt nur eins, was i mir wünschen würd: daß wir beide aus allem gut rauskommn und daß es noch lang, sehr lange geht. Wie, is egal. Nur lange soll's gehen: weil i im Moment an nix mehr häng wie an meinem Zusammenleben mit ihr, an dem, was ich jetzt hab. Und dis is nimmer viel: Dis is grad noch sie und mein Leben.

Ruth H., 52, Busfahrerin:
»Der Dieter is voll auf meiner Seite.«

Mein Mann is 'n bissl größer wie ich, dick issa 'n bissl, man sagt ja immer: dick und gemütlich, aber er is 'n Stier, und wenn der denn zu Hause mal seinen Dickkopf durchsetzt, denn is dit nich mit der Gemütlichkeit... Aber sonst so, wenn man den richtigen Augenblick erwischt, kann man alles bei ihm erreichen. Und weißte: Schönheit, wir sind nun schon gereifter, ich sage mir: »Die Schönheit strahlt von innen, jeder Mensch is so schön, wie er ausstrahlt.« Dieter is, wie soll ich sagen, ich werd beneidet um ihn. Er is sehr liebenswürdich, weil, er akzeptiert alles, was ich mache, Gewerkschaftsarbeit z. B., sehr viel Frauenarbeit auch und Personalratsarbeit bei uns im Betrieb, also viele Sachen, wo ich außer Haus bin und er denn zu Hause mein Telefonist ist, Telefongespräche annimmt. Ich versuche auch, ihn reinzuziehen, ihn mitzunehmen, und er is schon als Vertrauensmann drinne und will selber Betriebsratsarbeit anfangn, also sich aufstellen lassn. Und er is 'n gerechter Kollege, wenn er irgendwie merkt, daß ne Ungerechtigkeit is, denn sachta: »Mann! Jetzt brennt der Himmel!« Is nich, daß er Angst hat vorm Chef oder so. Ich versuch, ihm das Diplomatische beizubringen: »Dieter, du kannst es ihm auch in'm ruhigen Ton sagen, diskret, nicht beleidigend, da braucht nicht gleich der Himmel brennen. Selbst wenna brennt!« Ich glaube, er lernt von mir. Dis einzige, was ich von ihm gelernt habe, is Autofahren. Wir sind ja beide Busfahrer. Und er fährt sehr gerne. Wenn man ihm den Bus wegnehmen würde, ich glaube, der würde mir krank werdn. Achtundzwanzich Jahre issa im Betrieb, also bei der BVG, den Berliner Verkehrsbetrieben, und fährt schon an die fünfundzwanzich Jahre. Und ich bin seit zehn Jahren Fahrerin, ich arbeite halbtags.

Feinmechanikerin wollte ich gerne werden, weil ich als Kind schon immer gerne gemurkst habe, am Radio gebastelt und so. Aber meine Mutter hat bei Siemens als Reinigungskraft gearbeitet früher und hat die Atmosphäre nicht gut gefunden. Und da war nur ne Lehrstelle bei Siemens. Sagte sie: »Nein, bei Siemens lernst du mir nicht«, darum bin ich umgeschwenkt und habe Feinnäherin, also Oberhemdennäherin, gelernt. Das war 'n größerer Betrieb, wir waren ungefähr zwanzig Lehrmädels. Und gerade nähen als Frau, ich meine, Männer müßten dis auch können, aber dis hat mir viel Spaß gemacht. 1949 war ich fertich, war ich Konfektionsnäherin. Und da hab ich denn mein' Mann kennengelernt, auf'm Rummel. Er hat Klempner gelernt, Rohrleger bei so'ner Firma hier, und ist eigentlich aus einem Haus, wo ich sagen kann: »Auch nich ideal.« Also, wir hatten beide kein gutes Beispiel von Ehe und wußten nicht, was wir in ner Ehe anfangen sollten.

Sein Vater war sehr hinter Alkohol und hinter Frauen her, und da hat die Mutter viel durchgemacht. Und wenn der Dieter was ausgefressen hatte, denn hat er so lange gewartet, bis Vater aus de Kneipe kam, oder der hat ihn sogar mitgenommn und ihn so 'n bissl gedeckt. Und is ja klar, ne Frau wird durch so ne Verhältnisse übernervös, hat denn mit die Kinder geschimpft, und dadurch war sie, is sie natürlich der Buhmann gewesen, hat er den Kontakt nicht gefunden von jeher. Is heute noch nich so, wie es sein müßte. Ich schimpf manchmal, daß ich eher Kontakt halte zu seiner Mutter als wie er. Also, mein Mann hat auch anfangs sehr dem Alkohol zugesagt, vielleicht is dadurch mein Verhältnis mehr zur Schwiegermutter, und ich versteh se und versuch dis eben gutzumachen, was ihr Sohn... Meine Schwiegermutter hatte mich denn mal eingeladen, da war ich noch nicht in andren Umständen, da hat sie mich wohl 'n bissl warnen wollen, weil, was nachher auf mich zukam, also ebend, daß

mein Mann durch die Kneipen gezogen is... Dis hab ich aber nicht gewußt! Und dis wollte sie mir wahrscheinlich durch die Blume, und ich hab's nicht mitgekricht.
Ich war sehr verliebt, und er auch, und wir waren, also ich war jedenfalls in allen Sachen sehr unerfahren, ganz unerfahren in der Liebe, in allem Drum und Dran. Aufgeklärt bin ich gar nicht worden. Wie ich meine Tage bekommn habe, hat meine Mutti nur gesacht: »So, nu seh dich vor mit den Jungens.« Ja, was soll man vorsehen? Da konnt man vieles sagen, was vorsehen is! Dieter war mein erster Mann. Ich hatt' wohl vorher ne große Liebe gehabt, aber da war nix, weil ich ja ebend die Angst hatte: »Seh dich vor!« Das war ein sehr lieber Junge, is aber durch seine Mutter ausnander, da war ich denn 'n bissl traurig. Ja, und bei Dieter kam denn die körperliche Liebe dazu. Ich war so unerfahren! »Was is das?« Unbeschreibbar, was da, erst war man scheu darin, weil man ja nicht wußte: »Gehört dis jetzt dazu?« Ich war auch sehr zurückhaltend, ich hab nie irgendwie, wie dis Ganze vor sich geht mit Kinder und so weiter. Auch in die Schule hatten wir nie so'n Thema. Ich hab dann gedacht: ›Is der Lauf der Dinge, is ja die Natur.‹ Wir habn denn auch im Betrieb mit den Mädels drüber gesprochen, und erst fing die eine an, denn die zweite, daß 'n Kind kam. Und ich, also: »Mir könnte dis nicht passiern, bei mir is dis was anderes.« Und denn blieben bei mir auch die Tage weg, war ich denn die dritte. Man wußte ja nicht, wie man dis verhüten soll, sind wa gar nicht drauf gekommn. Bin ich zur Ärztin, und wie sie denn sagte: »In andern Umständen«, war natürlich: »Wie sag ich's meiner Mutter?« Die war so launenhaft, mal hat sie geschimpft, mal hat se verständnisvoll, aber in der Sache hat sie mir denn doch, weil sie ja selber uneheliche Kinder hatte, da wußte se, wie's ihr zumute war. Also, sie hat mich nicht rausgeschmissn.
Denn wollten wir heiraten. Und da ich unehelich war, hatt'

ich ein' Stadtvormund, da mußten wir dis erst mal beantragen! Ich war ja unter 18. Jedenfalls hat es sich hingezogen, dis Kind is denn geboren worden. Und unsere beiden sind nur elf Monate auseinander. Jedenfalls merkt ich plötzlich, daß ich wieder in andern Umständen war. Und da kamen se endlich, mußt ich zum Vormund, mein Mann is auch hinbestellt worden, und da wollte der uns wieder abreden: Dis eine Kind wäre doch nich schlimm und »Warum müßta denn nu heiraten? Ihr seid doch noch so jung.« Da hab ich gesagt: »Ich bin aber in andern Umständen, ich krieg wieder 'n Kind.« Und da war's natürlich, innerhalb ner Stunde hatt' ich denn die Genehmigung.
Ich hatte zweimal Hausgeburten, weil, es war damals ja nun noch schlimmer wie heute, als »Fräulein« hinzugehen. Heute is dis nicht mehr so, heute wird man als Frau behandelt. Die erste Geburt war bei meine Mutter, hab ich noch bei meine Mutter gewohnt, weil ich ja noch nicht geheiratet hatte. Und mein Mann war zur Seite. Und wie ich denn gesagt habe: »Au! Ich hab so ne Bauchschmerzen«, sagte meine Mutti: »Es wird doch wohl nicht etwa losgehn?« Meine große Schwester wohnte gleich nebenan, haben wa die noch, und denn sacht se: »Dis wird losgehen!« Wir waren angemeldet bei der Hebamme. Damals war die BVG noch nich so ausgebaut, und denn is mein Mann gerannt vonne Jagowstraße bis hinten zur Zeppelinstraße und denn wieder zurückgeflitzt und die Hebamme mit'm Rad hinterher. Ich hatte ganz schön zu leiden, aber ich fand dis irgendwie so, wie soll ich sagen: 'n Wunder der Natur. Jetzt is es soweit, jetzt will es raus. Dieter war mit bei gewesen, und die Verbindung eigentlich zu die Kinder is, muß ich sagen, sehr gut. Und dann war's 'n Junge, 'n Wunschkind. Mir war's ja egal, also ich sag immer: »Gesund und munter soll's sein und alles dranne haben.« Und natürlich war nachher die Freude sehr groß, wie's zweite 'n Mädchen war!

Bei dem Jungen hab ich noch gearbeitet, aber die Firma hat denn pleite gemacht, die Wäschefabrikationsfirma, wurde ich denn arbeitslos. Ich hab noch ne Weile versucht, stempeln zu gehn. Denn habn die mir aber laufend Arbeit zugewiesen, und ich mußte die abweisen unter der Berücksichtigung, daß ich keinen habe, der auf meine Kinder aufpaßt. Und in dem Moment hab ich kein Geld mehr bekommn. Es waren zwar nur 29 Mark die Woche, aber dis hat gefehlt. Mein Mann war auch anfangs noch arbeitslos, und er is nachher, wie er denn gesagt hat: er hat'n Kind und verheiratet, und dadurch haben se ihm, so wie heute ABM-Kräfte, hat er vom Arbeitsamt Arbeit bekommn, erst mal als Gartenarbeiter. Und denn hat er inner Betonfirma, wieder als Hilfsarbeiter, weil er unter seinem Beruf nix gefunden hat, er hatte auch jahrelang nichts drin gearbeitet, und denn is 's schwer, wieder reinzukommn.
Wir hatten als Untermieter eine Wohnung, zwei Zimmer, Küche und Bad. Dieter war 20, ich war 19. Also, ich bin wirklich in die Ehe reingeschlittert! Ich hab alles, was ich jetzt so mach und tu, mir alleine annehmen müssen. Ich habe von Mutter nich gelernt Haushaltsführung, ich hab nich gelernt Kochen, ich hab's nich gelernt groß mit Backen. Mein Haushalt hat überhaupt nicht jeklappt. Ich bin nicht fertig geworden mit die Wäsche machen, mit'm Mittagessen, ich hab versucht, aber da warn die Schwierigkeiten, daß ich kein Geld hatte und manchmal nich wußte: »Was kochste morgen?« Meine Schwiegermutter hat manchmal ihr Geld geteilt, die letzten 20 Mark, jeder 'n Zehner, damit wir uns was zu essen kaufen konnten für die Kinder. Sie hat mir auch oft was mitgebracht, schon fertig gekocht. Schwiegermutter hat natürlich ooch jesagt: »Mensch, dit is dreckig bei dir! Und wat du anhast! Und dis is schmutzig!« Ich hab's versucht, hab meinen Kindern, ich meine, die sollten nich sehn, daß se ärmlich sind. Man hat ja echt verzichtet auf

vieles, wir beide, muß ich sagen, weil die Kinder nachher, wie se zur Schule kamen, daß se auch Sachen hatten und alles. Der Junge war anfangs sehr kränklich, der hatte eine Kindermigräne. Und ich wußte nicht, was es ist. Wie er noch klein war, konnt er's nicht sagen, hat er immer nur geweint und gebrochen, und denn hat er von Pfefferminztee ein oder zwei Tage gelebt und Zwieback, wo ich eigentlich auch viel mitgemacht habe. Nachts hab ich nicht schlafen könn', ich hab den Jungen eingewiegt und bei mir gehabt. Dadurch war manchmal denn, hat meine Tochter immer gesagt: »Ja, du mit deinem Jungen!« Weil man denn doch mal zu dem Kränkeren 'n bissl rücksichtsvoller gewesen is.
Dis war die Zeit gewesen, wo ich meinen Mann brauchte. Dis war die Zeit, glaub ich, wo mein Mann vielleicht zu jung war, um mich zu verstehn, und ich zu jung, um ihn richtig zu verstehen. Er ist erst gar nicht von der Arbeit nach Hause gekommn, is in ne Kneipe. Den Umgang, den hat er bei der BVG angefangen, dis war '54, da wurden se nich gleich als Schaffner einjestellt, sondern als Wagenwäscher, und Wagenwaschen war ja meistens nachts. Und denn so Cliquenwirtschaft, die haben angefangen im Betrieb und denn nach dem Dienst in ne Kneipe gezogen... Und ich hab hier gesessen. Ich hab auch geschimpft: »Warum macht er's weiter und weiter?« Es wurde denn bis zur Aggression, er kam nach Hause und hat erst mal getobt, wenn ich dis Essen nicht gemacht hatte oder wenn ich's in ne Röhre gestellt hatte und es war verbrutzelt. Oder er wollte was von mir, und ich konnte ihm dis nicht geben. Denn hab ich um des Friedens willen, hab ich mich denn hingegeben und versucht, mich zu täuschen darin, weil, entweder geb ich's richtig aus'm Herzen, oder ich laß es sein. Und da fing dis langsam an, daßa mich beleidigt hat: »Alte Hure, geh doch zum Spatzen und laß dich befruchten«, in der Richtung etwa, weil ich mich nicht so gezeigt habe, wie wir's anfangs

hatten, denn wir waren doch mal, haben doch mal anders gemacht darin ... Und ich hatte keinen zur Seite, wo ich mal hingehen konnte, der mir mal geholfen hat oder mal 'n paar Ratschläge gegeben hat. Meine Mutter, eh, war keine schlechte Mutti, aber wenn wir Streit hatten, mein Mann und ich, denn hat sie manchmal zum Mann gehalten. Ich persönlich würde zu keinem halten, sondern würde versuchen, neutral zu sein, und natürlich ehrlich. Aber sie hat zu meinem Mann jesacht: »Dit mußte dir doch nicht jefalln lassn, hau ihr doch eine auf de Schnauze!« So in der Art, ja. Dis Schlimmste war, da is mein Mann wieder mit seinem Vater durch die Kneipen gezogen. Und dis klingelte, ich wußte, daß dis nur er sein kann, weil: Schlüssel hatta nich. Und ich hab meine Kinder angezogn, irgendwo wollt ich mit die Kinder hin, und den Moment klingelt det, und ich konnte jetzt nich weg, hat'n bissl länger gedauert. Und mein Mann wollte wohl vor seinem Vater die Autorität raustun und, und klopfte da wie verrückt an die Tür, bumste. Bin ich hingerannt, und da hat er mich denn geschlagen. Vor seinem Vater! Der hat nicht eingegriffn, is nicht eingetreten, und meine Kinder haben's auch gesehn. Ich hatte denn geweint, und da sachte mein Junge nachher: »Mutti, bist du jetzt wieder artig?« Weil 'n Kind weiß ja, es wird geschlagen, wenn's ungezogen ist. Ich war eigentlich 'n Mensch, der von jeher so ist: Wenn zwei sich zankn, hat nicht immer einer schuld. Also, ich hab beide verhauen und hab gesagt: »Ihr sollt euch nicht zanken! Und wenn du jetzt unschuldich krichst, denn kricht der dis nächstemal unschuldig.« War vielleicht manchmal falsch. Nur war damals die Situation mit meinem Mann, da war man übernervös, und denn is man eher zum Strafen als wie sich hinsetzen und sprechen. Ich hab mich natürlich gewehrt, habe gesagt: »Dis machste nich noch mal! Schlagen lasse ich mich nich«, und bin denn 'n bissl aggressiv geworden. Dis sind so die Sachen, wo ich mich innerlich von meinem Mann entfernt habe. Ich glaube auch heute noch nicht, daß es wieder die Liebe ist, die ich mal hatte, weil heutzutage, selbst wenn er was wirklich Nettes, Überraschendes macht, was ich auch gerne möchte, und ich bedanke mich: »Ach, is ja fein!«, aber irgendwie, dis Innerliche fehlt.

Ich hab einmal die Scheidung eingereicht, und da hat er wahrscheinlich gesehn: »Halt, jetzt mußte...« Ich weiß es nicht, weil er ein Mensch ist, der so gut wie gar nicht seine inneren Sachen herausredet. Die Kinder waren damals drei, vier Jahre alt. Da issa ne Weile zu seiner Mutter gezogen. Und denn hab ich, haben wa uns wohl hingesetzt und, und gesprochen noch mal alles und haben uns wieder versöhnt. Und denn hab ich dis zurückgezogen, und er is denn wieder zurück und hat Verschiedenes sein gelassen. Er hat nicht mehr so viel getrunkn, Skatspielen hat er noch lange weitergemacht, aber das Trinken hat er in größeren Abständen, das war so periodisch. Ich hab immer gesacht: »Er hat seine Tage wieder.« Voriges Jahr is er zwei- oder dreimal stinkbesoffn nach Hause gekommn und hat Streit gemacht denn, daß ich sogar bei meiner Freundin jeschlafen hab. Aber dies Jahr, toi, toi, toi, noch nich einmal, na, wir ham die Hälfte erst rum.

Irgendwie hab ich versucht, die Familie zu halten, die Kinder nicht dem Vater zu entfremden, den Vater nicht den Kindern zu entfremden. Und wir ham, glaub ich, im großen und ganzen 'n gutes Familienverhältnis. Wir sind denn schon mal verreist, habe ich auch für gesorgt. Damals, is heute ja noch, hat man Familien verschickt, die nicht so begütert waren, die konnten sich melden und wurden denn in 'n Feriendorf geschickt. Da war unser erstes, ich weiß noch genau, wo wa uns beworben haben, dis war nach Ladenberg, wurde gerade eröffnet. Und dort habn wir für ganz billig, das war unsre erste Reise mit den Kindern. Wir hatten lange Schwierigkeiten mit Geld, und da mußten wir alles, was wir damals, sei's Möbel oder auch Kleidung, auf Abzahlung kaufen, is klar. Anfangs hat er's Geld noch inne Kneipe vertrunken. Und denn sollten wa zahlen, und denn war nichts da. Und denn haben wa Mahnungn jekricht! Und da hab ich gemerkt, also dis geht nicht so, und hab's an mich genommen und hab gleich, wenn's Geld gab, alles bezahlt, hab also das Ruder übernommn. Ich hab auch mal gesagt: »Komm, anziehen! Jetzt gehn wa spazieren.« Oder: »Jetzt machen wa ne Dampferfahrt.« Oder ne Busfahrt so rumgemacht, weil, bei der BVG hatten wa frei, hab ich gesagt: »Dis wird für uns billiger.« Dis kam immer von mir, ich mußte ihn anspornen. Er hat aber mitgemacht. Und wir habn Bekannte gehabt denn auch, mit denen wa zusammn gehen, weil, ich bin ein geselliger Mensch, ich muß Abwechslung habn, wo man mal über was anders redet, damit man nich immer von die eigenen Sorgen aufgefressen wird.

Dann habe ich in meinem alten Beruf versucht wieder, Heimarbeit, hab Häuserreinigung gemacht, aber dis war nur Aushilfe, wo die Kinder klein waren, um 'n bißchen mehr Geld zu kriegen, und habe denn '61, die Kinder waren 9 und 10 Jahre alt, bei der BVG angefangen als Schaffnerin, halbtags, weil ich ja die zwei Kinder... Ich weiß nicht, ob ich's heute genauso machen würde, ich glaub, ja. Eigentlich verachte ich Mütter, die ihre Kinder in'n Kindergarten geben, wenn's nicht sein muß. Ich bin trotzdem immer ne sehr gute Mutter gewesen, und ich bin gerne Mutter gewesen. Was ich falsch gemacht habe, vielleicht, naja, die Entdeckung des Körpers. Da haben se mal, Jungs und Mädels, und da hab ich vielleicht falsch reagiert, hab geschimpft, gehauen hab ich se nich, ich hab se denn erklärt, daß es gefährlich is, daß man da was beschädigen kann. Ich hab wohl nachher mit die Kinder gesprochen, mein Mann hat's natürlich nich mit dem Sohn... Aber die fingen ja damals schon inne Schule an, und so die Aufklärung, wie der Lehrer mir jesacht hat, is ja ne Hilfe, besser als wenn gar keine, so wie wir dis hatten. Inna Familie warn wir noch sehr, sehr schenant. Ich glaube, meine Kinder haben mich nie nackend gesehn oder ihren Vater, der war wohl eher, aber auch nich so. Wir haben weniger über Aufklärungssachen, ich hab zwar gesacht, wenn irgendwie was is, denn solln se kommn, aber dadurch, daß se in de Schule aufgeklärt wurdn, weiß ich nicht, entweder hab ich mich damals noch sehr dumm angestellt, mit ganz intime Sachen sind se jedenfalls nicht zu mir gekommn.

Dadurch, daß ich angefangen habe zu arbeiten, hab ich mich wahrscheinlich, bin ich 'n anderer Mensch geworden. Ich hab versucht, auch mein Bewußtsein in ner Familie, also zu sagen: »Ich bin nicht nur diejenige, die hier pusselt und macht und tut und wartet auf dein liebes Geld und denn sagt: ›Danke schön.‹ Ich bin ja, ich verdiene mit und habe 'n Recht, mal zu sagen: ›Nee, das und das geht nich.‹« Er war von Anfang an 'n Autonarr. Wir hatten 'n Auto denn gehabt, haben mit nem kleineren angefangen, und ich hab natürlich nichts dagegen gehabt, weil wir ja mit vier Personen so billiger rumkamn als mit'm Zug. Aber daß ich denn mal gesagt hab: »Dies Jahr nich 'n neues, ein Jahr warten wa noch.« Oder wenn er seinen Anfall wieder hatte, denn hab ich angefangen, ihn auch anzuschreien, wo er plötzlich: »Ja, warum schreist du denn?« und ich gesacht hab: »Dis hast du auch...« »Was? Ich hab dich nicht angeschrien!« »Doch«, sag ich. »Dis gibt's ja gar nicht...« Sag ich: »Siehste, hab ich von dir gelernt! Nu merkste mal, wie's is.« Also, langsam hab ich mich anders entwickelt, wie gesagt, durch die Berufstätigkeit, weil ich einfach Geld selber verdient habe. Und wenn irgendwas inne Schule war, ich war immer in Kontakt, auf Elternversammlungen, dis war für mich selbstverständlich. Da fing es denn auch an, daß die Eltern mitreden konnten, wenn der Lehrer mit die Zensurn irgendwie schlecht gemacht hat oder wenn jetzt so Sorgen ... Und da wurde ich Eltern-Klassensprecherin, weil ich mich ebend eingesetzt habe. Mein Junge kam dann in ne andere Schule, nach der fünften ging's ja auf die Realschule, meine Kinder haben durch Fleiß beide ihre Realreife, muß ich ganz stolz sagen, haben beide das zehnte Jahr mitgemacht, dis war damals eine Auszeichnung. Ja, und da bin ich noch mal gewählt worden nachher, als Schulsprecherin, also als stellvertretende für die Schule, ja? Und dis hat mich wieder, wo ich jesacht hab: »Du bist wer, wenn die Eltern dis Vertrauen haben zu dir.« Und ich hab seit jeher jesacht: »Wenn ich 'n Amt übernehme, übernehm ich's richtig, oder ich laß's sein.« Und dis sind so Reifeprozesse, wo ich mich eigentlich geändert habe: ›Ich bin wer, und ich hab auch'n Anrecht, und ich brauch mich nicht verstecken als Frau.‹

Und Personalrätin bin ich inzwischen auch schon länger. Dis Problem war, von die Männer anerkannt zu werden und getragn zu werden und den Kollegen klarzumachen, daß Frauenprobleme auch Probleme sind, weil Männer die ja nicht als Probleme ansehen. Zum Beispiel, mit den Kantine-Frauen, ich war ja selbst inne Kantine, ich kann mitreden. Oder mit die Reinigungsfrauen, wenn da Probleme sind, denn tret ich ein und mach dis klar. Mit die Fahrerinnen genauso. Wir haben Toilettenprobleme gehabt auf die Endstellen. Die Kollegen haben sich automatisch hintern Baum gestellt, die Frauen mußten auch hintern Baum gehn. Aber daß die Kollegen mal überlegen, wie es für diese Frauen ... Also, sie haben jetzt 'n Toilettenwagen, wo sie hingehn können, vernünftig. Oder z. B. die Bussitze. Frauen durften nur bestimmte Typen fahren und andere nicht, weil die gesundheitsschädigend sind wegen dem Unterleib. Dis wurde denn grundweg geklärt, daß da bessere Sitze inne

Busse kommen, was die Männer heute noch nicht einsehen, daß es durch die Frauen jekommn is. Wir wissen's aber. Es gibt noch viele, die sagn: »Im Gremium hat keine Frau was zu suchen, Personalratsarbeit is Männersache.« Ich werd auch konfrontiert: »Wer putzt denn deine Fenster zu Hause? Haste deinen Abwasch schon gemacht?« Inzwischen weniger, ich bin ja kesser gewordn. Aber dis sind Sachen, die kein Kollege dem andern vorhält: »Haste deine Frau schon ausgeführt oder haste deine Frau schon dis ...?«
Mein Mann kam denn auf 'n anderen Busbahnhof, wurde er Fahrer, und dadurch war er mit den Kollegen nicht mehr so zusammen, mit der Clique, und dadurch is die Versuchung nicht so gewesen, daß er Skat gespielt hat und Frau und Kind vergessen hat. Es kam zwar noch vor, ging aber um kleinere Summen, dis war denn nicht mehr so schlimm, weil ja der Verdienst auch besser war und langsam sich auch Taschengeld ergeben hat. Wir habn ja mehr gehabt. Er war denn oft abends zu Hause, und dadurch, wenn wir mal wirklich in Not waren und ich sagte: »Dieter, was machen wa? Wir kommn nicht klar«, hat er gesagt: »Mäuschen, denn nehm ich'n kleinen Kredit auf. Dit schaffn wa schon.« Dis warn so Sachen, wo wir vollkommn eins warn, um die Not zu lindern. Oder wie meine Mutter ins Krankenhaus mußte, die hat Herzasthma gehabt, kam sie sehr oft ins Krankenhaus, und ich hab mich drum gekümmert. Denn hat mir der Arzt gesagt, sie könnte raus, sie müßte aber in 'n Hospital. Hab ick jesagt: »Nein, das brauch sie nich«, so lange ich bin, würde ich sie zu mir nehmen. Hab ich mit meinem Mann gesprochen: »Dieter, was mach ich nu mit meine Mutti?« Und da hat er gesacht: »Selbstverständlich nehmen wa se zu uns.« Dis sind so Sachen, wo 'n anderer Mann sagen würde: »Du piepst wohl, zweieinhalb Zimmer, zwei Kinder, kommt nich in Frage!« Und denn hat meine Tochter mit, mit Oma zusammn gewohnt, und der Junge

hat im Wohnzimmer geschlafen. Ja? Und es wurde besser, weil man sich mehr leisten konnte. Dis fing schon an, wenn ich mit den Kindern jegangen bin, ich konnte auch für mich mal 'n Würstchen kaufen, wo ich früher nur für die Kinder gekauft habe. Wenn wa weggefahrn sind, haben wa 'n Kaffee getrunken, er hat sein Bier getrunken im Lokal. Janz langsam fing der Wohlstand an. Denn habn wa mit dem Auto die erste Reise gemacht, und zwar nach Kärnten. Meine Schwester hatte mir den Tip gegeben: 'n Verkehrsbüro anzuschreibn in Klagenfurt, und denn haben wa uns die preiswertesten und die weitesten Adressen ausgesucht, damit die Kinder denn sagen könn', wenn sie zurückkommn vonne Ferien: »Wir waren da und da!« Ja, und im Urlaub war unsere Beziehung wieder gut gewesen.

Aber ich hatte noch mal ne Scheidung eingereicht, dis war, meine Tochter war schon verheiratet, die war in andern Umständen. 42 war ich, da war ich dis erstemal zur Kur gewesen, und da hab ich noch mal ne große Liebe erlebt. Also, ich bereue die Zeit nicht. Heute sage ich: »Gott sei Dank, daß er nicht Berliner war, sonst wär ich vielleicht wegjegangen. Ich hatte mir schon alles ausgemalt und hab ihn einmal besucht in Düsseldorf, bin hingeflogen. Er hat in nem Bergwerk gearbeitet. Seine Frau is gestorben, is, glaub ich, krebskrank jewesen. Die eine Tochter war größer, die andere war 'n bissl jünger. Und da hatt' ich so dis Gefühl: ›Hier biste geborgen.‹ Er hatte Verständnis, er war lieb. Und wenn er jetzt jesagt hätte: »Ruth, dich verlier ich nich, und um dich kämpf ick, und du bist jetzt gut aufgehoben«, denn wüßte ich nich, ob das heute nicht noch bestehen würde. Nur, ich wäre auch da die Initiatorin jewesen, verstehste, und denn, was mich natürlich sehr sehr, hm: ›Du mußt weg von deine Kinder!‹ Die haben damals noch beide hier in Berlin gewohnt. Und wie ich denn wieder hier war und die so um mich hatte und, und denn die vielen Aussprachen mit meinem Mann... Ich hatte, wie gesagt, die Scheidung eingereicht, erst hatt' ich natürlich gesacht: »Wir habn uns auseinander jelebt«, denn hab ich den Grund aber genannt, und denn war mein Mann sehr tücksch, war nicht diplomatisch anfangs, hat mir sehr beschimpft: »Du alte Hure!« und so. »Gehst weg und gleich den ersten...« Er hat nicht überlegt: »Warum hat sie's getan?« Wie jesacht, er kann es nich ausdrücken, er kann es einfach nich. Ja, und wir haben viel, viel, also ich hab viel mit ihm geredet, ebend auch, was mich stört. Habn wir uns denn wieder versöhnt, und ich hab die Scheidung zurückjenommn, und da war wohl auch dis Körperliche wieder so einijermaßen drinne. Aber ich würde mir wünschen, daß ich im Unterbewußtsein meine ganze schlimme Zeit vagesse und vielleicht dadurch das Entfremdetsein meinem Mann gegenüber im Bett, daß er weg is, daß es weg is! Ich bin manchmal selber ärgerlich über mich, weil, weil wir wirklich gut zusammn sind jetzt, aber dis is, wie so'n Krampf, und, ach. Also, er merkt, daß ich nicht mit Leib und Seele dabei bin. Ich will nicht, daß er woanders hingeht, ich will ihn nicht abstoßen, weil wir ebend'n Ehepaar sind. Nur, er müßte den Grund sehen und sich auch einstellen. Ich brauch nicht jeden Abend Liebe, auch nicht jede Woche. Ich brauch vielleicht jede vier Wochen. Aber er braucht mehr. Ich möchte nur Zärtlichkeit mal: »Ach, Mensch, haste wieder fein jemacht heute, und jetzt biste k.o., biste müde. Nu schlaf mal schön.« Nur schmusen und denn »Gute Nacht.« Aber wenn er mit mir schmust, weiß ich schon, es kommt was. Und da is's bei mir innen drin wie so'n Panzer. Ich kann mir nicht helfen! Ich bin denn immer zufrieden, wenn ich sage: »Nu hast es wieder hinter dir.« Ja? Ich hab's schon mal versucht auszudrücken, aber er kricht den Sinn nich mit, ich hab's ihm nicht erklärn könn'. Vielleicht, wenn er diese Worte lesen würde, vielleicht versteht er, wie ich's meine. Vielleicht, daß er 'n bissl seine

Schuld einsieht oder mir auch die Schuld gibt, daß ich frigide gewordn bin, ich weiß es nicht. Vielleicht würde er meine Nöte erkenn', daß wa dann die letzten Jahre noch also wieder richtich zunander finden in dem Punkt auch.
Aber wenn ich irgendwie Sachen habe, jetzt im Beruf, mit 'm Fahren z. B., 'n kleinen Unfall oder so 'n kleinen Ärger irgendwie mit Fahrgästen, wenn ich denn heule, denn sagt der Dieter nich so wegwerfend: »Du mit deine Geschichten immer!«, wie Männer oft sind. Nee, wir könn' uns darüber aussprechen. Oder wenn meine Tochter Schwierigkeiten, sei es jetzt mit'm Auto oder irgendwas is: »Ach, Vati, kannste helfen?« Und ich sag: »Na, klar. Komm her, Vater, du machst dis doch gerne.« Und dis sind so die Sachen, wo ich merke, dis Zusammhalten, ja? Meine Tochter is Steuerberaterin, also Gehilfin. Oder mein Sohn, der is ja schon lange weg, der is neun Jahre aus Berlin raus, hat Abendschule gemacht, war sehr fleißig, hat Chemieingenieur gelernt. Wir sind beide sehr stolz auf unsere Kinder. Mein Sohn wollte 'n Haus kaufen, brauchte er 'n Bausparvertrag, und er is nich im Öffentlichen Dienst. Sagt mein Mann gleich: »Junge, ich mach dis für dich!« Dis sind so Sachen, wo der Vater für ihn da is. Er hat immer geholfen, hat beim Umzug geholfen. Wir haben renoviert, haben geholfen, den Garten mit machen, wo die andere Verwandtschaft dis nicht gemacht hat. Also dis Zusammenhalten, wo der Junge weiß: »Ick kann zu meinm Vater, der hilft. Wir werden zusammen schon 'n Ausweg finden.« Vater und Mutter sind da.
Als meine Kinder geheiratet haben, war dis für mich als Mutter sehr schlimm. Bis zur Hochzeit wohnten se ja beide hier. Die hatten ihre Beziehungn, Rolf-Dieter und Ines, er hat die Jungens rangebracht und sie die Mädchen. Die haben hier oft Parties gefeiert! Und wir haben immer gewußt, welchen Umgang se haben, und waren mit einbezogen. Wie's denn so hieß: meine Tochter hat einen kennengelernt,

und der hat schon ’n Kind, is geschieden, dis Kind is bei ihm, da fing’s natürlich an, daß sie mal sonntags bei ihm bleiben wollte. Und denn hat sich meine Tochter mit mir unterhaltn, sagt se: »Mutti, ich hab mich entschlossen, wir wolln zusammenziehn, wir wolln’s probieren. Wenn ein Kind da is, is doch das Problem, werd ich angenommn oder nich?« Dis war für mich wie: ’n Stück wird mir weggenommn! War sehr schlimm. Und den Moment hat mein Sohn gesacht, er will heiratn und hat noch keine Wohnung, ob nich seine Frau mit herziehen kann. Da hab ich jedacht: ›Krichste wieder ne Tochter‹ und hab natürlich: »Ja, selbstverständlich!« Mein Mann hatte nichts gegen: »Also, hier, habt ihr’n Zimmer, macht ihr euch dit zurecht, und denn wohnta zusammn, und dis is klar.« Und dadurch hab ich nu dis Empfinden, daß die Tochter auszieht, nich so gleich gehabt. Abends haben wa zusammn gesessn und zusammn gegessn, also war eine gewisse Harmonie, wirklich. Meine Schwiegertochter hat bei der Bank gelernt, und der Schwiegersohn ist bei der Post, Briefträger. Wir haben ihnen denn ne Wohnung besorgt hier in Tegel, da kanntn wa zufällich durch mein’ Mann seine schlechte Zeit einen, mit dem hat er gewettet früher, der hat bei ner Wohnungsbaugesellschaft gewohnt, und durch den haben wir eine schöne Wohnung bekommn. War zwar nicht weit, aber dann war der Einschnitt da: Jetzt sind beide weg! Das war abends manchmal, man mußte erst darüber wegkommn. Mein Mann mit seine Schweigsamkeit und ich mit meinem Mutterkomplex. Wie gesagt, er kann sich nicht so aussprechen, aber er hat gemeint: »Na wat? Fehln dir deine Trabanten?« Dis hat er nu auch gemerkt. Wir haben uns doch beide gegenander angepaßt, es wurde von mal zu mal besser, und dadurch sind wir wohl beide drüber weggekommn. Und wenn jetzt ’n Krach is, kann er ’s auch mal rausbrüllen, was wir ja vor die Kinder nich machen. Und vielleicht dadurch ist er denn auch

mal jekommn, was er früher nie konnte: »Entschuldije, da hab ick wieder wat Verrücktet jesacht.« Nicht groß Versöhnung, die nich, aber es is schon, ich kannte dis nich von ihm. Also, er, er sieht's ein, daß er mir böse jetan hat. Er macht auch 'n Prozeß durch.
Es is ne neuere Entwicklung, daß mein Mann Sachen mitmacht. Dis war früher nicht, er mußte immer gezogen werden, wenn ich irgendwie ne Veranstaltung hatte. Heute bietet er sich selber an, z. B. beim Preis-Skat macht er den Schiedsrichter. Oder er geht hinter die Theke, wenn irgendwie Versammlung is von der Gewerkschaft oder von ner Partei aus, von der SPD. Ich bin drinne, er nicht, aber er is ein Sympathisant, kann man sagen. Er is hochanerkannt, weil er immer zur Hilfe da is. Der hat einen Ruf: über alles! Dis sind so die Sachen, die uns zusammgeschweißt habn, wo wa vieles vergessen, was ich mit durchgemacht habe. Und denn bin ich auch, was ich früher nicht konnte, ihm um'n Hals fallen und drücken und sagen: »Haste fein jemacht, Vati!« Auch mit Küßchen, das hatten wa jahrelang nich gehabt, dis is heute auch schon mal, aus'm Haus gehen: 'n Küßchen! Aber nich, daß er mal zu mir gesagt hätte: »Ruth«, wie man so in Liebesromane liest, »du bist meine Liebe und meine Einzije und...«, so Worte kommen nicht über seine Lippen. Vielleicht in Gesten, mal 'n Strauß schenken, was er früher nie jemacht hat, dis macht er langsam wieder. Wie wa Hochzeitstach hatten, ich hab's vergessen, er hat jesacht: »Herzlichen Glückwunsch zum Hochzeitstach!« »Ach«, sag ich, »Vater, stimmt ja, wir haben heute Hochzeitstach.« Wir wolln nicht sagen, daß wa nu himmelhochjauchzend sind, aber, vielleicht spürt er und ich, daß wir uns zusammngerauft habn. Wir sind 'n altes Ehepaar, was bis zum Ende jetzt – also ich hoffe, daß nicht plötzlich 'n junges Mädchen ankommt und er da drauf reinfällt...

Klaus-Herbert B., 27, Student:

»Im Grunde hab ich die Unmöglichkeit schon vorprogrammiert...«

Ich hab Angst, daß sich nie was ändert, daß alles immer so bleibt, also daß es nie zu dem kommt, was ich mir vorstelle. Im Grunde hab ich die Unmöglichkeit doch schon vorprogrammiert – dadurch, daß man sich von vornherein jemanden sucht, wo es nicht gehen kann, und denn den großen Leidenden spielt. So schätz ich viele Schwule ein, ne. Angst davor, wirklich sich auf einen Menschen einzulassen. Unwillen im Grunde, Unwillen.

Meine Eltern habn ziemlich spät begriffn, daß ich schwul bin, also den Gedanken wirklich in ihr Herz aufgenommen. Es gab Auseinandersetzungen um Äußerlichkeiten. Ich hatte lange Haare, die Fingernägel lackiert, bin auf Faschingsfeste oft als Frau gegangn, mit großem Erfolg auch. Und mein Vater hat mir das verboten. Ich hab gesagt: »Ich denke überhaupt nich dran, jeder Mensch kann sich seine Fingernägel lackiern, wie er will...« Und dis war schwarzer Nagellack! Ich war inner Mädchenclique, hatte 'n ziemliches Vertrauensverhältnis zu Mädchen, ja? Wir sind Schlittschuh laufen gegangen oder ham inne Pause uns verzogen, sind aufn Fichtenberg, da rumgelungert, heimlich geraucht, ham über ihre Freundschaften geredet oder so über Lehrer. Eine von denen hat dann zu mir gesagt: »Klaus, du bist doch schwul.« Nicht als Angriff, sondern als Feststellung. Und das fand ich sehr angenehm. Ich war ihr irgendwie dankbar, war drumrumgekommen, es selber zu sagn. Meine Eltern müssen wohl gemerkt haben, daß mit meinen Freundinnen nichts Erotisches is. Meine Mutter hat ne Zeitlang eine nach der anderen in Verdacht gehabt, also erst dachte se, ich bin mit Juliane zusammn, dann dachte se, ich bin mit Elsbeth zusammn, und manchmal hat se Bemerkungen gemacht über Verhütung. Fand ich schauderhaft, vulgär irgendwie, ne Beschmutzung unseres Verhältnisses. Sie kam auch ständig angetanzt, war unheimlich freundlich zu den Fraun. Mir kam dis sehr kupplerisch vor, ne Puff-Atmosphäre. Da wurde Eierlikör gereicht oder Kirschlikör. Unangenehm! Sie hat sich bestimmt auch gequält, ne? Und ich hatte letztlich Angst, es meinen Eltern zu sagen so knallhart, hab's bei Andeutungen belassen. Sie haben's auch nicht hören wolln, irgendwie verständlich.

Ich hatte mich dann in meinen Lehrer verliebt, das war 'n Linker, der machte 'n bißchen antiautoritären Unterricht, Religionsunterricht. Später hatte ich noch Mathematik bei ihm und kam von 4 auf 1. Bei dem haben wir sogar über Sexualität geredet. Er hat z. B. das Buch *Sexfront* mitgebracht von diesem Amendt und mir denn auch geschenkt. Das fand ich im Grunde viel zu hart, meine Liebe zu ihm war irgendwie 'ne Bewunderung, an Sexualität hab ich dabei gar nicht gedacht. Ich hab immer wieder seine Nähe gesucht mit irgendwelchen Fragen oder was. Und war oft eifersüchtig, wenn er sich mit andern Schülern unterhielt in der Pause oder so. Einmal fuhr ich nach Hause, wartete auf 'n Bus am Händelplatz in Lichterfelde und sah ihn in seinem Auto mit einem anderen Schüler. Das war der Tag, wo's Ferien gab, Herbstferien. Ich weiß gar nicht, was die Zusammenhänge waren, aber ich war die ganzen Ferien über völlig krank, ich war wirklich eifersüchtig. Heute bin ich's nicht mehr. Selten. Und Mitschüler fand ich schrecklich, gleichaltrige. Die rochen alle irgendwie, weißte, so'n Kind in der Pubertät hat'n bestimmten Geruch, ne Mischung aus Turnhalle, alte Stulln, Lenor, viel Lenor, Fußball...

Dann war ne Zeitlang überhaupt nichts, und dann hab ich so Typen kennengelernt. Den ersten in ner Bücherei, bei dem dacht ich noch: ›Dit is jetzt die große Liebe.‹ Und der hat

mich gar nich geliebt. Ich dachte auch: ›Jetzt kommst du in die schwulen Kreise, der führt dich ein, ne.‹ Und das war überhaupt nich der Fall. Ich war etwas enttäuscht, muß ich sagn. Aber Zweifel über die Richtigkeit meiner Gefühle hatt' ich nie. Ich fand's normal, daß ich mich in einen Mann verliebe.
Meine Eltern machten sich in gewisser Weise Sorge, daß ich, da war 'n ganz komisches Spannungsfeld. Und endgültig wurde es klar mal Weihnachten, da hab ich nicht bei ihnen gefeiert, kamen sie am ersten Feiertach in meine Schöneberger Wohnung, wollten mir die Geschenke bringen, vormittags. Und bei mir war Udo. Wir lagn noch im Bett, Udo und ich, und dis war offensichtlich, was da gelaufen ist. Da war'n sie irgendwie, also, nachdem meine Mutter noch erfahren hat, daß ich Silvester auch mit ihm zusammen, bei ihm geschlafen habe, kam sie dann an – Vater ging in der Zeit zum Frisör! – und hat mich gefragt, ob ich homosexuell bin. Mir war das ganze 'n bißchen peinlich, sie tat mir auch leid. Ich glaube nicht, daß ich besonders geschickt war, ich hab's hoppla hopp gemacht: »Ich bin schwul, dit könnt ihr nich ändern!« Und so. Sie war traurig, hat gesagt, sie hat Angst um mich. Sie hatte wohl in den fünfziger Jahren einen Schwulen gekannt, der umgebracht worden ist, warum, weiß ich ooch nich, aber sie hatte denn Angst, daß ich gekillt werde. Später hat sie gesagt, sie hat Angst, daß ich nicht glücklich werde. Mein Vater war Lehrer gewesen, hatte ein' Herzinfarkt gehabt und aufgehört zu arbeiten. Es ging ihm schlecht, also Rentnererscheinungen. Hat meine Mutter immer gesagt: »Dis könn' wa Papi nicht sagn, der regt sich auf. Nachher stirbt der mir untern'n Fingern weg.« So ungefähr. Ich hab mich danach gerichtet, hatte auch ne ziemliche Scheu vor meinem Vater. Also, ich hab jahrelang meinen Vater für dumm gehalten. Im Grunde war der das Kind. Ich war der Mann meiner Mutter, und er war das

Kind. »Papi ist herzkrank, sagn wa's ihm lieber nicht.« Dinge wurden weggezaubert! Er hat Augen im Kopf, hat was gesehn, bestimmt, aber es wurde nie ausgesprochen. Von Transsexualität z. B. hat er nichts mitgekriegt. Ich hab mir ausgemalt: Irgendwann sitz ich mit solchen Titten am Tisch, als Vollweib, und mein Vater tut, als ob nichts is. Ich hab mich letztlich mit meiner Mutter identifiziert, ne? Es gab viel Zärtlichkeit zwischen uns. Ich hab lange Zeit mit ihr rumgeknutscht, bis in die Pubertät, bis es mir irgendwann lästig wurde. Sie hat das sehr gesucht. Und ich war auch nicht irgendeine Frau, eine Frau von 23, sondern ich war in gewisser Weise meine Mutter, hatte 'n dunkles Kostüm an, ne Bluse und schwarze Pumps. Ganz klassisch.

Ich hab mich ne Zeitlang für transsexuell gehalten, habe also die Möglichkeit einer Geschlechtsumwandlung in Erwägung gezogn, hab sämtliches Material dazu gelesen und, und bin dann in die Frauenklinik in der Pulsstraße gegangen, in Charlottenburg, hab gesagt »Ich fühle mich als Frau, strebe ne Geschlechtsumwandlung an ...« Das hätte bedeutet: Hormongabe, chirurgischer Eingriff, Entfernung der Hoden, Umbildung der Geschlechtsorgane, Neovagina nennt man das dann. Also, ich wollte heiraten, dis war mein Ziel. Kann man dann auch, irgendwann. Nach der Geschlechtsumwandlung wird die Geburtsurkunde geändert, also, es wird in Deutschland völlig gelöscht die menschliche, äh, die männliche Existenz, das Dasein als Mann wird gelöscht. Man ist denn quasi als Frau geborn, ne? Chirurgisch is dis gar nich so'n Problem, man kann das sehr gut machen. Das Problem is die psychische Seite. Naja, dann wurde man untersucht, körperlich, auf hormonelle Dinge, ob irgendwie Hermaphroditentum vorliegt. Das war nicht der Fall. Und wenn nichts übrig bleibt, is wohl gesetzlich vorgeschrieben: zwei Jahre lang Explorationstherapie, um sicherzugehn, daß die Person das wirklich will.

Da gibt's ein' Psychologn inna Frauenklinik, also Psychotests, diese Male-Female-Tests, und Gesprächstherapie. Das muß man machn, ne, und im Laufe dieser Therapie hat sich dann für mich herausgestellt: »Ich will doch nich.« Das kam nich von heut auf morgen, dis war ne ganz langsame Entwicklung. Ich habe mal 'n Urlaub mit ner sehr guten Freundin verbracht, wir warn in Italien, und ich war halt 'n Weib! Ich hatte ganz lange, blonde Haare und, ja naja, für ne Frau bin ich ziemlich groß und, und weil die Italiener sich ganz anders verhalten als Deutsche, in Rom jedenfalls, in der Großstadt, kommt viel mehr rüber: »Ich sehe, daß du ne Frau sein willst, also behandle ich dich so, egal, was du bist.« Und das hat wohl gereicht. Ich kam zurück mit diesen Erfahrungen und hab dann lieber wieder Hosen angezogn und flache Schuhe.

Dis war damals ne Zeit einer unheimlich starken Verbundenheit mit meiner Mutter. Ich hab ihr alles erzählt, und sie hat's sehr ernst genommen und hat gar nicht so ablehnend reagiert, wie ich dachte. Also, als ich gesagt habe: »Ich bin schwul«, gab's ne Katastrophe. Als ich gesagt habe: »Ich bin transsexuell«, was wirklich'n herbes Schicksal is, wenn man's wirklich ist, war sie mild, verständnisvoll und ja, hat mir schöne Mohairpullover gestrickt, die irgendwie recht feminin aussahen. Aber Mutterliebe ist auch was Unermeßliches, da kann man drin untergehen. Sie klammert schon oft, und ich laß mich klammern. Früher hat sie einfach eingegriffen in mein Leben, ne, daß ich diesem und jenem von ihrer Bekanntschaft oder Verwandtschaft zum Geburtstag gratulieren soll, hat mich oft angerufen, aus'm Urlaub kam jeden Tag eine Postkarte. Ich bin bald wahnsinnig geworden. Meine Eltern sind nu auch nicht mehr in dem Alter, wo man Erlebnisurlaub macht, also die sind 6 Wochen in Hessen. Was gibt's da zu schreiben? Hab ich ihr gesagt: »Ich find's ekelhaft, daß du mir so viel Postkarten

schreibst, auf denen nichts steht!« Da war sie unheimlich beleidigt. Ich hab sie damit ganz tief verletzt.
Aber ich hab sie auch gespielt, bis zu einem gewissen Grad. Ich war damals mit einer Theatergruppe »Schwules Ensemble Westberlin«, wir waren sechs Leute und hatten ne Familienaufteilung. Ich war die Mutter, hatte einen Mann, zwei Kinder, dann gab's noch zwei Tanten, die ständig dabei waren. War im Grunde ne Selbstdarstellungsgruppe, also, das war unsere private Situation, auf der Bühne habn wir nie schwule Stücke gespielt. Für mich war's unheimlich wichtig, auf der Bühne zu stehen. Ich hatte z. B. mal ne Szene, da war ich alleine in einem Spot, hab zu mir geredet, laut geflüstert, hab ein Wahnsinnigen gespielt, jemand, der den Bezug zur Wirklichkeit verloren hat. Dis dauerte schon so drei, vier Minuten. War unheimlich gut. Da gab's immer Szenen-Applaus. Die Texte hatten wa alle selber geschrieben.
Und danach, nach dieser Transi-Phase, war das Verhältnis zu meiner Mutter nicht so gut, ne Zeitlang. Da gab's ne Annäherung zu meinem Vater. Ging auch von ihm aus. Er is denn mal zu mir gekommen, alleine, hat sich mit mir unterhalten, hat von seinen homosexuellen Erfahrungen gesprochen, von seiner Liebe zu meiner Mutter. Und Krieg, Gefangenschaft, Arbeitsdienst, also die Nazizeit. Er is aus gutem Grund 70 und hat'n 26jährigen Sohn, weil dis sein Leben entscheidend bestimmt hat, also verzögert. 10 Jahre lang Mist! Dis war ne Ehrlichkeit, die hat mich gewundert, die war völlig neu. Und mein Vater ist mir oft angenehmer, weil er ruhiger is und weil ich seine Liebe besser einschätzen kann. Er hat halt Vaterliebe, d. h. fordernde Liebe: »Ich hab dich lieb, wenn du das und das bringst.« Im Gegensatz zur Mutterliebe, meine Mutter ist dafür 'n gutes Beispiel, unbedingte Liebe: »Egal, was du machst, ich hab dich immer lieb. Du bist mein Kind!« Mein Vater drängt mich, er

erzählt von den Prüfungen, und er hat ja mit 27, und ich müßte nun auch, ne. Er fragt immer wieder nach: »Wie war's an der Uni?« Und so. Unangenehm! Ich krieg halt noch Geld von ihm, sonst könnt ich sagen: »Hör zu, ich, wenn ich 40 Semester studiere oder sonst was ...« Aber da is halt dieses Geld, und ich bin einfach zu faul, letztlich zu unselbständig vielleicht auch, dis abzubauen. Ich mein', man kann von 1000,– Mark im Monat leben. Ich kann mir sogar diesen und jenen Luxus leisten. Es ist halt meine Angst, daß, also irgendwann, 'n Fall kommt, 'n Sturz, ne Katastrophe, wo man vielleicht, wo man denn, wo ich endlich ma handeln muß, ne?

Meine erste große Liebe war eigentlich Rainer, der hat nur gejobbt, der war Taxifahrer. Ich war durch dritte Leute mit zu ihm auf eine Fete gekommen. Find ich besser, als jemanden in einem schwulen Lokal kennenzulernen. Ich mein', Leute, die ich in so'nem Zusammenhang kennengelernt habe, da is nie wat draus geworden, irgendwie geht dis nich. Nee. Also, Rainer hab ich bei ihm zu Hause kennengelernt, hab erst mal gar nicht realisiert, daß er der Gastgeber ist. Und es war schön. Als wir uns ne Woche kannten, hat er mir seinen Schlüssel gegeben, hat gesagt: »Kannst immer komm'n, wenn du willst.« Und dis hab ich dann auch eines Tages gemacht. Gab natürlich ne Katastrophe, weil er an diesem Abend nich mit mir gerechnet hatte. Er hatte gesoffen, war mit irgendnem Kumpel nach Hause gekommen, und ich lag im Bett, hab mich schlafend gestellt, hab die Ohren gespitzt. Die wollten weitersaufen, und dis ging dann nich, hahaha. Mit Rainer war es tätliche Liebe, so Liebe in der Tat. War unheimlich gut. Keine großen Worte, aber wenn ich krank war, wurde ich gepflegt und, und, ja, meine ganzen Liebesbeweise wurden angenommen. Wir habn auch viel gestrittn, um irgendwie komische Dinger, die ich heute gar nicht mehr verstehe. Ein Thema war mal, daß ich gesacht

hab: »Der Mond könnte ja ein Würfel sein, und wir sehn ihn nur als Kugel.« Und er wollt mir beweisen, daß der Mond ne Kugel ist! Wir ham uns auch geschlagn, mal. War gut. Ne Ohrfeige is nichts gegn drei Tage Telefonboykott. Wir habn halt – Gott! – naja, ne Ehe geführt, 'n Jahr fast. Ick fand dit toll. Wir hattn'n Auto, sind verreist, wir ham zusammn gegessen, habn zusammn eingekauft, sind zusammn weggegangn, ferngesehn. Ja, war gut. Ne Selbstverständlichkeit auch, den andern beanspruchn zu könn'. Rainer war nu sehr auf Jungs fixiert, hatt'n bißchen pädophile Züge. Und das hat er ne Zeitlang auch in mir gefunden, war okay. Aber ich hab mich dann mehr und mehr verweiblicht irgendwie, mich als Frau gefühlt. Dis wurde nich thematisiert, aber ich denke, daß dis ein Grund war. Und, dann isses halt, na ja, er war irgendwie sehr labil, depressiv, und hat sich dann von mir getrennt, hat gesacht: »Ich hab dich immer noch sehr lieb, und ich bin dir dankbar, und du bist unheimlich intelligent, und du hast mir viel geholfen«, und alles so'n Scheiß, ja. Dis interessiert einen nich, wenn man verlassn wird. Und er kann jetzt nich mehr mit mir zusammen sein, er will allein sein. Ich hab geheult und immer noch gedacht: ›Es wird schon wieder werden mit Rainer‹, ne Zeitlang. Ja, dann hab ich irgendwann erkannt, daß es nich mehr geht. Er hatte wirklich üble Zustände, schlimme Depressionen, lag 'n ganzen Tach im Bett, abgedunkelte Räume und so was alles, ne. Es ging nich mehr, hab ich dann eingesehn.
Ja, meine Sexualität hatte sich geändert. Früher hab ich eigentlich nur Analverkehr gemacht, wie man dis nennt, passiv, mit großer Freude und viel Lust, war wunderbar. Und heute is dis eine Möglichkeit unter anderen. Oft is mir gar nicht so danach, sondern lieber Petting, Rumknutschen, also auch mehr auf'n Schwanz bezogene Sexualität. Meine Lust unterliegt starken Schwankungen. Viele Männer, auch Menschen, die ich geliebt hab, mit denen ich gerne geschla-

fen habe, kamen mir vor wie: »Sex is toll, 'n ganz großer Lustgewinn«, erst recht noch mir, »extrageil«. Und so bin ich gar nicht. Ich find's schrecklich, jeden Abend vorm Schlafengehn noch irgendwie Sex zu machen. Manchmal bin ich nur müde! Und das schafft Probleme, auch mit meinem jetzigen Freund gab das oft gerade in der Hinsicht Auseinandersetzungen.

José hab ich in Portugal kennengelernt. Urlaubssituation, tolles Wetter, ich war auch sehr entspannt, und er hat sich total in mich verliebt. Er ist Portugiese, leider, weil's 'n großer Aufwand is, sich zu sehen. Es ist sehr teuer. Ich war anfangs'n bißchen cooler, inzwischen wunder ich mich über meine Haltung, weil, im Moment bin ich völlig drauf, total verschossen. Jede Äußerung, die er tut oder nicht tut, hat schwerwiegende Konsequenzen für mich. Er is nich besonders groß und irgendwie kräftig, hat ne gute Figur, hat dunkle Haare, braune Augen – find ick jut. So kompakt. Also ich mag keine großen, dünnen Männer, lieber klein und irgendwie breit. Viel dran! Und dis Wichtige is, daß er, also als wir uns kennengelernt ham, daß ich totale Aufmerksamkeit gekricht habe. Ganz ehrlich. Und ganz viele Gefühle. Vielleicht liegt's auch daran, daß a halt Portugiese is, daß diese Menschen einfach anders sind. In der ersten Nacht, die wir zusammen verbracht haben, hat er fast nur geheult, die ganze Nacht, weil a Leiden vorausgesehen hat, so hatta dis gesacht. Ich hab ihn halt getröstet. Dis hat mich beeindruckt, und dis isses auch, warum ich mich in ihn verliebt habe. Und ich kann da albern sein, kann 'n kleines Kind sein und rumquengeln, und wir können irgendwelchen Quatsch machen. Und ich schreib ihm halt echt verliebte Briefe! Unheimlich viele Leute, mit denen ich zusammen war, kippen vom Stuhl, wenn ich sage: »Ich liebe dich.« So erlebe ich schwule Beziehungen hier. Schrecklich. Also, Ernsthaftigkeit hab ich genug gehabt in meinem Leben und

Auseinandersetzungen über irgendwelche dritten Dinge, ins Kino gehen, hinterher drüber reden, sich noch einen antrinken und ins Bett – bloß nicht sagen: »Ich liebe dich!« Und das vermisse ich einfach. Jahrelang hab ich mitgekricht, wie die Mädels in meiner Klasse von ihren Boys abgeholt wurden vonner Schule. Ick will dit ooch! Schwule machen halt'n bestimmten Lebensabschnitt nich mit. Wenn es ne schwule Variante von Pubertät geben würde, wenn sie was anderes erleben würden, was Tolles, was zu ihnen paßt, okay. Da is zumindest für mich einfach 'n großes Loch. Ich hab die Zeiten in gräßlicher Erinnerung.
Zwei Wochen nach dem Urlaub bin ich noch mal nach Portugal gefahren. Es war gut, obwohl José gearbeitet hat für seine Prüfungen, also Staatsexamen, war belastend. Und ich hab vielleicht den Fehler gemacht, daß ich dachte: ›Ich fahr nur wegen José hin‹, und hab Lissabon beiseite gelassen. Ich hab erst am Ende, kurz bevor ich zurückfuhr, gemerkt: Ich seh alles durch seine Augen, er bewertet die Dinge. Im Grunde müßte ich mir mein Bild von Portugal irgendwie erkämpfen, also was alleine machen. Jedenfalls bin ich von Portugal zurückgeflogen, bis heute weiß ich nicht, warum. Und denn standta ne Woche später vor der Tür! Das war natürlich 'n totaler Liebesbeweis, hat mich unheimlich aufgewertet. Dis war der Moment, wo ich mir gesagt hab: »Dis war keine Urlaubsliebe ...« Ganz toll! Und ich hab ne eigene Wohnung, warn denn ganz andere Bedingungen als in Portugal, weil er noch bei seiner Familie wohnt. Einfach nur schön. Wir ham gepennt, und, und viel geschlafen. Essen gekocht, spazierengegangen. Ich hab auch den Anspruch gehabt, ihm Berlin zu zeigen. Dis is halt meine Stadt, meine Heimat. Berlin und Deutschland is dasselbe für mich. Jahrelang wollte ich hier sein, nur hier, fand dis super hier, gerade als Schwuler. Aber sobald ich weg bin, merk ich, das stimmt überhaupt nich. Westberlin

is'n Furz, trotz aller Jubelparolen. Und dieses Traurige, ich kann den Frontstadt-Charakter nich mehr ab. Stell dir mal vor, du krichst ne Karte, ob du jetzt Kabelanschluß haben möchtest, und in der Küche haste kein warmes Wasser! Wo sonst auf der Welt gibt es sowas? Oder irgendwie, man soll sich Videogeräte kaufen, und wenn man pissn will, muß man aufs Außenklo. Is doch Scheiße.

Also, ich hab José Berlin gezeigt, hab denn bei der Gründung des Deutschen Reiches angefangen. Sind wir erst zum Checkpoint Charlie gefahren und dann an der Mauer lang spaziert, Anhalter Bahnhof eingestiegen bis Friedrichstraße gefahren, Lehrter Bahnhof ausgestiegen, Brandenburger Tor, Reichstag, ne. Fand er ganz schauderhaft, ganz, ganz bedrohlich. Also, er war heilfroh, als wir im Europacenter ankamen. Nu hat Portugal ja beide Weltkriege nicht mitgemacht, 'n Bahnhof wie der Anhalter is für die was Schreckliches, oder diese toten Bahnhöfe, Potsdamer Platz oder so, ne Mauer! Er war auch ganz ergriffen, stand ehrfurchtsvoll vor diesen Gräbern für die Erschossenen und war dabei, die Ungerechtigkeit und Gemeinheit der Mauer zu kontemplieren, is da so richtig rein, fing fast an zu heuln. Ich hab denn gesacht: »So schlimm is das nu ooch wieder nich, also für mich. Mir jeht's prima. Mich stört dis überhaupt nich. 'n bißchen blöd is, daß man immer durch die DDR muß, aber ansonsten leide ich persönlich gar nich drunter.« Das hat ihn im Grunde nich interessiert. Er war zu mir gekommen und nicht, um hier deutsche Geschichte nachzuholen. Im Grunewald warn wir noch, ham wa so Wanderungen gemacht, Seen, also ich mag die Berliner Seen sehr gern. Dis gibt's in Portugal nich, da is ne andere Landschaft. Das hat ihm gefalln.

Wir sind viel weggegangn. Er wurde halt bei meinen Freunden rumgereicht, alle wußten: »Klaus hat einen Portugiesen kennengelernt.« Stand sogar in der *Siegessäule*, dis is ne schwule Monatszeitschrift hier. Luzie, Tante Luzie, das is ne gute Freundin von mir, also 'n Typ, aber halt Luzie, schreibt ne Kolumne »Klatsch und Tratsch«, und da stand drin, daß ich en Herrn kennengelernt hätte. Wir haben 'n bißchen auf sunshine gemacht, habn uns vielleicht zu wenig über uns unterhalten, über Zukunft oder so. Und plötzlich war da der Abend vor seiner Abreise, und ick wußte jar nich wie, und es gab noch so viel zu besprechen, und dis habn wa irgendwie versäumt.

Wenna anruft und sagt, es geht ihm gut und er liebt mich, will mich bald sehn und so, dann schweb ich durch meine Wohnung! Oder wenn ich anrufe, und es geht ihm schlecht, dann geht's mir auch schlecht, ne, weil er zu den Leuten gehört, die das mit sich alleine abmachen, die dann sofort auf Distanz gehn. Ich hab dann keine Eingriffsmöglichkeit mehr. Im Grunde, also im Herzen kann ich so ne Haltung nich verstehn. Wenn's mir schlecht geht, muß José her, is doch klar, der bringt mich wieder hoch, als einziger! Er steckt jetzt in ner Prüfung, die is unserm Staatsexamen vergleichbar, deswegen kann er nicht kommen. Und es is auch unsinnig, daß ich hinfahre, weil er'n ganzen Tach im Prüfungsstreß is. Ich fühl mich total verunsichert, hab auch enorm viel Zeit, mich damit gedanklich auseinanderzusetzen. Ich kann halt 'n Abend über José nachdenken. Und er kann sich nur in einem gewissen Maße auf mich konzentrieren, er schreibt wenig, hat zweimal versprochen zu kommen, is nicht gekommen, konnte nich, warn die Prüfungen verschoben. Manchmal bin ich unheimlich wütend auf ihn! Ich war so'n hohen Standard an Zuneigung gewohnt, Ritterlichkeiten, er hat mir die Tasche getragen und so. Und jetzt kommt ganz wenig...

Und dann noch die Perspektivlosigkeit, was meinen Beruf anbelangt. Ich kann im Grunde mit dem Studium, ich steh da nich mehr hinter, kann damit nichts anfangen. Ich hab

auch kein irgendwie Hobby oder was wie Berufung. Im Augenblick bin ich ziemlich viel zu Hause, beschäftige mich mit so hausfraulichen Dingen, ja? Man kann's übertreiben, aber zu Zeiten von starker Depression wird eben die Wäsche extra gut gestärkt und auch noch gebügelt und sonstwas alles gemacht. Eigentlich stell ich mir mein Leben an der Seite eines Freundes vor: zusammen leben, 'n bißchen nebenbei arbeiten, halbtags, was, is völlig unklar. Gute Gefühle haben, genießen, gute Gefühle geben, ja? Manchmal hab ich den Eindruck, ich hab den Anschluß verpaßt, so Arbeitswelt und Möglichkeiten. Ich denk: ›Das kann ich alles nicht, das schaff ich überhaupt nich‹, mich um'n Job zu kümmern zum Beispiel. Dann möcht ich, daß jemand da ist und sagt: »Du machst jetzt das und das!« Also, mir wär's unheimlich angenehm, wenn José etwas autoritärer wäre.
Aber ich meine: Ich fahr 2500 Kilometer weit weg und, plumps, bin ich verliebt. Da is doch 'n Haken an der Sache! Im Grunde hab ich doch die Unmöglichkeit schon vorprogrammiert. So schätz ich viele Schwule ein: Man sucht sich von vornherein jemanden, wo es nicht gehen kann, und spielt dann den großen Leidenden. Also Angst, Angst davor, sich wirklich auf einen Menschen einzulassen...

Dagmar K., 36, Hauswirtschafterin:

»Und denn kann ich später mal sagen: Det war schön!«

Also, mein Name ist Dagmar. Ich bin 36 Jahre alt. Meine Mutter, die war einfach Fabrikarbeiterin. Meinen richtigen Vater, den hab ich nie kennengelernt, ich hatte ein' Stiefvater, der auch in der Fabrik gearbeitet hat. Mit 14 hat er mich vergewalticht, wo ich denn auch von zu Hause abgehauen bin, mußte aber wieder zurück und hab denn gesagt, er soll mich in Ruhe lassen. Und das hat er nich gemacht. Bin ich wieder von zu Hause abgehaun, hab eine, hab geheiratet, um eben von zu Hause wegzukommn. Die Ehe war sehr schnell kaputt. Dann hab ich noch mal geheiratet, da war ich fünf Jahre verheiratet. Die Ehe war auch nich so berauschend, mit Schlagen und so, und denn hab ich mich auch von diesem Mann getrennt. Naja, dann hab ich ne ganze Weile in ner Wohngemeinschaft gewohnt mit zwei Frauen zusammen, die sich auch von ihren Männern getrennt habn. Die eine war Krankenschwester und die andere Künstlerin, also, die hat so Teppiche gewebt und gemalt. Ja, da habn wa uns erst mal so zusammengerauft, weil wir ja alle irgendwo ganz schön fertich warn, und habn uns gegenseitich, wenn der eine mal en Tiefpunkt hatte, dann warn die andern da, die ihn wieder hochbringen konntn, und das hat ebend sehr geholfen. Wenn de dich vom Mann trennst und denn ganz alleene dastehst und fällt dir die Decke auf en Kopf, und du weeßt nich, wat de machen sollst, ne, denn man hat ja den Menschen ooch jerne jehabt. Und da muß man erst mal drüber wegkommn. Und als wir dis alles so gepackt hatten, da wolltn wir denn alleine leben.

Und ich hab denn mein' Freund kennengelernt, ein' Chilenen, den Pablo. Eh, ich hab immer in einm Lokal, das hieß

»Casaleon«, war in der Hasenheide, und da war auch 'n TIK-Theater, also das Theater in Kreuzberg war drin, und da war ich öfter und hab mir auch Theaterstücke angeguckt, und unten hab ich dann gesessen und was getrunken mit Freunden. Und da ham auch öfter mal Chilenen verkehrt. Und da hab ich einen José kennengelernt, der eine neue Folkloregruppe aufmachen wollte und mich gefragt hat, ob ich da nicht mitsingen will, weil er mich einmal hat singen hören, und er fand eben meine Stimme gut für, für diese Lieder. Und ich hab gesacht: »Ja, ich hab zwar noch nie gesungn, aber, naja, wenn du meinst. O.k.« Und er hat gesagt: »Da ist noch ein Chilene bei«, also praktisch er, noch ein Chilene und ich. Na, und denn hatten wa ein' Termin ausgemacht, eh, zum Üben, bin ich da hin, und das war eben dieser sogenannte Pablo, den ich da kennengelernt hab über die Gruppe. Er sah einfach toll aus, also, ick war von Anfang an janz schön verknallt in ihn, ne. Der hatte ne Art an sich, irgendwie war er schüchtern, wat mir ooch irgendwie gefalln hat. Dann hat er unwahrscheinlich viel Charme gehabt, das wirkt sowieso auf mich, und, ja, überhaupt unwahrscheinlich lieb und nich so anmacherisch, im Gegenteil, da mußte ich hin, auf ihn zukommn, ne. Wir sind denn, da kannten wir uns zwei Tage, denn sind wir zusammen nach Hause gegangn, also zur U-Bahn, und da hab ich gesagt: »Ich geh noch was trinken.« Naja, ob ich alleine gehe. Sag ich: »Klar geh ich alleine.« Ja, ob er nicht mitkommen darf. »Klar.« Aus dem Grund hab ich's ja nur gesacht! Dann sind wir ins Lokal gegangn und haben was getrunken. Dann war es schon so spät, und die letzte U-Bahn war weg. Und ich wohne um'e Ecke, ich hab gesagt: »Du, ich hab zwei Zimmer, wenn du willst, kannste mitkommn.« 'n Freund von ihm war noch dabei. »Dann schlaft ihr in dem einen und ich in dem andern.« Na, sind wir hochgegangen, und der Freund von ihm, der ging gleich ins andere Zimmer, sagte »Gute Nacht« und machte die Tür zu. Und wir beede standen da. »Ja, was machen wir nun?« Er hat mich angekiekt und lachte verlegen, und ich lachte verlegen, naja, was sollten wir nun... Da hab ich mich zuerst ausgezogen, bin ins Bett gegangen, und er dann auch, ne. Naja, und denn, er sachte, daß er mich mag, und ich hatte ooch dis Gefühl und Herzklopfen dabei, wat ick eigentlich sehr selten hatte. Naja, haben wir eben zusammen geschlafen und sind denn ooch zusammen geblieben. Ne? Und vier Tage, nachdem wir uns kannten, is er mit seine Koffer zu mir gekommn. Haha, ja, ging allet sehr schnell, muß ick sagn.

Als ick ihn kennengelernt hab, hat er gearbeitet in der Kongreßhalle als Topfwäscher, wo er unwahrscheinlich unterbezahlt wurde. Er hat die Stunde 9 Mark bekommn und mußte, weil er nu Ausländer war, auch feiertags arbeiten, sonntags arbeiten, hat keine Zuschläge bekommn, weil er auch nich Bescheid wußte, wie's überhaupt hier läuft in der Gastronomie, ne. Und da hab ich gesagt: »Also, kommt gar nich in Frage, daß du dich da ausnutzen läßt. Wir werdn versuchen, für dich ne andere Stelle zu findn.« Und ne Nachbarin von uns, wat gleichzeitich auch ne Freundin war, die hat in ner Maler-Firma gearbeitet und hat gesacht: »Wir suchen gerade Maler«, ob er da irgendwie 'n bißchen was kann. Sacht er: »Ja, Hausgebrauch.« Da sacht se: »Ach, das macht nichts, das lern' wa.« Dann bin ich mit ihm hingegangn zu der Firma, und die ham ihn genommn, und er hat alles, hat unwahrscheinlich gute Kollegen kenngelernt, die ihm also mit viel Geduld und Mühe alles beigebracht ham. Und heute is er Malergeselle, hat seine Prüfung gemacht, auf deutsch auch, ne, und is heute ebend Malergeselle, wo er erst mal mehr verdient und selbständig arbeiten kann. Ne?

Also, die ersten Jahre waren unwahrscheinlich schön mit ihm, waren auch schwierig wegen der Sprache und weil er sehr noch unter, eh, den ganzen Sachen gelitten hat, die er in

Chile erlebt hat. Er ist politisch Verfolgter gewesn, war aktiver Gewerkschaftler und hat auch in der Fabrik mitgekämpft, als der Putsch kam, und wurde in der Fabrik dadurch verhaftet mit'm Gewehr. Er war zwei Jahre im KZ und hat da sehr viel Torturen durchmachen müssn, nicht nur rein körperlich, sondern auch psychisch. Und das kann natürlich 'n Mensch so schnell nich vergessen, ne, daß er ebend ooch sehr aggressiv war, manchmal, wenn er wieder daran gedacht hat. Er konnte manchmal im Fernsehen bestimmte Sachen nich sehn, so die ganzen Dokumentationen, die so von, na, Hitlerzeit, wurde er sofort nervös und aufgebracht und hat denn sehr schlecht geschlafen und um sich geschlagen und geschrien. Da mußt ick natürlich erst mal mit fertich werden, ne, und hab denn auch viel mit ihm gesprochen. Mit der Zeit ging es denn auch. Wenn man, wenn man denn 'n Menschen hat, mit dem man darüber sprechen kann, denn versucht man det, man vergißt et zwar nich, aber versucht es, in, in irgendeene Ecke zu drängn. Das war eigentlich dit Schwerste so die erste Zeit. Aber wir haben's ganz gut gepackt gehabt, auch dadurch, daß wir ganz schnell Kinder bekommn habn und andre Aufgaben hatten, ne, und Liebe bekommn ham von den Kindern. Und wenn de sowas bekommst, und Kinder könn' sehr viel Liebe gebn, denn möchteste auch gar nich an die schlechten Sachen denken. Vor allen Dingen: Das Leben muß ja weitergehn, ne?

Ich war im vierten, fünften Monat schwanger, wir ham beide weiter chilenische Folklore gemacht, warn bei ner Veranstaltung zum 1. Mai, wo wir gesungn ham, und auf'm Rückweg, wir wohnten nich weit vom »Casaleon« entfernt, sind wir gelaufen, und ich hab wahnsinnige Schmerzen bekommn. Bin ich'n nächsten Tag ins Krankenhaus gefahrn, hab mich untersuchen lassen. »Ja, der Muttermund und so, ist alles noch in Ordnung. Aber wir machen vorsichtshalber eine Wehenschreibung.« Die Schwester hat bald 'n Herzschlag gekriegt, weil ich hundertprozentige Geburtswehen hatte, und wurde denn sofort an'n Tropf, durfte gar nich mehr nach Hause und lag ein Vierteljahr im Krankenhaus am Tropf. Also eine totale Risikoschwangerschaft, ne? Das war natürlich blöd, weil de dich ja nich krank fühltest. Du hast dich auf dein Kind gefreut, und du wolltest raus, du wolltest ihnen dein' Bauch zeigen, sogar auf dis warste stolz, ne! Und denn da im Krankenhaus zu liegen so lange und nicht so richtig was mitkriegen und nicht mit deinem Mann zusammen sein, das war alles nich so schön. Und vor allem, man kriegt unwahrscheinlich viele, die janzen Schwierigkeiten, die, die Frauen haben, kriegt man erst mal im Krankenhaus mit. Totgeburten, Fehlgeburten und und und, und du hast ne Risikoschwangerschaft, und dis is, geht ganz schön auf de Psyche. Ich hatte nachher alle zwei Minuten schon Wehen und konnte wirklich nich mehr. Drei Monate lang ständich Wehen habn und ständich am Tropf liegen! Hab ich gesagt: »Jetzt is zehn Tage früher...« Normalerweise wär der 10. 7. Geburtstermin gewesen. Und dann ham se die Lungenreife geprüft, und es war alles in Ordnung, ham se gesagt: »Gut, denn leiten wir die Geburt ein, machen wa 'n Kaiserschnitt.«

Ich wollte, daß Pablo bei der Geburt mit bei ist. Und er sagte: »Och, naja.« Er hat so viele Entbindungen schon im Fernsehen gesehn und »Ach, was soll dis«, und er kennt dis doch alles. Na, ick sage: »Is doch was andres, ob du dis im Fernsehen siehst oder ob dis dein eigenes Kind is.« Aber er hat sich irgendwie nicht richtich rangetraut. Und ich glaube, er war ganz froh, daß er's nicht brauchte, als es denn mit dem Kaiserschnitt war, ne. Was schlimm war, daß ick ebend die janze Geburt eigentlich nich mitbekommn hab, und als ich aufgewacht bin aus der Narkose, durft ich mein Kind nur so von weitem mir angucken, weil ich ja noch viel zu schwach war und hätte das Kind vielleicht fallen lassen könn'. Und das war nich so schön! Wenn de dir en Kind wünschst und du hast it und du siehst it und darfst it nich anfassen, also, dis war ganz schön brutal. Ich hab denn so schnell wie möglich versucht, laufen zu lernen wieder, mit dem Schnitt, ne, damit ich mein Kind selber habn kann, und wollte auch gleich stilln. Ich mußte noch ne Hilfe haben, damit mir der Filipe nicht vom Bett fällt, und das ham die Schwestern ooch gemacht, weil se mich schon so lange kannten, und die wollten es natürlich auch, die ham gesehen, daß ich mich wahnsinnich freue.

Wir warn beide sehr glücklich mit unserm Kind, und wir wollten unbedingt zwei Kinder ham, bloß, es hat leider nicht geklappt. Wenn de's dir so sehr wünschst, klappt es sowieso nich. Aber nach drei Jahren, nein, zweieinhalb Jahren wurd' ich doch endlich schwanger. Wir ham bald'n Luftsprung gemacht! Und ich hab ihn gleich gefragt: »Wie is es jetzt, wenn alles normal ist – bist du dabei?« »Naja, ich hab's doch schon beim ersten gesagt.« So: »Naja, natürlich.« 'n bißchen burschikos, aber er wollte. Da hab ich aber auch wieder eine Risikoschwangerschaft gehabt und hab vom Anfang bis zum letzten Monat liegen müssen. Einmal war ich für eine Woche im Krankenhaus, weil ich an'n Tropf mußte. Dis war für mein' Sohn, der zu Hause war, unwahrscheinlich schwer, weil er psychisch ganz mies drauf war. Er wollte seine Mama haben! Hat der Arzt mit uns beiden gesprochen und hat gesagt: Wenn der Pablo ihm verspricht, daß ich mir nich mal ne Tasse Kaffee alleine koche, sondern nur für's Kind ebend da bin, denn erlaubt er mir, aus'm Krankenhaus rauszugehen. Ne. Dann hab ich neun Monate zu Hause gelegn. Und ich fühlte mich so wohl und so munter, ne, und denn mußte da liegen und kannst ooch nichts machen. Der Mann geht arbeiten, muß denn einkaufen gehn und so, das macht ein' ooch fertich. Im Krankenhaus sieht man dit nicht, aber so... Und ich hatte eine wahnsinnige Angst, daß et noch mal en Kaiserschnitt wird. Und hat aber geklappt. Ich konnte dieses Kind wirklich richtich normal entbindn, und es war ein, also unwahrscheinlich schön. Ich muß sagen: gut, die Wehen, aber das kann man nich als Schmerz bezeichnen. Wenn der Kopf kommt, wat ick mir immer als schmerzhaft vorgestellt hab, da hat man überhaupt keine Schmerzen, weil alles viel zu gespannt is, ne, und ich hab ooch nich mal gemerkt, wie ich geschnitten wurde. Und was auch schön war, daß ebend Pablo dabei war und mit sehen konnte, daß, daß sein Kind kommt. Ich hatt's gleich auf mein' Bauch gepackt bekommen, hab auch gleich angelegt und eh, denn habn se uns en Moment allein gelassen, und dann mußte genäht werdn, und da hab ich ihm das Kind gegebn. Das war so was von schön: Er fühlte sich total alleine in diesem Kreißsaal, hat sein Kind genommn und spanische Kinderlieder gesungn im Kreißsaal, da, der Arzt nähte mich, also, dis war toll. Ich hab ihn hinterher gefracht, wie er dis denn empfunden hat, diese janze Entbindung, ob et nu was andres war als Fernsehn. Und da sagt er: »Ach, das ist überhaupt kein Vergleich, und das ist ja so schön, und man kricht, ja, gleich eine Beziehung zum Kind!« Bei seinem ersten hatte er diese Beziehung nich gleich und bei Manuel sofort, ne, sofort hatte er eine, eine, so wat von Beziehung, wie eben ne Mutter auch haben kann den Moment.

Das einzige, sacht er, was für ihn schlimm war, daß er nich helfen konnte, und als die mich geschnitten habn. Er hat gedacht, da wird Stoff zerrissen irgendwie, und dit war, also dis Schlimmste, wat, wat überhaupt für ihn bei dieser janzen Entbindung war. Aber er würd'et jeda Zeit wieder machn, hat er gesacht. Und das war irgendwo schön. Und er hat irgendwie zu meinem zweiten Sohn, den ham wir dann Manuel genannt, eh, viel, ne, stärkere Beziehung als zu dem

Filipe. Er konnte ihn trockenlegen, auch wenn mal das große Geschäft drin war, was er bei Filipe nich konnte, weil er ebend dis gleich von Anfang so blutverschmiert gesehen hat. Vielleicht, ich weiß es nich.

Die Probleme, die dann auftauchen, kamn viel daher, daß Pablo ne ganz andere Einstellung zu einer Kindererziehung hatte als ich. Teilweise war er freier, wo er die Kinder selbstbewußter erzogen hat, z. B. daß der Große schon mit 6 alleine runter durfte und alleine zur Schule konnte. Da war ich sehr ängstlich drin und hab gesagt: »Ich möcht'n bitte noch hinbringn und abholn oder mitgehn und erst mal zeign, wie er über den Damm gehn muß. Ick muß det sehen, ob er's richtich macht. Sonst sitz ick hier obn und mach mir nur Gedanken.« Da sacht er: Ick soll mich nich so anstelln, der is jetzt alt genug, der muß det lernen. »In Chile, da sind wer nur auf de Straße.« Ja, »Chile is nich hier.« So fing det an. Oder daß er teilweise Filipe gegenüber ungerecht war. Wenn der Kleine gestänkert hat und Filipe denn gesagt hat, dreimal: »Laß dis jetzt, laß dis jetzt«, und der Kleene immer weiter gemacht hat, und Filipe dann mal ausgeholt hat, denn hat Filipe det Theater gekricht und nich der Kleene, daß er aufhörn sollte. Und: »Du hast ihn nicht zu schlagen, ich bin der Vater, und wenn irgendwas ist, mußte zu mir kommn und mir dit sagn, und dann bestrafe ich Manuel.« Auf eine Art sachte er, er soll nicht petzen, das ist'n Verrat, und auf der andern Seite wieder darf er sich nich wehrn und muß zum Papa anjerannt kommn. Da gab's unwahrscheinlich viele Reibereien. Wenn de Kinder hast, da entstehn viele Probleme. Und durch diese Reiberein kommn denn ooch andere Sachen, denn biste sauer, daß der wieder rechthaben wollte oder daß de dich geärgert hast: »Ach, ick hab ja keene Frau, meine Hose is ja immer noch kaputt.« Oder ich denn gesacht: »Mußte schon wieder Fernseh gucken, kannste nich mit uns ma wat machn«, obwohl er sich vielleicht gerade

hingesetzt hatte, ne. Ebend sehr schnell aufgebraust. Ich bin nu ooch nicht gerade ruhich. Also, wir ham jeder unsere eigene Palme ham müssen, damit wir nicht streiten, wer zuerst drauf is. Aber teilweise hab ich ihn verändert, weil, ich sehe lateinamerikanische Familien, wo die Frau überhaupt nichts zu sagen hat. Dermaßen Machotum, wirklich schlimm. Das war bei Pablo nich so. Wir hatten uns nachher, dadurch, daß ich mich nich hab unterbuttern lassn, so weit bekommn, daß er mal mit den Kindern weggeht, daß ich auch meine Sitzungn, gerade die Frauengruppe, in der ich auch bin, machen kann. Klar, immer mit Diskussion' vorher, aber ich hab's im Endeffekt machen können. Und er hat mit im Haushalt teilweise geholfen, was bei Lateinamerikanern ganz, ganz selten ist. Er hat irgendwo schon ne ganz andere Einstellung zu Frauen als jetzt die normalen Lateinamerikaner, die mit lateinamerikanischen Frauen verheiratet sind. Da habn die Frauen ebend im Haus zu bestimmn, und der Mann macht das andere alles, ne. Und da sind die Frauen irgendwo selbst schuld, wenn ihnen nicht geholfen wird und daß sie nich mal weggehen können. Dit war bei uns nich. Im Gegenteil, er hat ooch gesacht, wenn ick mal Sitzung hatte oder zu viel zu tun: »Laß dit doch sein« oder: »Ick wasch morgen ab.« Ja, muß ich sagen, das kam schon. Oder er hat die Kinder genommen, hat gesagt: »Leg dich ne Stunde hin. Ich geh mit ihnen raus, Fußball spielen.« Von daher hat er sich geändert. Aber im großen und ganzen sind se doch, na, egoistisch. Sie wolln immer ihre Interessen verwirklichen und denken selten, wenn die Frau nich mit ihnen spricht, an die Interessen der Frau.
Er war voriges Jahr in Kuba gewesn, hatt' er mich gefracht, ob ich, ob er mich alleine lassen kann mit den Kindern, weil's fünf Wochen sind. Hab ich gesacht: »Ja. Du warst so lange von deinem Land weg, denn kannste wenigstens mal in ein Land, wat ungefähr die gleiche Mentalität hat.« War er

fünf Wochen weg, und das war unwahrscheinlich schwer für mich mit zwei Kindern und arbeiten und Haushalt. Morgens mußt ich den einen erst zum Kindergarten bringn, den andern zur Schule. Denn mußte ich zur Arbeit. Ich habe gearbeitet in ner Zahnarztpraxis als Raumpflegerin, drei Stunden, und der Weg war auch noch mal ne Stunde. Dann mußte aber zur bestimmten Zeit wieder da sein, weil ich noch kein' Schülerladenplatz hatte für den Großen, und der kam um ½ 12.00 aus'er Schule. Denn schnell einkaufen gehen mit ihm, nach Hause, Essen machen. Denn mußt ich den Kleinen wieder abholn, weil der neu im Kindergarten war, und ich wollt' ihn da noch nich schlafen lassen, weil er sich erst dran gewöhnen mußte. Denn wurden se beide krank! Ja, was mach ich nun? Der eine hatte ne Mittelohrentzündung gehabt, der andere hatte Angina gehabt. Der Kleine, der Manuel, der unwahrscheinlich vaterbezogen war, hat sehr drunter gelitten, daß der Vater nich da war, und hat'n ooch ständich gesucht und wurde, glaub ich, auch deshalb krank, hatte andauernd mit den Lymphdrüsen, total geschwollen, daß ich einmal gedacht hab, er hat Ziegenpeter. Es ging über die ganzen fünf Wochen eigentlich. Und ich mußte arbeiten, ich mußte ja das Geld habn, ich konnte mich nich mal beurlauben lassn, ne? Und denn diesen Freund angerufen oder die Freundin angerufen, ob se vielleicht mal kommen könnten, weil, ich konnte ooch abends arbeiten, wenn die Praxis geschlossen hat. Aber ick hab's irgendwie geschafft und hab alles aufgeschrieben, was ich so über die ganzen fünf Wochen erlebt habe, auch mit den Kindern, damit ich ihm das sagen kann.
Und dann ist er nach fünf Wochen wiedergekommn, und wir ham uns wahnsinnich gefreut, und er war irgendwo gar nicht da, also nur seine Hülle, und das andere war alles noch in Kuba. Gut, ne Freundin hat zu mir gesagt: »Dit wird wahrscheinlich ne Weile dauern, eh er wieder richtich hier

is ...« Dit hab ick irgendwo verstandn. Aber wenn's über'n viertel Jahr oder über'n halbes Jahr geht, is et en bißchen viel. Denn hab ick gesagt: »Also, du kannst gerne träumn und alles, aber bezieh mich und die Kinder denn bitte mit in deine Träumen ein. Ne. Wir ham uns wahnsinnich gefreut, daß du wiederkommst, und ich hab alles aufgeschriebn. Du hast nich ein einziges Mal gesacht: ›Na, komm, zeig mal her‹ oder ›Lies mir vor‹. Dis interessierte dich gar nich. Du hast nur von deinem Kuba erzählt. Aber was ich in den fünf Wochen, das war überhaupt nich, ne.« Und da fingn die ganzen Schwierigkeitn an, daß wir uns nich mehr so verstandn habn, viel gestritten ham, über jede Kleinichkeit, ob et über Kindererziehung war oder ob es über meine politische Arbeit war. Denn hat er noch den Kuba-Laden dazu genommn, also: Mitglied im Kuba-Laden, im Vorstand; bei'n Chilenen Mitglied und im Vorstand. Und er hatte denn immer, entweder hatte er eine Vorstandssitzung gehabt oder hat eine Mitgliederversammlung gehabt oder ne Vorstellung gehabt oder war Musikgruppe üben oder war Fußball oder irgendwelche Flugblätter oder Werbung machen für ne Chile-Veranstaltung. Und er konnte nicht mal sagn: »Nein.« Also: »Jetzt macht mal der und der det, ich hab ne Familie und hab zwei Kinder, und ich muß auch mal für die da sein.« Und mit der Zeit wird det immer mehr, immer mehr, und man zerreibt sich gegenseitich. Denn geht man ebend weg mal mit einer Freundin, nur um mal rauszukommn und nich schon wieder so'n Theater zu habn. Und dis is nischt Halbet und nischt Ganzet. Entweder man versteht sich und macht ooch viele Sachen zusammn, oder man geht auseinander, weil, wir ham kaum noch was zusammn gemacht. Entweder er alleine oder ich alleine oder ich mit den Kindern und er alleine. Da gab's ebend Schwierigkeiten, weil ich gesagt hab: »Dat sind deine Kinder genauso wie meine, und du weeßt, daß se dich lieben und ooch gerne mit dir zusammen sein möchtn. Wir müssen irgendwie ooch mal wat zusammn machen.« Ja, er hat keine Zeit, er hat keine Zeit! Wenn's darum ging, daß er mal Babysitter machen sollte, damit ich mal weggehn kann, gab's immer Diskussionen. Er hatte 'n Termin, ich hatte 'n Termin. Ja, welcher Termin war nun wichtijer? Ich sag: »Vorige Woche warst du, diese Woche geh ich.« »Nein!« und sofort hoch gewesen. Dann gab's ne große Kabbelei, und im Endeffekt war ich meistens zu Hause. Bis ich mir denn gesacht hab: ›Das einzige, was de dir nicht nehmen läßt, is die Frauengruppe.‹ »Diesen ein' Termin lasse ich mir nich nehmen, und wenn du dich auf'n Kopf stellst.« Und hab's auch immer wahrgemacht, weil, wenn ich des einmal nicht gemacht hätte, denn wär mir das wahrscheinlich auch verlorengegangn, und denn hätt ich nur noch die Kinder, Haushalt und Arbeit gehabt, und dis befriedigt mich überhaupt nich. Da muß man sich also ganz schön durchsetzen, und dit geht ganz schön auf de Kraft, und diese Kraft haste nich lange und dann, entweder resignierste, oder du trennst dich von dem Mann.

Der Unterschied zwischen Lateinamerikanern und Europäern is wirklich stark, gerade ooch im Sexuellen. Da mußte manchmal sagn: »Also, weeßte, heute bin ick müde. Ick kann jetzt nich.« Oder: »Ick möcht meine Ruhe ham, möchte schlafen.« Weil, ich gloobe, die könn' zu jeder Tach- und Nachtzeit, und das is, dis kann man einfach nich. Und die könn' ooch nischt dafür, die sind ebend so, ne. Aber da gab's, da gibt's viele Schwierigkeiten, weil, ne Frau kann nich imma bereit sein, das, das geht nich.

Er hat's vielleicht nicht so gesehn, daß et für mich schon irgendwie langsam anfing abzukühlen alles, weil, ich weiß nicht, er hat vielleicht daran gar nicht gedacht. Er machte seine Arbeit, und da hat er seine Frau, die er liebt, hat er auch immer gesagt, also: Er mag mich und ist zufrieden,

naja, und hat vielleicht nicht gesehen, wie et in mir aussieht, obwohl ick oftmals mit ihm darüber gesprochen habe. Und denn war es so, daß ich eine Lungenentzündung bekam und im Krankenhaus war, eine sehr schwere Lungenentzündung, wo ich en Kreislauf hatte von 85 zu 40 oder so was. Ich hab fast neben mir gelegen. Und da hab ich eine Kur beantragt daraufhin, weil ich auch schwer mit meinen Bronchien zu tun hab. Die Kur wurde abgelehnt durch die ganzen Sparmaßnahmen heute. Und ich hab denn mit ihm gesprochien, hab gesagt: »Also, auf alle Fälle muß ich zwei Wochen Urlaub machen. Ich hab acht Jahre lang keinen Urlaub gehabt, ich muß mal raus, ne.« Ich wollte im September vorigen Jahres, nee, dieses Jahres, eine Ausbildung als Zahnarzthelferin anfangn, und zwar in der Praxis, wo ich putze, wollte einfach frisch da rangehen. Und da hat der Pablo mir gesagt: »Is gut, fährste in Urlaub.« Ne Freundin von mir, das war die Erzieherin vom Filipe, vom Schülerladen, die sachte, daß sie auch in Urlaub fährt nach Zypern, ob ich nicht Lust hab, mitzukommen. Denn is sie nich alleine und ich nich alleine. »Ja, warum nich?«
Der letzte Abend war noch so, daß ich Pablo gefragt hab, er hatte mich gefragt: »Liebst du mich?« Ick hab jesacht: »Ja, ick liebe dich, irgendwo lieb ick dich noch. Aber ick muß jetz erst mal raus und Klarheit ham und alles. Ne.« Da sag ick: »Sach du mir jetz, is der letzte Abend, bevor ick nach Zypern fahre: Liebst du mich? Du hast es mir die ganzen acht Jahre nicht gesacht.« »Ich weiß es nich.« Ich hab gesagt: »Sag mir doch, warum de...« »Ja, ich mag dich, ich mag dich unwahrscheinlich gern, ich bin gern mit dir zusammen. Ich hab auch nie ne andere Frau gehabt. Ich fühl mich wohl hier, aber ich weiß nich, ob, ob dis Liebe is.« Und so bin ich nun nach Zypern gefahrn, nach dem ganzn Theater, was hier ein Jahr lief, mit diesen Sachen, ne.
Am Sonntag sind wir in Zypern angekomm, in Polis, was

die schönste Gegend überhaupt von Zypern sein soll, ne, und auf'n Abend sind wa in eine Taverne gegangn, und die Leute warn unwahrscheinlich lieb und nett und also, die Sonne und diese Menschen, ja, mit ihrer Herzlichkeit, die kannten uns noch gar nich, ham uns gleich mit an'n Tisch geholt und, und Essen auf'n Tisch gestellt und was zu trinkn, dis brauchten wir allis gar nich bezahln, ne. Wir wollten eigentlich so, wir wollten essen und das bezahln. Und da war auch'n junger Mann, den meine Freundin unwahrscheinlich stark fand, und der sagte dann, also er geht noch ins Pub hoch. Und da meinte meine Freundin zu mir: »Bist du müde? Oder wolln wa da noch mitgehen?« Ich sage: »Gerne, ich will jetzt endlich mal raus!« Ne. Und ich brauchte mich nich um Babysitter zu kümmern, ich war endlich mal frei. Und ich fühlte mich unwahrscheinlich wohl. Und es war unwahrscheinlich toll, gute Musik, also diese griechische Musik, ja, die Stimmung dazu. Es war herrlich. Sie hat denn mit ihm angefangen, ja, so rumzutändeln, und ich war überhaut noch nich da drauf. Ich wollte erst mal meine Ruhe habn. Da kam ein Zypriot rein, schnurstracks auf mich zu, legte seine Hand bei mir auf'n Schenkel. Na, ich hab gedacht, ich werd nich mehr. Ich die Hand runtergenommn und denn auf deutsch geflucht, er soll machen, daß er abhaut! Ne? Und, ja, warum er mich nicht anfassen darf, ich darf ihn doch auch anfassen. Da war ja nu ganz Ende. »Ich hab gar keen Interesse, dich anzufassen, Junge!« Alles in Englisch. »Mach, daß du wegkommst!« Und denn sachte er zu mir, ich soll meine Mutter und mein' Vater ficken. Und da bin ich von dem Hocker aufgesprungn, ne, aber der Zypriot, der deutsch sprach, Diogenes hieß er, der hat dit allit beobachtet, und der und ein anderer junger Mann, der hieß Nikos, sprangn hoch, schnappten sich den und schmissn ihn aus'm Lokal raus und habn mich denn erst mal beruhigt. Also, ich soll, der macht det immer so, und ich brauch hier keine Angst zu ham, daß ich angemacht werde, wenn ich dis nich will. Also, ich brauch keine Angst habn. Ich war ganz aufgeregt und richtich stinksauer auf diese Typen wieder, ne. Und denn sachte dieser Nikos, ich soll doch zu ihm an den Tisch kommn. Ich hab gesacht: »Ich hab überhaupt kein Interesse, auch an deinen Tisch zu kommen!«, weil ich so stinkig war. Ja, er wollt sich bloß entschuldign, die sind nich alle so, und ich soll kein' schlechten Eindruck von den Zyprioten bekommn. Da war noch ein ganz kleiner Junge, dis war der Bruder von diesem Nikos, der war 7 und der wollte unbedingt mit mir tanzen. Und ick hab immer gesacht: »Nein.« Denn issa an' Tresen gegangn und hat denn irgendwas mit dem Diogenes gesprochn, aber auf griechisch, und der machte immer »nein«. Ich sag: »Was will denn der Kleene?« »Naja, er möchte mit dir einen trinken. Ich hab aber gesacht, du willst nicht.« Ich sage: »Na, bei dem Kleenen, der kann mir einen ausgebn!« Also, der war total verliebt in mich, dieser kleene Knopp. Mit dem konnt ich mich nicht verständigen, er sprach nur griechisch, ne, und ich hab denn mit ihm anjestoßen, hab ick ihm'n Kuß auf die Wange jegebn, und denn ging ein, ein Gespräch da los zwischen ihm und seinem Bruder, und er war ganz happy.

Nächsten Tach sind wir denn abends wieder was essen gegangn, sind wieder ins Pub, und da war dieser Nikos auch wieder und sprach denn so mit mir, und ob ich dis nun vergessen habe, und er möchte sich noch mal entschuldigen für den. Ich sach: »Du brauchst dich nich entschuldigen, war nich deine Schuld.« Naja, er möchte ebend nicht, daß'n schlechter Eindruck entsteht, und ham eigentlich ganz toll gesprochn. Und er fragte noch, ob ich mit ihm vielleicht irgendwo anders noch hingehn will. Ich sag: »Nein, also, das nich. Wir könn' gerne sprechen und so, aber mehr nich.« »Na, gut.«

Am dritten Tach sachte er, ob wir nich mit ihm, eh, Lust ham, auf sein Boot zu kommn, er hat'n Fischerboot, und mal aufs Meer rauszufahrn und zu guckn, wie er so fischt, und denn schwimmn gehn und so'n kleenes Picknick machn. Ich sage: »Naja, wenn die andern mitkomm, komm ich auch mit.«

Und dann sind wa am nächsten Tag, dis war nun der vierte, sind wa alle auf sein Boot, und er guckte mich schon immer an und also, ich wußte gar nich, wo ich hingucken sollte, und irgendwie gefiel er mir auch. Aber ich wollte gar nichts, erst mal nur meine Ruhe ham. Und es war unwahrscheinlich schön: das Wasser und so, ah, so klar, ja. Und denn sind wa schwimmen gewesn, ham gegessn und eine Atmosphäre da, gelacht und war toll. Und denn hat er, denn sind wa wieder nach, auf'n Abend sind wa wieder zurück, und er frachte denn, ob ich nich in seine Taverne kommen will, er hat eine Fischtaverne, besser gesagt: seine Eltern, und er möchte mich einladn zum Fischessen. Ich hab jetzt mit Fisch gefangen, den kann ich denn ooch heute abend essn, ganz frisch. Ich sag: »Naja, is gut. Warum nich?« Ne. Hab ich meine Freundin gefragt, ob se mitkommt, sagt se: »Nein«, sie is mit dem Andreas verabredet. Ich denk: ›Ach Jott! Naja, mußte alleine. Is egal.‹ Und denn bin ich dahin und war unwahrscheinlich nervös, weil ich ja wußte, daß auch seine Eltern da sind, und wurde erst mal gemustert, und denn ham se mit'm Kopp genickt, ungefähr: ›Na, in Ordnung.‹ Also, war toll. Ein Essen vorgesetzt bekomm! Denn wollt ich nachher bezahln, weil ich auch denen so Getränke ausgegebn hab. Ich durfte kein' Pfennich bezahln, ne. »Nein, dis kommt gar nicht in Frage! Du bist uns so sympathisch.« Also, von Anfang an eine starke Beziehung zu seinen Eltern gehabt.

Denn sind wa in'n Pub gegangn wieda, und, eh, da hat er seine Hand auf meine Hand gelegt, und da konnt ich diese

Hand nich mehr zurückziehn. Mir wurde heiß, mir wurde kalt, ich hab, also dis war schlimm, ja? Ich hab gedacht: ›Dit darf nich wahr sein, Mensch! Du bist 35, du wirst jetzt am 20. August, warn zehn Tage noch, 36. Der is 22. Du mußt dich doch jegen, dajegen wehrn könn.‹ So ging's mir noch nie, also, daß ich richtije Schweißausbrüche jekricht hab, wenn mich einer anjefaßt hat. Und denn hab ick zu meiner Freundin jesacht: »Du, ich muß unbedingt hier raus, ick muß mal frische Luft schnappn.« Und er hat dit nicht mitjekricht, fracht'er, was ich will, ob ich nach Hause gehn will oder so, hat gedacht, er hat irgendwie was falsch gemacht. Ich sach: »Nee. Ich geh nur ebend frische Luft schnappn.« Ja, ob er mitkomm kann. Ich sag: »Aber ich geh nur einmal ums Haus, und denn komm ich wieder.« Ja, ja, er auch, ne, ihm is auch warm. Denn sind wa rausgegangn und sind'n Stück gelaufn. Auf einmal blieb er stehn und, ja, ich auch. Und ich sage: »Was nun?« »Ja, komm mal her.« »Was willst'n?« Un denn hat er mich ganz zärtlich, ohne so, so brutal, so »Ich will dich jetzt, ich lauf vier Tage schon hinter dir her, und jetzt is Schluß, sonst nehm ick ne andere oder« – überhaupt nich! Und da warn viele Touristinnen und jungsche, hübsche Fraun, die ooch alleine warn, allis, und nahm mich so zärtlich inne Arme und gab mir ein' Kuß auf'e Nase, daß ich einfach meine Arme denn um ihn geschlungn habe und ein' Kuß jegebn hab, und also es war, also, heiß bis zu 'n Zehenspitzn, ja. Und er auch. Und denn sag ich: »So, du, ick muß jetzt was trinkn, ick muß wieder zurück ins Pub«, weil ebend meine Freundin dabei war, und ich wollte nich, daß die's so mitkricht, weil ick selber noch nich genau wußte, was überhaupt mit Pablo und so wird. Und denn frachte er mich, ob ich heute nacht mit ihm zusammn sein will. Hab ick jesacht: »Nein, das möcht ich noch nich. Ick muß dis erst mal allet verarbeitn.« Und denn hab ich die ganze Nacht eigentlich wach gelegn und über die Sachn nachgedacht.

Und dann hattn wa uns verabredet: 8.00 Uhr abends in der Fischtaverne wieder. Da war ick schon irgendwie lockerer ihm gegenüber und ham denn gegessen, und denn sind wa wieder ins Pub und ham was getrunkn und ham uns geküßt. Und denn frachte er mich noch mal, ob ich nich heute mit ihm aufs Boot rausfahre, ne. Und da hab ich gesacht: »Ja.« Ich hab noch nie ein' Menschn so schnell vom Stuhl aufspringn sehn wie ihn, ja? Hat noch den Stuhl halb umgeschmissn, hat sich 'n Motorradschlüssel gebn lassn von seinem Freund, und ich saß noch da, und er war schon inne Tür und sacht: ja, ob ich nun komme! Ick sach: »Ja, ick komm ja schon!« Und denn sind wa beide auf's Motorrad und sind nach Latschi raus, dis is der Hafen da, fünf Minutn mit'm Motorrad entfernt, und sind bei ihm auf's Boot. Und det war die schönste Nacht eigentlich, die ick in meinm janzen Leben verbracht habe. So was von, jetzt nicht nur dieset Sexuelle, dieset ganze andere dazu, dieset, diese Gespräche, die wa hattn, dieset Streicheln, dieset einfach total verstehn, ja? Obwohl der Altersunterschied so frappiernd is, ne, aber et war, also war einfach toll, muß ick sagn, und dis werd', wer'ick auch nie vergessn. Wir warn beide so erregt und, und so voll, voll Liebe, ja, daß et einfach selbstverständlich war, daß wir uns ausziehn und, und zusammn in diese Koje gehen. Wir ham uns erst mal geküßt, gestreichelt, ne Ewichkeit. Und ich muß sagen, daß ich schon dabei ein' Orgasmus hatte, weil, es war einfach zu schön, diese, diese Zärtlichkeit zu habn nach so langn Entbehrungn, und ich konnte dis auch wiedergeben, weil ich keine Angst habn mußte, so, jetzt wird, naja, klingt hart, dit Ding reingesteckt und dann liegste wieder da und bist überhaupt gar nich richtich zufriedn, ne. Und dit hat, deshalb werd ich auch diese Nacht nich vergessen. Sogar selber beim, eh, Geschlechtsverkehr hab ich noch mal'n Orgasmus bekommn, wat sehr selten is bei mir und bin vielleicht deshalb janz besonders stark in ihn verknallt. Ick bin ne verrückte Nudel, und er war's, und wir ham unwahrscheinlich viel Quatsch gemacht, Spaß gemacht, Kissenschlacht denn da gemacht und allit, daß ick vollkommn auch aufgeblüht bin, ne. Naja, und so sind wa ebend zusammgeblieben.

Es war denn immer mehr, also ich muß, wenn ich nach Hause komme, sofort mit Pablo sprechn und die Sachen klarmachen, ne. Ich hab mich noch nich mal richtich auf meine Kinder gefreut, weil, ich mußte dis erst allet loswerden. Und ich hab auch sofort, ich war noch nich mal ganz in'er Tür drin, gesacht: »Ich muß mit dir sprechn!« Hab gesagt, die Kinder solln mal ins Zimmer gehn. »Mama kommt gleich«, sollen noch was spielen, ich hab ihnen auch was mitgebracht und hab denn mit ihm inne Küche gesessen, hab gesacht: »Ich hab mich verliebt in Zypern. Und ich weiß nich, ob ich den lieber habe, ob ich dich lieber habe, oder ob es einfach nur der letzte Tropfn Wasser war, der'n Glas zum Überlaufen bringt, damit ich jetzt von dir wegkann, daß ick ganz alleine lebe. Ich, ich weiß gar nichts.«

Er war ziemlich fertich, hat ooch geweent: Ja, er liebt mich. Ich sag: »Acht Jahre hab ich da drauf gewartet, daß du dis einmal sachst.« Ja, er hatte Zeit, allet zu überlegn in den drei Wochen, wo ich weg war. Und und und. Ich sage: »Ich glaube, dis Beste is, wenn ich noch mal nach Zypern fahre, um zu sehn, ob et nur'n Urlaubsflirt war, ob da mehr hintersteckt oder ob ich dich doch irgendwo noch mag und wir vielleicht noch mal von vorne anfangn.« Eine Woche hab ich mit ihm gesprochn darüber, und Pablo war denn nachher auch der Meinung. Für die Kinder war diese Woche unwahrscheinlich, weil er fertich war, ich war fertich, psychisch, nur mit verheultn Augen rumgelaufn, wir konnten uns um die Kinder überhaupt nich'n bißchen kümmern. Ick glaube, daß die Kinder da irgendwie was gemerkt ham, weil

se immer gesacht ham: »Mama, was hast du?« Ich sag: »Ach, nichts. Mama is bloß krank.« Wir habn ihnen natürlich davon nichts erzählt, weil wa selber noch nich wußten, was überhaupt los is, ne? Und, eh, ich hab denn zum Schluß noch ganz vernünftich mit ihnen gesprochn, hab gesagt: »Paßt mal auf: »Mama fährt zur Kur und kommt in vier Wochen wieda, und denn sprechn wa richtich darüber, über allis, ne?« »Naja, is gut. Wenn du krank bist...«, sachte denn mein Großer, »denn mußte erst mal, dis war ja nich schön, diese Woche. Du hast ja nur geweint und, eh, hast überhaupt gar nich mit uns gespielt.« Dis tat natürlich ganz schön weh. Schon aus dem Grunde war et wichtich, daß ich noch mal hinfahre, denn hier hätte ich diese Sache nicht klären könn', auch für die Kinder nicht klären könn'. Ich bin also eine Woche später wieder nach Zypern, Sonntag, und hatte Pablo gesacht: »Ich ruf dich am Mittwoch an und sach dir Bescheid.«
Ich habe, hatte auch den Nikos angerufn, daß ich komme, was er mir gar nich abgenommn hat, und bin denn wirklich angekommn. Es war ein Aufstand da, also eine Riesenfreude! Die Mutter hat geweent, die Schwester hat geweent, seine, seine Geschwister sind mir um'n Hals gefalln un ham gesacht: »Du spinnst, du spinnst, du bist ja wirklich hier! Du bist ja wirklich hier.« Also, dis konnten die überhaupt nich begreifn, daß ich nu wirklich da bin. Dann hab ich für jeden ein Geschenk mitgebracht, und da sind se nu total ausgeflippt, ne. Was anzuziehen, also für die Schwester 'n Jogginganzug, für Nikos 'n Paar Schuhe, für den Kleenen, Makarios, den ganz kleenen Bruder, 'n Pullover, und für sein' Vater 'n Sweatshirt. Also für jeden irgendwie wat anzuziehn, weil die ebend sehr wenich da ham. Und das ham die auch gleich denselben Tach angezogn und sind damit durch Polis gelaufn, ham überall erzählt, daß sie das nun von Dagmar gekricht ham. Und die Mutter immer

wieder jeweent und mich inne Arme jenommn. Und denn ham se auf'n Abend ein großet Essen gegebn inna Fischtaverne, ne richtige Begrüßungsfeier für mich gemacht. Und der Nikos, der is mit mir auf'm Motorrad durch Polis und Latschi und überall gefahrn und gezeigt, daß ich nun wirklich da bin, und über't ganze Gesicht jegrient. Es war so wat von, von schön, ja? Du bist nich in ein fremdes Land gekommn, du bist nach Hause gekommn. Und ich hab denn zuerst im Apartment gewohnt, weil, die hatten da nur zwei Zimmer, keine Dusche und so'n Plumpsklo, ganz hintn, mit zwei Erwachsenen und, und vier, fünf Kindern. Und hab denn von mir aus schon gesacht: »Mit'm Schlafn, dis lassn wir mal. Ich wohn im Apartment«, und bin denn auch jedn Tach mit rausgefahrn fischen. Ich hab gelernt, Netze auszuwerfn, was eine unwahrscheinlich harte, schwere Arbeit is. Meine Hände warn kaputt, blutunterlaufn und so, ich hab immer weiter gemacht, bin denn auch'n paarmal bald über Bord gegangn, weil dis Meer einem die Netze regelrecht aus der Hand reißt. Und dis geht von nachts um ½ 1.00 bis frühmorgens 4.00, ½ 5.00, werdn die Netze ohne Pause ausgeworfn. Und denn schläfst du bis um 6.00, und denn mußte wieder aufstehn, um die Netze wieder einzuziehn, und bist im Hafen denn ungefähr so um 12, ½ 1.00. Und denn müssn noch die ganzn Fische aussortiert werdn aus den Netzn, das is eine Heidenarbeit, und die Netze geflickt werdn. Und manchmal hat man denn Pech gehabt, daß man nur Tang drin hatte, wenn die See zu unruhich war, denn mußte man den ganzen Tang und die Steine aus'n Netzen sortiern. Und ich war die einzige Frau, die mit fischen war. Und bin denn von den Fischern ooch total anerkannt wordn, bin auch getauft wordn als Käptn, und weil ich das Boot gefahrn habe, hab ich ein T-Shirt, ham se extra anfertjen lassn für mich mit »Captain« drauf, das mußt ich immer anziehn, wenn ich auf'm Boot war. Also, es war so was von

irre! Ich wurde wieder richtich jung. Und ich war irgendwie'n Kumpel für die, obwohl die ja auch unwahrscheinlich Machos sind gegenüber den Fraun, fast so wie in Lateinamerika. Ne? Also, die Frau hat da nich viel zu sagn.
Ich war denn so drei Wochn ungefähr da, und denn sachte der Vater von Nikos: »Du benutzt überhaupt nich dis Apartment, bezahlst'n Haufn Geld dafür, am Tage biste bei uns, nachts gehst du mit fischen und arbeitest sogar – jetzt kommst du, packst deine ganzn Sachen und kommst zu uns. Konstantina is mit einverstandn.« Und dis war ja so warm, da stand, im Garten steht immer ein Bett, wo se sich am Tage hinlegn, weil's inna Wohnung zu warm is, und da ham wir beide draußen geschlafen und die Familie drinnen. Wir konnten auch intim draußen sein, ja, weil dis war ja allis irgendwo weiter, wo kaum jemand was sehen konnte. Und wir hatten ooch beide keine Hemmungn. So ein freiet Gefühl hab ick eigentlich nie richtich kennengelernt. Muß sagn, dit ganze Sexuelle hat mir dadurch Spaß gemacht, weil's ebend nich nur war. Mit Pablo hatte ich auch gute sexuelle Zeiten, ja, bloß dit wurde mit der Zeit, ich weiß nich, ob et durch die Jahre kam, die wir zusammn warn, eh, war dis einfach für mich zu viel, immer wenn ich zärtlich sein wollte, auch das andere zu habn. Ich brauchte mal 'n Tag, wo ich einfach nur gestreichelt werde und mich an den Mann ankuscheln kann und in sein' Armen einschlafn. Und das ging ebend nicht, weil er sofort erregt war, daß ick mich nachher kaum noch getraut hab, ihn anzufassn, ne. Und dadurch ging natürlich die ganze Zärtlichkeit weg. Dis war dis Schlimmste überhaupt. Also es war nachher einfach nur noch'n Geschlafe oder ebend nich, ne. Und bei Nikos, ich brauchte keene Angst ham, wenn ick ihn streichel oder, daß wir sofort schlafen. Er hat selber gesacht: »Ach, Dagmar, heute is überhaupt nichts drin. Ne? Guck mal, guck doch mal!« Diese Späße, die de dabei machen konntest: »Der is ja

viel zu müde, der schläft schon!« Dis war so wat von schön, ohne Hemmungen bestimmte Sachen anzusprechen, ne? Aber die Männer da, die müssen 'n bestimmtet Image habn, also mit den Touristinnen, jeda hat seine vier, fünf Touristinnen, die abwechselnd immer kommn, unter anderm auch mein Freund. Er hat et mir gesagt und hat mir Briefe von zwei Fraun gezeigt und sachte denn, daß im September die eine kommt, und was er jetzt machen soll, er würde unten durch sein im Dorf, wenn er nich mit der wenigstens eine Woche rumzieht. Ich hab gedacht, ich werd nich mehr. Ich sach: »Na, det mußt du wissn. Auf kein' Fall werd' ich hier aus Zypern verschwindn. Wenn ich weiß, wofür ich kämpfe, denn kämpf ich dafür.« Nun kam der bestimmte Tach, und er is wirklich mit ihr losgezogn. Denn wollt' er in den Fish-Shop rein, und da ham seine Eltern ihm verboten, mit ihr diese Taverne zu betretn. Das soll unwahrscheinlich wat heißn, weil, da is ja der Familienzusammenhang viel, viel stärker als hier. Die Freunde ham sich total abgesondert von ihm, sind rübergekommn zu mir und ham dermaßen schlecht von ihm gesprochn, daß ich, wirklich, ich hab gesacht: »Was meint ihr, warum er dis macht? Er war ganz, ganz ehrlich zu mir, hat jesacht, er muß hier sein Image aufbaun. Geht rüber und sprecht mit ihm und sacht ihm, daß er det nich braucht.« Wollten se nich. Und ick hab ihn gesehn, er wurde immer trauriger, lachte nich mehr, nischt. Die janze Situation war total beknackt für ihn. Und da hab ick jesacht: »Mensch«, zu seine Eltern, »ick möchte, daß ihr mit Nikos sprecht, also: Er darf wieder in'n Fish-Shop rein. Und ick möchte auch, daß ihr mit den Freunden sprecht.« Und denn ham se mit ihm, und denn war er total lustich, daß ich nun dis gesacht habe, ne, versucht habe, allis wieder in Ordnung zu bringn. Hat er mich umarmt, hat jesacht: »Ich hab dich doch so lieb! Für mich war das auch eine Scheiß-Situation. Ich geh sofort hin zu ihr und sage, daß's aus is« und daß er eben mich mag und mit mir zusammn sein will. Ich war unwahrscheinlich stolz dadrauf, muß ick sagn! Ich hab ihn auch gefragt, ob er mit ihr geschlafn hat, und er: »Ja, einmal, aber nur, weil sie dis wollte« und dis war auch für ihn nich schön... Ich bin dann durch, durch die Straßn, ich konnte kein' Schritt machn, ohne von den Fraun zum Kaffee eingeladn zu werdn, ja? Und: »Der Nikos, der, jetzt geht's dir genauso wie uns, und such dir bloß'n andern!« Also, so wat von Freundschaft ooch von den Fraun, ja? War, war sagenhaft.

Und mit dem Anruf jetzt in Berlin. Ich sollte am Mittwoch bei Pablo und wollte auch anrufn und hab aber nich gewußt, daß man aus'm Ausland die erste Null weglassn muß. Berlin is in Deutschland 030, also darfste von Zypern aus nur 30 wählen. Aber ich hab immer null drei null noch dazu gewählt und bin nie durchgekommn. Ich hab gesacht: »Das gibt's doch nicht!« Ich hab den ganzen Tach probiert. Ich denk: ›Was sollste machen?‹ Denn rief am Samstag, rief die Daniela an, die Freundin von mir, mit der ich in Zypern war, sachte se: »Zu Hause is allis drunter und drüber!« und machte mich fertich am Telefon. Ick sage: »Nu mal stopp. Erstens würd' ich fragen, warum ich nich angerufen habe.« Und : »Ick hab keen Interesse, hier zu lügen. Ick hab noch nie gelogn. Gib du Pablo die Telefonnummer, und er soll...« Hat er angerufn, und denn hab ich ihm dis allis noch mal erklärt und hab gesacht, daß es vorbei is, daß ich aber am 29. September wieder komme. Und dis hab ich auch gemacht.

Ich bin am 29. September wiedergekommn. Und da saß die Daniela bei mir inna Wohnung, und beide machten mich an, was ich überhaupt hier suche. Ich hab gedacht, ich werd' nich mehr, hab gesacht: »Erst mal hast du mir überhaupt nichts zu sagen...« »Ja, ich denk' nur an deine Kinder...« Und denn sachte Pablo noch: »Ich hab gedacht, du

kommst überhaupt nicht wieder«, das hat er wohl überall rumerzählt. Ich sach: »Nu macht mal halblang. Ick war acht Jahre lang ne gute Mutta, hab immer für meine Kinder jesorgt, war immer für meine Kinder da. Und jetzt soll ick uff einmal wegen nem Mann, ja, meine Kinder total im Stich lassen, wo wir beide nich verheiratet sind und die vielleicht in'n Heim kommn würden? Also, nun is Schluß!« Da war ick ganz sauer. Und denn fing sie noch irgendwas an zu erzähln, ick bin eine Egoistin und ich denk nur an mich. Und da hab ick gesacht: »So. Du halt dich jetzt raus, sonst fliegst du aus meiner Wohnung.« Und da hat der Pablo gesacht: »Bevor sie rausfliegt, fliegst du raus.« Da hab ick gesacht: »Bevor ick mich rausschmeißn lasse von dir, geh ick«, hab meine Freundin angerufen und bin zu ihr hingefahren.
Hat Pablo denn frühmorgens angerufen, den Montag, und hat gesacht, eh, daß er sich entschuldigt, dis war ebend eine blöde Situation und so, und ob wa uns nich noch mal aussprechn könn'. Ick sag: »Wann?« »Naja, heute abend, aber nich bei uns zu Hause, sondern in irgendeinm Lokal treffen wa uns.« Ich sage: »Und wer is bei den Kindern? Daniela, ne?« Sachta: »Ja.« Ich sage: »Na, hast du mir nichts zu sagen?« »Nee.« Ich sag: »Soll ich dich fragen? Bist du mit Daniela zusamn?« Hat er erst rumgedruckst un hat denn gesacht: »Ja.« Ich sach: »Wie lange?« »Drei Wochn.« Ich sag: »Das find ich schlimm. Nich, daß du mit ihr zusamn bist. Dis hab ich dir schon in der Woche gesagt, als ich hier war, da hab ich schon gesacht: ›Wenn Daniela zurückkommt und weiß, ich bin weg, denn wird se sich sofort dir an'n Hals schmeißen.‹ Du hast immer gesacht: ›Nein, nie wieder, nie wieder, ich weiß überhaupt nich, ob ich noch mal eine Frau liebn kann!‹ Ne? Du hattest drei Wochen Zeit, mich anzurufen und zu sagen: ›Ich bin mit Daniela zusammn. Komm bitte nich hierher, wir treffen uns

irgendwo.‹ Denn wär' diese Situation nicht entstandn. Genauso ehrlich, wie ich zu dir war, ha' ick eigentlich gedacht, daß du zu mir bist. Noch dazu, wo ich ja gegangn bin und nich du. Ich bin doch gegangen!« Wir ham uns denn in einm Lokal getroffen, ham was getrunkn und habn allis noch mal besprochen: daß wir uns irgendwo nich mehr verstanden habn, ne, und dit jetzt irgendwie ooch zugeben. Und denn ging it ebend um die Kinder, wat nu mit den Kindern is, ob er die trotzdem behaltn kann, weil er ja mit Daniela zusammn is. Ich sag: »Na, selbstverständlich. Für mich is sowieso, ich hab noch keene Arbeit, keen Geld und keine Wohnung. Dis wär ja schlimm für die Kinda. Und auch aus dieser gewohnten Umgebung rausreißen. Is schon genuch, wenn ein Elternteil weggeht. Und wenn die Kinder diese Frau akzeptieren, is doch nur gut. Du hast ne Hilfe, und die ham wieder irgendwie jemandn, na, ne Frau auch noch mit dazu.« Nur, er kann jetzt, Daniela is nich die Mutter, der kann er nich alles aufhalsen, was er mir aufgehalst hat. Dit einzige Problem war, diese ganze Sache zu legalisiern, weil: Wir warn ja nich verheiratet. Mit der Zeit habn wir gesacht: »Warum solln wir eigentlich noch heiratn, is ja nur auf'm Papier. Entweder man versteht sich, oder man versteht sich nicht. Da hilft ooch'n Papier nich.« Aber daß dit natürlich jetzt, wenn man auseinandergeht, unwahrscheinlich schwer is, daß er die Kinder bekommen kann, weil ich ja die Mutter bin und die Erziehungsberechtigte, klar! Sind wa zum Anwalt gegangn, wat 'n guter Freund von mir is, und haben uns beratn lassn, was wir am besten machen könntn, damit er die Kinder behält und es da keene Schwierigkeiten gibt, daß die Kinder in't Heim kommn oder ebend weggenommn werdn oder ich sie habn muß, vom Staat aus gesehen, ne? Da gab's verschiedene Möglichkeiten, aber naja, die warn irgendwie. Und denn druckste der Anwalt rum und sagte: »Eine Möglichkeit hab ich noch, eine

Ehe. Eine Pro-forma-Ehe, weil, ihr seid acht Jahre zusammn, und er hat die Vaterschaften anerkannt – also, daß ihr einfach nur heiratet. Det wird allit im Ehevertrag festgehalten, daß dis nur eine Ehe is, um den Kindern den ehelichen Status zu geben, ja?« Dis mußten wa aber erst mal verkraften. Denn habn wa gesacht: »Is dit Beste, was wa machen können für die Kinder. Also, werden wa heiratn, vorher en Ehevertrag machn und uns ebend in einm Jahr wieder scheiden lassen.«

Und denn sind wa zum Standesamt, ham 'n Aufgebot bestellt und haben am 15. November geheiratet. Ich hab noch bald verschlafn, bin mit de Taxe hin, zu meiner Trauung! Und dieser Standesbeamte hat ein' Scheiß da gesprochn, also wirklich: »Wenn ich tausend bunte Luftballons hätte, würd' ich die jetzt steign lassn. Und ganz Kreuzberg jubelt, weil Pablo und Dagmar heiratn, die sich dis ja lange überlegt ham und jetzt bestimmt wissn, daß se sich liebn und aus dem Grunde dis Ja-Wort gebn.« War so wat von makaber, daß wir schon lachn mußtn. Wir, wir ham nachher gar nich mehr hingehört, ham auf dem Stuhl gesessn und sind hin und hergeruckt, weil uns dit allit zu viel war. Meine Trauzeugin saß rechts von mir, sein Trauzeuge links, die mußtn ooch schon die Hand vorn Mund halten, damit se nich losplustern. Denn war et endlich geschafft, denn wollten wa aus de Tür raus, denn war die Tür abgeschlossen! Hat der Standesbeamte gesacht, sie schließn hier immer ab, damit nich einer früher abhauen kann. Da ham wa aber voll losgelacht! Und der hat gedacht, wir lachen über den Witz.

Ich hatte die Kinder inzwischen im ganzen dreimal, einmal nur mein' Großen, weil wir nicht wußten, ob der Kleene dit schon verkraftet. Und ick muß sagn, das war eigentlich ganz gut. Ich hab viel mit ihm gesprochn gehabt, ihm noch mal allis erklärt, daß wir uns ebend nich mehr verstandn habn und daß wa deshalb ausnandergegangen sind und daß et doch viel bessa is, als wenn man sich immer streitet. Und denn sagte mein Sohn sogar: »Ich hab schon immer gesacht, ihr sollt euch nich so viel streitn.« »Naja, siehste. Und jetzt is et doch besser, der Papa hat die Daniela, und die magste doch auch.« »Na, was für eine Frage, natürlich mag ich die!« Also, daß ich gemerkt hab, tat zwar ganz schön weh, aber, eh, gemerkt hab, mein' Kindern geht's gut. ›Also, beiß mal die Lippen zusammn und versuch nich, irgendwie wat Schlechtet zu sagn.‹ Ick werd schon, naja, da drüber wegkommn. Ich sehe se, die sind nich aussa Welt. Und der ganz Kleine, ich hatte denn, wir hatten abgesprochen: »Wenn der Kleine dit verkraftet, denn sach mir Bescheid, denn nehm' ich sie beide mit.« Zuerst wara mit Daniela sehr, na, aggressiv, hat se manchmal angespuckt oder nich ins Bett wieder zurückgelassen. Und denn ging et, habn sich gut verstandn nachher, weil, sie hat wohl ooch viel mit den Kindern gemacht: Theater gegangn und allis mögliche, daß er ebend Vertrauen zu ihr gewonn' hat und sie ihn jetzt sogar ins Bett bringen muß. Und da hab ick jesacht: »Na, gut, denn kann ich ja den Kleinen mal holn.« Das war schön! Er is überhaupt nich mehr von meinem Arm runtergegangn, hat seine kleenen Ärmchen um mich jeschlungn: »Mama, Mama, Mama!« Es war unwahrscheinlich toll. Und denn haben wa, sind wa zu mir gefahrn, hab ich ihm meine Wohnung gezeigt, da, wo ich ebend im Augenblick bin, ne, is ja nich meine, und hab auch mit ihm gesprochn, obwohl er sehr klein is, er wird jetzt am 6. Februar erst vier, ne. Aber man sollte ooch mit solchen kleinen Würmern schon sprechen, eben mit den einfachsten Wortn. Ich hab gesacht, daß die Mama nicht mehr kommt, daß sich Papa und Mama nich mehr verstandn habn, daß wir uns nich mehr lieb habn. Papa hat jetzt ne andere Frau lieb, und Mama hat'n andern Mann lieb. Und daß es irgendwo so besser is, weil, sonst streitet man sich immer. »Du magst ja auch det Streiten nich, ne?«

»Nein, das mag ich nicht. Der Filipe streitet immer mit mir!« Ich sage: »Na, siehste. Und so issit nich schön, wenn Papa und Mama sich immer streiten.« »Nein, das mag ich nich, da muß ich immer weinen.« Ich sag: »Und jetzt brauchste nich mehr weinen. Jetzt haste die Mama immer, die lacht, und den Papa immer. Is doch toll so, ne? Und Daniela, die is auch lieb. Ihr macht ja viel zusamm.« »Ja, die Daniela bringt mich immer ins Bett. Die is ganz lieb. Ich darf auch mit in'n Schülerladen.« Und denn hab ich ihm gesacht, daß ich ihn aber heute abend nach Hause bringe und daß ich nicht möchte, daß er weint, wenn ich gehe, weil: »Mama kommt immer wieder. Ich hab euch ganz doll lieb. Dis hat damit nichts zu tun. Auch der Papa hat euch ganz doll lieb, nur Papa und Mama ebend nich mehr.« Hatta irgendwie genickt und gesacht: Nein, er weint nicht. Ich sag: »Ganz bestimmt nicht? Sonst is Mama traurig, und denn muß ich mir überlegn, ob ich noch mal komme.« Sagt er: »Nein, ich weine wirklich nicht, ich bin doch schon ein großer Junge.« Denn hab ich se abgegebn, er hat mir'n Küßchen gegeben und is gleich zu Daniela gerannt. Ick stand inne Tür: ›Ach du meine, 'n bißchen anders hätt ick's ja erwartet, wenigstens mich noch mal umarmt oder so.‹ Ne? Jedenfalls bin ick den Tach in ein griechischet Lokal, wo ooch viele Leute sind, die ick kenne von Zypern, und hab mich den Tach wirklich'n bißchen anjetrunken, weil, dit mußt' ick erst verarbeitn, daß et doch irgendwo ganz schön kalt war, dieser Abschied, irgendwie, naja: Du bist schon vergessen. So.

Im Augenblick is finanziell für mich, naja, nich so rosich. Als ich aus Zypern kam, hab ich natürlich kein' Pfennich Geld gehabt, ich war arbeitslos, meine Chefin hatte mich gekündigt, weil se so Dinger gehört hat von wegen: ich laß meine Kinder im Stich und komm gar nich mehr wieda. Hab ich jetzt praktisch den ganzen September und den ganzen

Oktober und den halben November kein Geld gehabt, hab mir ne Zeitung genommn und ne Annonce als Zimmermädchen gefundn und hab natürlich sofort zugegriffen und hab versucht, mir noch was anderes zu suchn, nebenbei. Is unwahrscheinlich schwer, wat zu findn, aber ich hab durch ne Freundin noch ne Putzstelle bekommn. Und ja, jetzt bin ick schon 'n bißchen von meine Schulden runter. Und am 27. kommt mein Freund hierher, wo ich mich wahnsinnich drauf freue, und wir fahren dann zusammn am 20. Dezember nach Zypern, weil ich da eingeladen bin von der Familie, Weihnachten zu verbringen. Ich werde wahrscheinlich bis März in Zypern bleibn und komm dann wieder, naja, komm wahrscheinlich wieder, aber ick muß erst mal sehen, wie das überhaupt allet läuft auf Zypern.

Ick bekam nämlich zwischendrin zu hörn, dat Nikos heiraten wird, und war total jeklatscht, hab denn'n nächsten Tag angerufen, und da sachta: »Nee, dis stimmt nich. Dis sollte sein, aber die Frau hat abgesacht, hat gesacht, weil ich zu viel mit dir zusammn war und so mit Touristinnen und: ›Ich möchte den Mann nich mehr.‹« Er war stinksauer auf diese Frau, weil a einfach nich verstandn hat, weil allis abgesprochen war. Und ich war natürlich mächtich fröhlich, hab gesacht: »Denn hat sie dich nich wirklich lieb jehabt, ne? Du wolltest sie ja heiraten und nich irgendeine Touristin. Dit war ja nur so...« Die müssn da nämlich als Jungfrau in die Ehe. »Du kannst dir dit doch nich durch de Rippn schwitzn.« Sie darf noch nicht, wat soll a machn? Nimmta sich Touristinnen, dis is in allen südlichen Ländern so. Seine Mutter hat sich immer entschuldicht, daß hier Probleme sind: »Dagmar, ich mag dich, wirklich. Aber der Nikos is so jung. Und du kennst jetzt Zypern, hier muß die Frau jünger sein als der Mann, und nich die Frau älter. Dit gibt Probleme. Du bist vielleicht zwei, drei Jahre mit ihm zusammn, denn wird a wieder anfangn, 'n Casanova zu machn. Und du sitzt genauso zu Hause und weinst...«

Also, wir müssn uns noch'n bißchen besser kennenlernen und vielleicht ooch mal unsere Fehler sehen, ne? Vielleicht geht's nich gut. Deshalb kann ick keene Pläne machen richtich. Entweder ick bleibe da, wenn allis gut geht, und wenn nich, daß einfach nur ne Freundschaft dadraus entsteht, um mal Urlaub machen zu könn'. In dem Fall würd' ick zurückkommn, mir in Berlin ne Wohnung suchn, Arbeit suchen. Aber wenn ick mir vorstelle, daß allit klappt und ick würde in Zypern lebn, also, ich könnt' es mir unwahrscheinlich gut vorstelln! Ich hab zwar hier eine große Wohnung gehabt, aber ebend nur die Wohnung. Und in Zypern hab ich dis ganze Land. Ich hab da zwar zum Schlafn een Zimmer mit fünf Leute vielleicht, ne, aber dis is zum Schlafn, sonst bist du nur draußen inna Natur oder auf'm Wasser. Ich könnte da ooch arbeitsmäßich jetzt mit fischen gehn, weil ich dis alles gelernt habe, ne, oder könnte in der Taverne helfen. Ich wär viel freier, als ich hier bin, auch von den Leuten her. Ich wollte schon immer mal aus Deutschland raus. Mir gefalln die Menschn da, mir gefällt diese offene und ehrliche Art, dieses nich nur an sich denkn, ne, allit gebn für andere. Und die verstehn einfach noch zu lebn, die lachn, die trinkn, die essn in Ruhe, ohne den Streß dazu, und sind eigentlich so arm. Ich finde, die Leute hier, die allit ham, sind viel ärmer als die. Aber ich möcht' ja nicht so weit inne Zukunft gucken. Ich möchte die Zeit, und wenn et vielleicht bloß zwei oder drei Jahre sind oder vier Jahre sind, genießn, auskostn, und denn kann ick später mal sagn: »Det war schön!«

Marion G., 25, Feinmechanikerin, und Dietmar G., 28, Werkzeugmacher:

»Ick kann mich auf meine Frau verlassen, und meine Frau kann sich auf mich verlassen...«

Marion G.: Also, ick find' meinen Mann schön. Die Arbeitskollegen sagen natürlich: »Zwee Zentner, wat kann man daran schön finden?« Aber ick finde, es kommt nich uff die körperliche Schönheit an, sondern wie der Mann selber is, vonne Persönlichkeit. Er is familiär sehr jut eingestellt, macht ne Menge mit unserm Sohn, wenn er Zeit hat. Er hilft mir ooch im Haushalt, wenn er Zeit hat. Er hat natürlich öfters keine Zeit, weil, er is Betriebsrat, da muß er viel für die Kollegen unterwegs sein und ooch viel jewerkschaftlich machen, organisieren, uff Seminare fahren und so. Und det bringt natürlich mit sich, daß man uff ihn wartet und daß er manchmal ziemlich 'n Kopf voll hat, dadurch kann er nich so uff meine momentane Situation oder meine Laune einjehn, und denn verschwinde ick lieber im Bett und schlaf ne Runde, und denn is die Sache für mich erledicht. Dietmar hat mir in meinm Leben sehr viel geholfen, er hat mich mit geformt. Ick hab früher die Dinge laufen lassen und hab 'n bißchen in 'n Tach hineinjeträumt...

Diemtar G.: Meine Frau war unheimlich verspielt, die war'n regelrechter Flipper jewesen. Und wir sind eigentlich durch jewerkschaftliche Aktivitäten zusammjekommn. Sie war Jugendvertreterin bei Siemens, ick war Jugendvertreter bei AEG inne Brunnenstraße, die jetz zujemacht hat. Naja, und wir ham uns jejenseitig unterstützt.

Marion G.: Dann war ick mal uff'm Jeburtstach einjeladen, und da saß der Dietmar, und er diskutiert sehr jerne, also jewerkschaftlich, politisch, eigentlich über allet, über Autos, Familie, ejal, wat für'n Thema, und am liebsten, wenn er wat jetrunken hat, so in Jesellschaft. Und weil ick grad solo war, hab ick ihn mir näher anjekiekt und hab mir jedacht: ›Hm, ja, eingtlich könnt er dir jefalln.‹ Denn hab ick mich neben ihn jesetzt und hab mit ihm zusammen reichlich Alkohol jetrunken und demzufolge nach ner jewissen Zeit abjeschaltet. Ick hab mich uff seinm Rücken ausjeruht und ihm nebenbei am Bauch jekrault.

Dietmar G.: Det hat mich aber jar nich intressiert.

Marion G.: Die Kumpels ham immer zu ihm jesacht: »He, Dietmar, die will wat von dir!« Hat ihn vollkommn kalt jelassen. 'n andrer Mann hätte gleich reagiert, die hätten jezeigt, daß se 'n Intresse habn, mit mir wat anzufangen, und mich hat an ihm jereizt, daß er irjendwo gleichgültig mir jejenüber war. Da hab ick jesacht: »Nich schlecht. An dem bleibste mal dran.«

Dietmar G.: Ick hatte früher 'n völlich verkorksten Standpunkt. Ick hab mir jesacht: »Wenn ne Frau ernsthaft wat will, brauchste eh nischt machen, die wird schon kommn.« Es is ooch nich einfach, die richtje Frau zu finden, wenn man aktiv is. Machen wir uns doch nischt vor. Leute, die jewerkschaftlich und politisch arbeiten, sind oft unheimlich einsam, die kriegen schwer den richtjen Partner. Ick kenn viele, die denn anfangen, in de Kneipe zu jehn ...

Marion G.: Wir sind bei Siemens über dreihundert Jugendliche jewesen und warn neun Jugendvertreter, ick war die Vorsitzende. Und ich hab mich bemüht, für die Kollegen wirklich wat zu machen und mich einzusetzen, also nich bloß runterjehn und Skat spieln. Als Jugendvertreter is man sehr oft unterwegs, dadurch hat meine Ausbildung natürlich etwas gelitten. Im Fach Rechnen hab ick manche Sachen nich verstanden oder im Zeichnen. Und mein Vater hat mir nie jeholfen, der hat immer nur jelabert. Ick hatte drei Fünfen!

Dietmar G.: Also, anjefangn hat's eigentlich mit »Nach-

hilfestunden«. Wenn man Jewerkschafter is, muß man ja allet dransetzen, daß man seine Ausbildung mit'm ersten Mal schafft, sonst kann der Unternehmer leicht sagen: »Aha! Große Klappe, aber nischt dahinter.«
Marion G.: Ick hatte ooch Schwierigkeiten mit meinem Ausbilder. Und det kam soweit, daß ick, eenmal wollt ick meine Ausbildung hinschmeißen. Mein Vater is denn hinjejangen zu Siemens und hat »bitte, bitte« jemacht. Wie der uffjetreten is, ick fand det unmöglich. Wie'n Speichellecker! Er hat eigntlich nie zu mir jehalten, ooch bezogen uff meine Freunde. Die Beziehung zu meinem ersten Freund hat bloß deswejen so lange jedauert, weil mein Vater dajegen war. Der hat jesacht: »Kiek dir den mal an, der looft wie'n Affe, dem seine Arme schleifen ja schon hinterher. Und aus wat für'n Milieu der kommt, mit dem kannst'a jarnich richtig unterhalten.« Der hat den rejelrecht madig jemacht. Dadurch hab ick immer mehr zum Peter jehalten damals, trotzdem ick mit dem ooch stundenlange Diskussionen hatte. Ick wollte Jugendvertretung machen und aktiv sein, und er wollte det nich. Eenmal kamen meine Tage nich, da hab ick schon zu ihm jesacht: »Mensch, hoffentlich bin ick nich schwanger.« Und er sachte nur: »Hoffentlich biste schwanger!« Hab ick jesacht: »Nee, Peter, wenn ick schwanger bin, laß ick det Kind abtreiben. Ick will meine Ausbildung.« Konnt' er überhaupt nich verstehen. Naja, und denn war't nach anderthalb Jahren zu Ende, hab ick Schluß jemacht.
Mein Vater hat Mechaniker jelernt, aber nie die Ausbildung zu Ende jemacht, heute is er U-Bahn-Kontrolleur. Ick sach dazu: »Schacht-Scherrif«, er benimmt sich nämlich ooch so, mit Gummiknüppel und Revolver inne Tasche. Und ick fand schlimm, wie er meine Mutter behandelt hat. Wenn sie mal wirklich wat jesacht hat, hieß det gleich: »Halt die Schnauze. Du hast sowieso keene Ahnung.« Er hat se immer runterjeputzt.

Dietmar G.: Wenn Marion 'n Problem hatte, det wurde nich besprochen, die Eltern haben die Tochter im Stich jelassen. Und ick hab nu versucht, ihr zu helfen.
Marion G.: Aber die Nachhilfestunden, da hat er nen Rückzieher jemacht: »Momentan nich, ick hab ne Wohnung jekricht und bin grad am Renoviern...« Hab ick jefracht: »Wo is denn die Wohnung?« Sacht er: »Na, in der Dudenstraße.« Bin ick den andern Tach rumjefahrn und stand vor der Tür, hatta janz große Augen jemacht: »Wat willst'n du?« Sag ick: »Dir helfen, is doch klar. Eene Hand wäscht die andere.«
Dietmar G.: Det war meine erste eigene Wohnung, und die Leutchen, die mir helfen wollten, kamen alle nich. Und so jemand, von dem ick det jarnich anjenommn habe, ick dachte: »Die hat selber jenuch Probleme«, die stand uff eenmal da. Det war für mich unheimlich doll, det war ooch irgndwie 'n Zeichen: Da steckt mehr hinter.
Marion G.: Passiert is nischt groß an dem Tach. Er hat jesacht, ick soll die Scheuerleisten streichen, und ick hab mich wirklich ernsthaft bemüht, die Scheuerleisten zu streichen. Bloß, er hat immer daneben jestanden und hat jequatscht und hat mich kaum streichen lassen. Und nach'm Monat, wie die Wohnung fertig war...
Dietmar G.: . . . hat sie denn jesacht: »Weeßte wat, ick zieh gleich mal bei dir ein!« Det fand ick toll. Die Wohnung hatte bloß anderthalb Zimmer, aber für uns zum Anfang war et völlig ausreichend. Jeld hatten wa beede nich...
Marion G: Aber wie't so seine Art war, hat er großkotzig jesacht: »Ick bezahl allet, Miete und Unterhalt.« Ick war im dritten Ausbildungsjahr, hab 500 Mark jehabt damals, hab ick jesacht: »Dietmar, wir leben zusammn, also machen wa ooch halbe halbe!« Und er hat noch Schulden jehabt uff sein' Wagen!
Dietmar G.: Ja, det Auto mußt ick damals abzahln.

Marion G.: Mein Vater hat Kinderjeld für mich jekricht, da ham wir keen' Pfennig von jesehn. Im Jejenteil, meine Eltern kamn sojar und wollten meine Lebensversicherung haben, die könnten se absetzen: Lohnsteuerjahresausgleich. Und denn wollten se von mir 'n Untermietvertrag, den hätten se ooch absetzen könn'. Da hab ick jesacht: »Nee, kommt nich in Frage.«
Dietmar G.: Der Vater wollte sich die Kohle selber rinpakken, die wir vergünstigt jekricht hätten. Also, mich hat det umjehaun, daß der aus der eignen Tochter Profit schlagen will. Ick hab mir immer einjebildet, der sollte zufrieden sein, daß er sie jetz von zu Hause los is, er trägt keene Verantwortung mehr, nischt... Seitdem war er eigntlich bei mir unten durch. Und ick hab immer 'n Vater jesucht, weil ick keen' hatte, mit dem ick mal 'n Wort reden konnte und vielleicht mal 'n Bier trinken, 'n bißchen Karten spieln oder so. Det war mal damals mein Anspruch. Heute brauch ick's nich mehr, weil ick ne jute Frau habe. Wenn ick Marion nich kennjelernt hätte, wer weeß, ob ick allet so jepackt hätte im Betrieb, ich gloobe, ich wär wahrscheinlich heute noch alleene.
Ich bin 'n Nachkömmling. Wir sind alle sieben Jahre ausnander: Der Große hat schon ne Freundin jehabt, der andre hat anjefangn zu lern' und is mit seine Kumpels...
Marion G.: ... een' saufen jejangn...
Dietmar G.: .... weiß ick, Disko ooch, und ick saß noch im Buddelkasten. Mein Vadder hat uff'm Bau jearbeitet als Steinsetzer, hat sehr schwere körperliche Arbeit jeleistet, und der is jestorbn, da war ick 9 Jahre alt. Und meine Mutter hatte damals keene Alternative, die is als Unjelernte jejangn, als Montiererin am Band. War ick praktisch uff mich selber anjewiesen, Schlüssel um'n Hals, mußt' ick meine Wege selber bestreiten. Und ick bin schon als Schüler arbeiten jejangn, damit ick mal 'n bißchen Jeld habe, fürn

Urlaub oder so. Damals ging et grade los: Popmusik, lange Haare...

Marion G.: Die Rockerzeit...

Dietmar G.: Det hat meine Mutter überhaupt nich verstanden. 1974, wo ick ne Lehrstelle jesucht habe, Arbeitslosigkeit fing schon an, hat meine Mutter jesacht: »Sind doch allet Faulpelze! Meine Jungs, die wer'n det schaffen!« Die stand uff dem Standpunkt: »Wenn de hinjehst uff Arbeit, hältst deine Klappe und machst det, denn is jut.« Ick konnt' niemals mit ihr übern Problem überhaupt reden. Da hab ick mich nachher zu Hause nich mehr wohljefühlt, hab ick 'n paar Jewerkschaftskollejen kennjelernt, da war ooch een Betriebsrat, und an dem hab ick mich orientiert. Ick hab den damals bewundert. Wo der die Kraft hernimmt, ejal, wat für ne Situation, er war immer 'n Ansprechpartner und hilft dir und unterstützt dich, der würde det letzte Hemd für 'n andern jeben. Noch heute, der hat immer 'n offenet Ohr, ejal, über wat, ooch über private Dinge. Und denn jab's Zeiten, wo ick mit meener Mutter überhaupt nich mehr klarjekommen bin. Meene erste Ohrfeige hab ick jekricht, da war ick 18, und der Anlaß war, daß ick ausziehn wollte. Aus der heutijen Sicht kann ick det verstehn: Nu jeht der Letzte aus'm Haus, sie steht völlig alleene da. Bloß, sie hat mich nich verstanden. Meine Mutter war 'n Hausmütterchen, waschen, kochen, nähen, die konnte wirklich allet aus'm Effeff. Und wenn mein Vadder von de Arbeit kam: Beene uff de Couch, weil er eben kaputt war. Sie hatte dafür zu sorgn, weeß ick, wenn er mit Arbeitskollegen mal 'n Skat jespielt hat, daß sie det Abendbrot macht. Die konnte keen jesellschaftlichet Spiel, nischt. Und von daher brach für sie ne Welt zusammen: nich mehr bemuttern dürfen! Ick brauchte zu Hause überhaupt nischt machen, überhaupt nix, jarnischt.

Marion G.: Ick hatte früher nie groß Kontakt mit meiner

Mutter. Die war mal Frisöse jewesn, hat den Beruf aber uffjejeben, weil mein Bruder und ick ja da warn. Heutzutage is det Verhältnis jut, weil sie ooch viele Probleme mit meinm Vater hat, die stand schon mal kurz vor der Scheidung. Mein Vater is sehr häufig fremd jejangn, und trotzdem war er immer irgendwo eifersüchtig. Dabei, von Schönheit kann man bei ihr nicht reden, sie is ziemlich korpulent, Größe 46, hat Wasser inne Füße... Also der hat keen richtjet Vertrauen jehabt. Denn hatten se auch geldlich ziemlich viel Auseinandersetzungn, mein Vater hat det Jeld wirklich zum Fenster rausjeschmissen: für'n Plattenspieler, Boxen, ne Orgel, 'n Boot oder für sein kaputtet Auto, wat er immer wieder uffbaun wollte, allet so ulkje Sachen. Und meine Mutter hat noch ne janz, janz alte Küche, 'n richtjet schweret Ding mit Aufbau. Anstatt nu zu sagn: »Kinder sind raus. O. k., Frau, jetzt suchn wa uns ne anständige Wohnung mit Bad« – wir hatten ja nur zwei Zimmer und Toilette, meine Eltern ham im Wohnzimmer jeschlafen – »ne schöne Wohnung, richten uns die schick ein, Schlafzimmer und so, daß wa ooch wat ham.« Is nich! Und wie ick uffjeklärt worden bin, heute würd' ick sagn, 'n bißchen kraß! Als Kind, mit meinm Bruder zusammn, wurden wa'n Sonnabend oder Sonntag, uff jeden Fall hatten wa keene Schule, wurden wa mal rinjerufen, und meine Mutter hat da jelegn, Beene breit, und mein Vater hat uns erklärt, wie ne Frau von unten aussieht: »Det is zum Pullern. Und da kommn die Kinder raus.« Na, wir zwei ham uns anjekiekt, ham jesacht: »Aha«, und sind wieder jejangn. Wie die Kinder reinkommn, hat er uns nich groß erklärt...

Dietmar G.: Wenn ick mal ins Badezimmer rinjekommn bin, meine Mutter saß inne Badewanne: »Hach!« hat se ihrn Körper verdeckt. Uffklärung war 'n Tabuthema jewesen, so wat hat inner Schule stattjefunden.

Marion G.: Bei uns lagen Sexbücher rum, und mein Vater

hat die uns ooch jezeigt. Aber wir ham nie drüber jesprochen, mit meine Mutter sowieso nich. Det einzigste, wat nachher, wie ick 16 jeworden bin, is meine Frau Mutter mit mir zum Gynäkologen und hat mir die Pille verschreiben lassen. Heutzutage weeß ick warum. Nachdem ick jeborn war, isse nämlich gleich wieder schwanger jewordn und hatte sich det etwas spät überlecht, daß se det Kind nich will, und wollte sich auch gleich sterilisieren lassen. Naja, und während der Abtreibung hat der Arzt festjestellt, daß sie nich Ende dritten Monats is, sondern Ende fünften Monat. Wo er det Kind jesehn hat, hätt' er't am liebsten wieder zurückjeschobn! Da wär meine Mutter beinah hops jejangn, die wär beinah jestorbn. Und das war ihr natürlich ne Lehre, das wollte sie mir nich zumuten. Wie 'n Kind entsteht, wat da allet passiert, hab ick erst durch Heiko seine Jeburt richtig miterlebt. Und bei uns is Aufklärung mit im Familienleben drinne. Ick bade mit Heiko zusammn, ick hab 'n ooch schon mitjenommn zum Gynäkologen, hab uff dem Stuhl jelegn, und er hat unten jestanden und hat sich's vom Arzt erklärn lassen. Da hab ick keene Scheu vor.
Dietmar G.: Die anderthalb Zimmer in der Dudenstraße warn ne ideale Wohnung, um für später Überlegungen zu treffen. Wir ham uns ziemlich prima verstanden, und wir warn automatisch irgndwie verlobt.
Marion G.: Zu mein' Jeburtstag war det, den ham wir bei meinm Bruder jefeiert ...
Dietmar G.: ... und da kamn uff eenmal die Verwandten an: »Herzlichen Glückwunsch zur Verlobung!« Wir wußten von jarnischt ...
Marion G.: ... ham uns beede anjekiekt ...
Dietmar G.: ... ham jesacht: »Jut, damit die zufrieden sind ...« Seitdem warn wir verlobt.
Marion G.: Für uns war selbstverständlich: Wir jehörn zusammn.

Dietmar G.: Und nachdem langsam allet abbezahlt war, kam die Überlegung, daß wir janz jerne 'n Kind haben wolln, damit det Leben noch 'n tieferen Sinn kricht.
Marion G.: Ick hatte mir mal ne Spirale einsetzen lassen, brauchte ick nischt schlucken und wußte jenau, ick werd nich schwanger. Hab ick die zwee Jahre jetragen, denn mußte se raus, und denn hatten wir uns ooch langsam entschieden: »Wenn's passiert, is nich schlimm.« Dietmar war uff'm Seminar, da hab ick ihm am Telefon jesacht: »Ick gloob, ick bin schwanger.« Hat er noch jesacht: »Ach, deine Tage kommn etwas später!«
Dietmar G.: »Ick wünsch ma'n Kind«, is einfach. Aber man hat det ja noch nie selber erlebt. Jetz war uff eenmal die Situation: »Du, hallo, ick bin schwanger!« Da war ick erst, ick hab mich hinjesetzt und nachjedacht. ›Wat heißt'n det überhaupt?‹ Und ick hab früher allet viel enger jesehn, also bei mir kam gleich: ›Kind? Windeln! Finanzieller Verlust! Streß!!« Allet kam den Abend gleichzeitig rin im Jehirn. Ick war nich mehr ansprechbar. Die Freude kam erst 'n Tach später.
Marion G.: Und das erste von seinem Bruder und von seiner Schwägerin war: »Det Kind wird nachts brüllen. Armer Dietmar, mußte mit so'n Klüsel uffstehn! Ihr werdet noch eure wahre Freude dran habn.«
Dietmar G.: Schadenfreude, unjefähr: »Du wirst dir wundern.«
Marion G.: Jenau. Und da ham wir jesacht: »Nee, det werdn wir nich durchmachen, und ham anjefangn, uns mit Erziehung ausnanderzusetzen.« Ick war im Neuköllner Krankenhaus, hab Schwangerschaftsgymnastik mitjemacht, und die zeigten ooch Filme über die verschiedenen Jeburtsarten.
Dietmar G.: Risiko ...
Marion G.: Zangenjeburt, Kaiserschnitt, Saugglocke, und ebend die janz normale Jeburt, klar. Und zu den letzten drei

Malen wurden die Männer einjeladen, damit se halt die Frau unterstützen können bei der Atemtechnik und so. Dietmar hat det ooch allet prima mitjemacht. Und während der Schwangerschaft hat er sich Mühe jejeben, ick möchte nich sagn, det nachzuvollziehn, aber hat sich dafür interessiert, wat in meinm Bauch vor sich jeht. Er is mitjekommn zum Ultraschall, hat zwar nischt jesehn uff'm Monitor...

Dietmar G.: Sie immer: »Da! Siehste nich?« Mein ick: »Nee, tut mir leid...«

Marion G.: Aber er hat sich dafür interessiert. Wir warn verreist, und da hat er sein Ohr uff mein' Bauch jelecht und hat det erste Mal Heiko sein Herz schlagen jehört.

Dietmar G.: War 'n Jefühl, wie soll ick's beschreiben: daß einfach in nem Menschen noch 'n Mensch drin is und du hörst sein Herz schlagn! Und uff eenmal siehste da so'n kleenen Hulper im Bauch, 'n Fußtritt, ja? Also, ick fand det unheimlich witzich, ick fand det unheimlich toll, und denn hab ick jesacht: »Mensch, hoffentlich jeht allet jut!«

Marion G.: Für mich war von Anfang an klar, daß er bei der Jeburt dabei is. Ick hab ihm keene andre Chance jelassen.

Dietmar G.: Ick wollte eigntlich ooch, bloß ick hatte unwahrscheinliche Angst davor. Mal janz ehrlich: Ick hab zwar schon mehrere Erste-Hilfe-Kurse jemacht, weil ick gloobe, wenn ick irgndwie mit'm Auto unterwegs bin, seh'n schweren Unfall, ick müßte da helfen. Aber zur damalijen Zeit hätt ick mich wahrscheinlich gleich daneben jelecht. Und von daher war meine schwierichste Frage: »Hoffentlich machste nich 'n Schlappen.« Gleichzeitig hatt' ick det Jefühl, du mußt der Marion helfen, irgndwie. Denn wurde det immer konkreter, und eenes schönen Morjens, ick war kaum uff Arbeit, Anruf: »Sofort nach Hause!«

Marion G.: Da war er inne Garderobe.

Dietmar G.: Und uff eenmal lief der Film ab, hab ick bloß immer jedacht an den Kreißsaal, wie't da aussehn könnte.

Wat kannste nu machen? Wie war der Handgriff jewesn? Und mit der Atemtechnik hab ick völlig versagt.

Marion G.: Die konnt ick ooch nich brauchen.

Dietmar G.: Det Schlimmste für mich war: Ick konnte schon immer vorher sehn, wann die Wehen einsetzen, weil sie ja am Wehenschreiber anjeschlossen war. Die hat mir so leid jetan, und danebenstehn zu müssen, ja. Sagenhaft! Die Ärzte warn völlig cool, det fand ick ulkig, die ham öfter mal jekiekt: »Is noch nich so weit«, rausjejangn, Tür zu. Und wir warn janz alleene. Und unser Sohn hat 'n bißchen verquer jelegn ...

Marion G.: Also, 'n Kind braucht ne janz bestimmte Lage, um rauszukommen.

Dietmar G.: Der Kopf war schon unten, ick hab 'n jesehn ...

Marion G.: Und der hat den Kopf immer weiter verdreht, drei Stunden lang hatt'ick Preßwehen, ohne daß der Kerl den Kopf richtig hinjelecht hätte! Inner Gymnastik hat die Leiterin gesacht: »Brüllt ruhich, det is zu eurer Entspannung.« Aber ick kann nich brüllen. Ick hab mir mal uff Arbeit 'n Finger jebrochen, und anstatt ick anfange zu heulen, mecker ick rum. Zwischendurch hat ick jesacht: »Wenn der Bengel nich bis um 1 Uhr jeborn is, jeh ick nach Hause ...« Ick kann nich brüllen oder heulen, ick muß lachen und fang an zu fluchen. Und so war't ooch im Kreißsaal. Dietmar war't schon peinlich.

Dietmar G.: Sie hat nur jeflucht! »Ach! Hätt ick det vorher jewußt!«

Marion G.: »Verdammte Scheiße!«

Dietmar G.: Und ick stand da wie ne hilflose Person. ›Wat hat die denn?‹ Ick bin jar nich drauf jekommn, daß die, weeß ick, abwesend war oder vor lauter Schmerzen und allet ... Klar, ick hab se jetröstet. Kopp jestreichelt oder mal 'n Waschlappen, aber wat eigntlich meine Uffjabe jewesen wär, Atemtechnik und so, konnt ick da einfach nich...

Marion G.: Er konnte mir nich helfen.

Dietmar G.: Und det Dollste war, wo er denn da war, man hat ihn ihr gleich...

Marion G.: ...uff'n Bauch jelecht...

Dietmar G.: ...daß sie uff eenmal jelacht hat, allet war verjessen. Überglücklich! Und mir war einfach 'n Bedürfnis, am andern Tach hinzujehn uff Arbeit und der janzen Abteilung im Vorrichtungsbau, jedem einzelnen stolz zu erzähln, wat bei der Jeburt stattjefunden hat. Zum Arbeiten bin ick nich jekommn. Und die Kollegen fanden det ooch alle unheimlich spannend. Ick war furchtbar glücklich, ick hab mich so jefreut! Soo ne Freude hab ick vorher noch nie empfunden jehabt. Und abends jing's erst mal rund, wurde kräftig jefeiert zu Hause. Also, ick kann nur jedem werdenden Vater empfehlen, daß er bei der Jeburt bei is. Vielleicht bild ick's mir bloß ein, aber erst mal is det für de Frau sagenhaft beruhijend, und ick selber hab ooch ne janz andere Einstellung zum Kind irgndwo. Dieset Zusammenjehörigkeitsjefühl! Ick möchte gleich 'n Beispiel bringen. Unser Sohn hatte ne Phase, so im zweeten Lebensjahr, wo er kurz vor ner chronischen Bronchitis stand, der lach ooch schon mit ner Lungenentzündung im Krankenhaus. Und da ham wir uns jesacht: »Ejal, wat um de Ohren is, ob Termine oder nich«, hat keene Rolle jespielt, wir sind jeden Tach jemeinsam ins Krankenhaus jefahrn, jeden Abend warn wir vor Ort. Klar, der Abschied, sind Tränen jefalln, aber wir wollten ihm det Jefühl jeben, und so is et noch heute und wird wahrscheinlich immer bleiben: »Eener für alle, alle für een‹«. 'n Solidaritätsjefühl, ja?

Marion G.: Ick war 'n halbet Jahr denn zu Hause und hab da quasi die Pflichten übernommen. Zu Anfang war't 'n bißchen schwer, weil, ick hab nich kochen jelernt, nich nähen, fast jarnischt. Also, ick hab versucht, mich der Situation anzupassen, habe mir Bücher besorcht, Kuchen jebacken und so wat, und ick möchte sagn, die sind mir meistens jelungn. Und für Dietmar is ein und allet, daß die Wohnung in Ordnung is. Und da hab ick denn jelernt, die Wohnung uffzuräumen, weil er det nich so kann. Es is ooch meine Uffjabe langsam jeworden, die Wäsche zu machen. Wenn er Zeit hat, hängt er se hin oder nimmt se ab. Aber nähen, det macht er grundsätzlich nich, das hat er schon damals jesacht, wo wir zusammen jejangen sind: Er bügelt nich und stoppt ooch keene Strümpfe. Also mach ick et, det is'n bißchen Hobby von mir jewordn.

Dietmar G.: Meine Frau weiß, wie unheimlich wichtig det is, daß wir 'n vernünftjet Leben führn und uns wohlfühlen zu Hause. Wenn ick wat habe, weeß ick ja ooch, für wat ick kämpfe.

Marion G.: Ick hab noch probiert, den Kontakt nach draußen nich zu verliern, wir warn ja beide damals im Ortsjugendausschuß der IG Metall, aber, naja.

Dietmar G.: Und denn kam bei mir uff eenmal: ›Mensch, du hast jegnüber den Kleenen schlechte Karten!‹ Ick kann ja nun als Mann nich stillen, also der Kontakt Mutter–Kind war eher jejebn als der zum Vater. Sonst hab ick am Feierabend noch wat für'n Betriebsrat oder für de Jewerkschaft jemacht, aber denn hab ick mir jesacht: »Du mußt dich mal wieder mit ihm beschäftjen.« Det hat mir ooch Spaß jemacht, den zu wickeln, der lag da uff seine Schaumstoffkerne, 'n bißchen jespielt und so. War mir einfach 'n Bedürfnis, um die Zeit irgndwie uffzuholn.

Wir ham denn verschiedentlich Kumpels jesprochen, ooch so junge Ehepaare, und da war eener, der hat die Behauptung uffjestellt: »Wenn det Kind een, zwee Monate alt is und schreit, du hörst, ob et krank is oder eben schreit, weil et, naja, det janz jut findet...

Marion G.: ... anne Brust zu nuckeln oder...

Dietmar G.: ...wenn det Licht anjeht, wenn et jetragen wird.« Hab ick mir jesacht: »Is doch Quatsch.« Aber Tatsache, man hat wirklich am Schreien jemerkt, an dem Ton, ob er wat hatte oder eben nur beschäfticht werden wollte. So'n Baby! Konnte ick mir vorher nich vorstellen. Und wo die Situation konkret wurde, ham wir uns einfach fest vorjenommn: »Ick muß arbeiten jehn früh, und es kommt jarnich in Frage, daß wa den bepimpeln.«

Marion G.: Wir ham die Erfahrungen, die unsre Eltern jemacht haben, mit ausjewertet, also, wie unsere Erziehung war. Wenn wir jebrüllt habn, ham die uns einfach brüllen lassen, die nächste Nacht war Ruhe. Und seine Mutter hat det jenauso jemacht mit ihren Kindern. Und da ham wir's denn ooch so jemacht im Prinzip.

Dietmar G.: Wir ham jesacht: »Wenn der zwee Monate alt is und sein' Willen durchsetzen will, werdn wir janz konsequent sein und den wirklich een, zwee Nächte schrein lassen.« Und denn lagen wir beede im Wohnzimmer, und der hat jeplärrt. Wir konnten natürlich ooch nich schlafen, is klar. Und denn hat sie nach zwee Stunden: »Mensch, ick werd mal rinjehn, wer weeß...« und so. Hab ick jesacht: »Nein! Jetz bleibste hier. Wat wa uns vorjenommn habn, führn wir durch.« Zwee Stunden weiter, da hatte er nu schon vier Stunden, wollte ich uffstehn: »Also weeßte, ick werd' jetzt doch mal...« Meent sie: »Nee, jetz bleibste ooch hier.« Und siehe da, is einjetroffen, wat wir uns vorjestellt haben. Hört sich brutal an: Aber zwee Nächte hatta durchjeschrien und seitdem, wenn det Licht ausjeht... Und det is heute noch so, obwohl er 'n kleener Zappelphilipp is, der turnt jerne rum und allet, aber er weeß jenau: sein »Sandmännchen«, und denn jeht er schlafen.

Marion G.: Früher ham wir die Tür zujemacht, heutzutage nich mehr.

Dietmar G.: Wir sind von unser' Methodik her jesehn det, wat wir uns vorjestellt habn. Wo ick im Kindergarten Elternsprecher war, habn mir wirklich mitunter Kinder leid jetan, wenn wir ne Sitzung hatten bis 10 Uhr abends, die kleen' Würmer lagen da im Arm, obwohl, ne alleinstehende Mutter, blieb wahrscheinlich nischt andret übrig, seh ick ooch.
Marion G.: Wir fangn beede um 7 Uhr an zu arbeiten, und wir müssen nu mal pünktlich uff de Arbeit sein. Und von daher hieß et für Heiko immer: »Um 19 Uhr is Schluß!«
Ick hab een Jahr lang jestillt, und ick fand det toll, ick fand det 'n wahnsinnig tollet Jefühl. Und da Schwiegermutter bloß fünf Minuten von meine Arbeit entfernt wohnt, bin ick denn in'n Betrieb jejangn und hab meinem Meister mitjeteilt, daß ick Stillzeit brauch, denn laut Jesetz darf ick Stillzeit bekommn. Bin ick also um 10.00 für ne halbe Stunde raus und um 2.00. Ick bin als Gerätemechanikerin tätig, ick montiere Schaltschränke. Da müssen Bauteile rin und verdrahtet werden, ick muß jenau arbeiten und sehr uffpassen. Und so um neune hab ick denn an meinm Schrank jestanden und hab schon anjefangn zu trommeln, weil die Milch einjespritzt is und meine Brüste anjeschwolln sind. Ick arbeite mit fünf Männern zusammn und bin det absolute Küken dadrunter, die könnten alle meine Väter sein. Zu Anfang fanden se's wahnsinnig lustig und habn Sprüche jeklopft: »Jib uns doch 'n bißchen Milch fürn Kaffe!« Aber als Heiko schließlich 'n Kita-Platz hatte und ick denn eene Stunde früher Feierabend jekricht hab um zu stillen, fanden se't nich mehr so jut, da hab ick Druck bekommn. Mein Meister hat jefordert, daß ick jede Woche ne Stillbescheinigung abliefere, mußt ick immer zum Gynäkologen hinrenn'.
Dietmar G.: Die Frage Heirat stand eigntlich zu Anfang so jut wie jarnich, weil wir uns einjebildet ham: Ob ick nu hinjehe zur Unterschrift oder nich ...
Marion G.: Det spielt keene Rolle.

Dietmar G.: Ick komm nämlich aus ner Familie, wo überall die sojenannten Muß-Ehen, die mußten alle heiraten, weil 'n Kind unterwegs war. Über die Hälfte sind schon jeschieden und noch mal verheiratet und so. Da hab ick gleich zu meiner Mutter jesacht: »Damit de klar siehst, hier findet keene Show statt.« Und meine Mutter hat ooch jesacht: »Junge, det machste richtig. 'n Kind is noch lange keen Heiratsgrund. Mach's nich so wie der Große.« Aber uff eenmal, wo sie jesehn habn: »Die leben janz jut und verstehn sich prima«, hab ick Druck jekricht. »Wat soll'n det? Wann heiratste die endlich? Mußt doch det Kind 'n anständijen Namen...« und so. Aber wir ham in Kreuzberg jewohnt, und da war ne unerhörte Nachfrage nach Kinderjartenplätze. Wenn wir verheiratet jewesn wärn, hätten wir wahrscheinlich nie 'n Kinderjartenplatz bekommn. Ick mußte hin, Vaterschaft anerkenn', da ham se sich natürlich jewundert: anderthalb-Zimmer-Wohnung, wir leben zusammn, wa? Mußt ick die dollsten Lügen erfinden uff dem Amt, immer bezogn uff den Kinderjartenplatz später. Ick hab jesacht: »Ick erkenn die Vaterschaft an, ick bin ooch bereit, den Höchstsatz zu zahln, über meine Verantwortung bin ick mir bewußt, aber ick werd mit der Frau nich länger zusammleben, die hat nur noch keene Wohnung...« Hin und her! Naja, wurde det uffjenommn, hat ooch keener jeprüft, und somit hat sie denn »Dringlichkeit« jekricht.
Marion G.: Aber erst als Heiko sieben Monate alt war, ham wir 'n Kita-Platz bekommn.
Dietmar G.: Und letztlich blieb uns nischt andret übrig als zu heiraten, aus dem einfachen Grunde: Wir ham ja mit dem kleen' Krümel in der Anderthalb-Zimmer-Wohnung jewohnt, det halbe Zimmer war einfach so'n Schlauch, hat grade jereicht, daß er drin schläft...
Marion G.: Der konnte noch nich mal drin spieln.
Dietmar G.: Und im Wohnzimmer war ooch unser Bett und

allet, war wirklich nachher chaotisch, du räumst nur immer von eener Ecke zur andern. Da ham wir jesacht: »Jetz brauchen wir ne größere Wohnung.« Aber wenn ick hinjehe, »Wohnberechtigungsschein«: »Wieso? Sie habn doch anderthalb Zimmer!« Und wenn sie hinjeht, ja, sie hätte vielleicht ne Zwei-Zimmer-Wohnung jekricht, aber wenn wir umziehn, in'ne Wohnung investiert man wat, da will man ja für längere Zeit bleiben. Und dann spielte noch 'n Punkt mit: die Verantwortung. Wenn sie mal nich da is, is uff'm Seminar oder so, brauch nur wat passiern, und ick muß mit dem Kind ins Krankenhaus. Der kann fragen: »Sind Sie der leibliche Vater?« kann ick sagn: »Ja.« Aber entscheidend is: Ich bin nich der Erziehungsberechtigte. Ick werde in bestimmten Fragen überhaupt nich ernstjenommn.

Marion G.: Wenn die ne Operation machen wolln, warten die quasi so lange, bis ick da bin.

Diemtar G.: Der uff dem Jugendamt hat klipp und klar zu mir jesacht: »Herr G., Sie habn det einzje Recht – zu zahlen.«

Marion G.: Er brauchte sogar ne Berechtjung, den Jungn vonne Kita abzuholn, det mußte ick unterschreiben.

Dietmar G.: Und von dem allen her jesehn ham wir uns entschlossen, wir werdn jenau an dem Tach, wo der een Jahr alt is, hinjehn und unterschreiben. Denn ham wir Jenüje jetan, und denn is jut.

Marion G.: Über die Hochzeit ham wir lange nachjedacht, weil, wir ham beede ein' sehr, sehr großen Verwandtschafts- und Freundeskreis. Im Urlaub ham wir spaßeshalber alle Namen aufjeschriebn und sind uff hundertfuffzich, zweehundert Personen jekommn. Det war uns irgendwo zu viel.

Dietmar G.: Denn ham wir uns die Frage jestellt: »Wat machen wir mit unsern Eltern?« Und sind eigntlich zu ner ziemlich brutalen Lösung jekommn. Wir ham det Aufjebot 'n halbet Jahr vorher bestellt, damit wir det jenau an dem Tach, an dem Jeburtstag vom Heiko, kriegn.

Marion G.: Die Trauzeugen wußten Bescheid.

Dietmar G.: Ham wir zwee Kollegen jenommn. Und unsere Eltern ham bis zu dem Morgen, an dem wir jeheiratet ham, nischt jewußt. Wir hatten uns jedacht: Die kommen eh alle zum Jeburtstach.

Marion G.: Jenau! Ick hatte schon mit meiner Mutter abjeklärt, ob se vormittachs wat vorhabn. Und meine Mutter: »Nö«, sie will det übliche einkaufen, also wußt ick: Die habn nischt vor. Hab ick früh morgens um ½ 7.00 anjerufen, war mein lieber Vater am Apparat, und da hab ick jesacht: »Könnt ihr nich um die und die Uhrzeit bei uns sein?« Und meen Vater: »Weeß nich. Warum denn? Ick gloobe, Mutter hat keene Zeit.« Sag ick: »Mutter hat doch Zeit.« »Wieso solln wir schon so früh kommn, ick denk, du feierst erst abends?« »Naja«, sach ick, »Dietmar und ick, wir ham'n Termin vorm Standesamt. Wär nett, wenn ihr dabei sein könntet.« Und Vater: »Na, o.k.« Hörer uffjelecht und wieder in't Bett. Hat meine Mutter mir erzählt. Und die, neugierig, fragt: »Wer war'n det?« Mein Vadder: »Och, Marion.« »Wat wollt' se denn?« »Wir solln dannunddann da sein.« Meine Mutter: »Wieso 'n? Die feiern doch Heikos Jeburtstach erst uff'n Nachmittach.« »Nee, die ham beede 'n Termin.« Meine Mutter: »So, wat'n für'n Termin?« »Na, vorm Standesamt.« Mutter: »Standesamt?!« Und denn fing ihre Aktivität an! Und Dietmar is zu seiner Mutter hinjefahrn.

Dietmar G.: Da hat die mich großartig anjekuckt: »Wie siehst du'n heute aus?« Meen ick: »Mutter, wenn de Zeit hast, kannste nachher zu unsrer Hochzeit mitkommn!« »Was?« Die war natürlich kaputt und fertich, aber ihr blieb nischt andret übrich.

Marion G.: Und von uns aus war't ne recht schöne Hochzeit. Wir hattn det inne Kita erzählt, und wo wir runterjekommn sind, hat Heiko seine jesamte Kita jestandn, also seine Gruppe, und alle Kinder mit'n Röschen inner Hand. Fand ick echt toll. Und alle Verwandten sind denn zu Heiko sein' Jeburtstach jekommn, ham se't selbstverständlich den Abend erfahren. Sein Bruder hat da jesessen, so'n Jesicht! Der hatte in Weiß jeheiratet, total, der Uffwand ... Und die Mutter hatte noch Weihnachtsfeier vom Kegeln aus, hat Dietmar sie denn hinjefahrn.
Dietmar G.: In den letzten drei Jahren hat die sich entwikkelt, det jibt's jarnich! Die hatte nie ne Kugel inne Hand jehabt und is von ner Rentnertruppe, also Senioren Bundesrepublik, is die Zweeter.
Marion G.: Und von'n Frauen die Erste!
Dietmar G.: Meine Mutter durfte nicht mehr arbeiten jehn, die is körperlich am Boden jewesen, wurde se denn schwerbehindert. Hatte se öfter noch ne Beziehung, eenmal ne ziemlich feste, aber det warn bloß wieder Männer: Beene uff 'n Tisch, Zeitung jelesen, und sie hat allet jemacht. Hat se vier oder fünf Jahre mit dem Mann ausjehalten, und denn hat se jesacht: »Jetzt hab ick die Nase voll, da leb ick lieber selber.« Sagenhaft! Und wir stellen fest, wenn man sie mal ernsthaft braucht, is die nich zu Hause.
Marion G.: Denn hat se'n Termin.
Dietmar G.: Die is nur unterwegs. Ick find det wirklich erfreulich.
Marion G.: Ick hatte mich mal mit dem Jedanken vertraut jemacht, nur halbtags zu arbeiten, wir wolln ja noch'n zweetet Kind, aber irgndwo lehn ick det ooch ab. Ick muß sagn, ick fühl mich wohl in dem Beruf, selbst wenn öfter Streß is. Ein Kollege hat schon mal probiert, mich sexuell anzumachen. Daß ick meinem Mann treu bin, versteht der absolut nich. Und wenn ick'n Fehler jemacht hab, wurde

mir det mehr anjekreidet, als wenn'n männlicher Kollege een jemacht hätte. Ick mußte doppelt so jut arbeiten. Heute bin ick so weit, daß ick voll akzeptiert werde. Und ick diskutiere mit mein' Kollegen, politisch und jewerkschaftlich. Beispielsweise ham wir Akkord-Karten jekricht, sollten 'n bißchen jedrückt werden. Hab ick abjelehnt: »Wir rechnen keen Akkord ab, wir rechnen unsern Stundenlohn ab, und damit hat sich's!« Ham se einjesehn. Ick hab die soweit, daß se sich politisch wat überlegn. Also, ick möchte die Arbeit nich missen.
Dietmar G.: Und wenn ick alleine verdienen würde, verheiratet, een Kind, würd' ick vielleicht uff 2100 Mark kommn, netto, und 700 Mark Miete, 160 Mark Strom und allet...
Marion G.: Wir müßten sehr, sehr viele Abstriche machen.
Dietmar G.: Wenn ick den Groschen achtmal umdrehn soll, Urlaub wär nich mehr drin, darf nich roochen oder so, also ick muß echt sagn, da würd' ick keene Befriedijung finden, da würd' ick ausflippen, denn wär bei mir Chaos...
Marion G.: Wenn ick nach Hause komme, bin ick manchmal ziemlich nervös, vor allen Dingen, wenn Dietmar zum Seminar is, denn issa vier Tage oder ne Woche weg, und det heißt: Ick hol Heiko ab, renn' einkaufen und darf mich bis zum Abend mit Heiko beschäftjen, nebenbei noch die Wohnung machen und so. Und det is denn schon Streß. Sonst dreh ick mich um, wenn der rumnörgelt, tu det ab und mach meine Arbeit. Aber wenn er nu unbedingt Fernsehn gucken will und fängt an zu trampeln und absichtlich an zu brüllen, det sind Momente, die kann ick nich ab, dann reagier ick härter als sonst, dann kricht er wat uff'n Hintern. Und da bleibt mir bloß, wenn er im Bett is, daß ick mich mal hinsetze und einfach nischt tue.
Dietmar G.: Wenn wir beede jestreßt sind und der Sohn hat ooch noch schlechte Laune und ick mach bei der Erziehung ne Fehlentscheidung: »Jetz is Ruhe! Du jehst sofort in dein

Zimmer!«, wat ick normalerweise, wenn ick ausjejlichen bin, nich machen würde, denn kann schon vorkommen, daß wir uns ne Stunde völlich konträr über wat auseinandersetzen.

Marion G.: Braucht bloß irjendwat schiefjehn, daß ick beispielsweise zuviel Wurst einkaufe, also mal wieder det Jeld verplempert habe, denn rastet er schon aus. Und denn rasseln wa beede zusammen. Aber nach ner Weile überlejen wa eigntlich, daß det total blödsinnig war.

Dietmar G.: Wenn wa uns jestritten ham, klärn wa det meistens noch am selben Abend.

Marion G.: Und denn is et verjessen.

Dietmar G.: Ick bin ja nu Betriebsrat. Und det bedeutet, daß ick irgndwo Vorbild sein will, Pünktlichkeit, keene Fehler und so. Und da is man natürlich janz schön unter Druck, nervlich. Auch dieset schnelle Umdenken: Fängst ne Arbeit an, die is eilig, kommt 'n Kollege: »Mensch! Da mußte mal...!« Dann läßte deine Arbeit liegen, bist ja nun jewählter Intressenvertreter. Und wir ham viele Probleme. Arbeitsschutz, jefährliche Arbeitsstoffe, da bin ick zur Zeit dran. Und die janzen Bedingungen, det is'n Neubau, wo ick arbeite. Lärm is ne wichtije Frage bei uns. Wir stelln Warnmotoren her. Man muß sich mal den Schwachsinn überlegen: Da wurde det Motorprüfwerk mitten inner Halle uffjestellt! Und Heizungsprobleme, wat wir im Altbau nie hatten, Zugluft und, und, und. Denn kriegn Kollegen mitunter zu wenig Lohn, vor allem Frauen, Lohngruppe I, Akkord, is wirklich absolute Knochenarbeit, die machen manchmal die Pause durch, damit se überhaupt uff ihrn Akkord kommn. Und hat man denn ein Problem halbwegs jelöst, kommste wieder zurück zum Arbeitsplatz, mußt wieder rin: »Wie war denn det jetz?« weil de ja mit deine Arbeit nun mal dein Brot verdienst. Und da find ick jut, daß meine Kollegen mich stark unterstützen, is'n prima Verhältnis, obwohl ick nu bekannt bin als Kommunist. Bei der letzten Betriebsratswahl hat man alle Register jezogn, um mich janz unten zu plaziern, die sind von der Jeschäftsleitung rumjejangn zu bestimmten Kollegen: »Ihr müßt verhindern, daß der G. rinkommt, det is'n Roter!« Janz primitiv. Das war ne personenbezogene Wahl, also keene Listenwahl, und ick hab die zweetmeisten Stimmen von allen jekricht. Man hat mich seitens der Jeschäftsleitung schon unter Druck jesetzt. Een Tag nach der Wahl sollt ick vorsprechen: sie hätten 'n andern Arbeitsplatz für mich, inner andern Firma: »Zwee Mark mehr Stundenlohn!« Ick krieg 15,22 Mark, det is als Werkzeugmacher 'n absoluter Ulk. »Denken Sie mal an Ihre Familie!« Sach ick: »Ja, ja, ick denk an meine Familie. Da könn' Se mir 100 Mark mehr die Stunde jeben, ick bleibe hier. Schließlich ham mich die Kollejen jewählt.« Und ick weeß jenau, ick kann mich uff meene Frau verlassen. Sie steht absolut ihre Frau. Und ick bild' mir ein, meine Frau kann sich uff mich ooch irgendwie verlassen. Es is ja nich immer leicht, wenn man vom Betrieb kommt, hat 'n Mißerfolg jehabt oder jede Menge Probleme im Kopf. Früher war det so, daß ick mich erst abreagiern mußte, hab mich hinjesetzt, weeß ick, ne Autozeitung, janz wat andret. Denn kam der Sohn an! »Heiko, jetz nich. Hör uff!« Ick bin von der Überlejung ausjejangn: »Du mußt dich unheimlich beherrschen, damit de nich ausflippst.« Aber man lernt immer dazu. Normalerweise muß ick Probleme sofort erledjen, sofort, sonst kann ick nich schlafen, sonst steh ick im Bett. 'n richtjer nervöser Typ so! Aber inzwischen hab ick mir wat andret anjewöhnt, wat viel effektiver is und wo jeder wat von hat. Ick komm' nach Hause, laß allet falln, und Mittelpunkt is erst mal sie und vor allen Dingen der Sohn. Es jibt nischt Schöneret, als 'n Kind zu habn! Heiko is 'n absoluter Ausgleich und 'n Ruhefaktor, wat ick mir nie vorstelln konnte. Ick spiel erstmal mit ihm, und ick hab an mir entdeckt, daß ick mit eenmal allet um mich verjesse. Und wenn der ins Bett jeht, ulkjerweise, denn fang ick mit meine Themen wieder an, nich nervös, nee, denn seh ick die völlig anders und jehe jezielt ran, also ruhiger.

Marion G.: Und ick näh oder ick bügel noch, die Hausarbeit läuft nebenbei.

Dietmar G.: Sitzen wa beede, ham uns 'n Kaffe jekocht, quatschen 'n bißchen: »Na, wie war't heut uff Arbeit?«

Marion G.: Und manchmal hab ick einfach det Bedürfnis, ihn zu verführen, und denn verführ ick'n, ejal, ob Fußball läuft, und er läßt sich jerne verführn. Oder er hat mal Lust, mich zu verführn. Kommt ooch vor, daß wir beede zum gleichen Zeitpunkt Lust haben...

Nachwort

Es fiel mir schwer, dieses Buch herauszugeben. Unerwartet stand ich während der Arbeit vor neuen Fragen und fand Auskünfte, die ich nicht gesucht hatte. Ich habe gelernt, mir hat's Spaß gemacht.

Wer glücklich liebt – und solche hatte ich gesucht – vermittelt Möglichkeiten. In Liebenden zeigen sich die besten Eigenschaften der Menschen. Liebende sind selbstbewußt und großmütig, voll sozialer Fantasie, fähig zu kühnen Problemlösungen und von unwahrscheinlicher Durchhaltefähigkeit. Ich weiß, Liebende können auch unausstehlich sein: hilflos, angstbesessen und egozentrisch, verletzbar und verletzend, sogar zerstörerisch. Die Frage ist: warum? Und: unter welchen Bedingungen? Wie werden Verhaltensmodelle tradiert? Wie Charaktere strukturiert? Und was ist der Anteil der gesellschaftlichen Bedingungen daran? In der intensivsten Privatheit wird der Einfluß von Geschichte auf Individuen am deutlichsten. Faschismus und Krieg, sexuelle Unaufgeklärtheit, Frauenunterdrückung und brutale Erziehung prägen und belasten Liebesbeziehungen. Toleranz, psychologisches Wissen, neue Entwicklungen der Empfängnisverhütung, die Erfolge der Frauenbewegung, bessere Wohnbedingungen, soziale Sicherheit und gemeinsames Engagement, z. B. in der Friedensbewegung, können vielseitigere und erfülltere Liebesbeziehungen eröffnen. Patentrezepte gibt es nicht. Wer Probleme als Herausforderung nimmt, entdeckt Chancen.*

Ich bin Berlinerin. Diese Stadt, die wie keine andere die Verletzung der deutschen Geschichte überliefert, die Kaputtheit und Kraft, Verrücktes und Konstruktives

* Im Chinesischen setzt sich der Begriff »Krise« – wei-ji – aus dem Schriftzeichen für »Gefahr« und »gute Gelegenheit (Chance)« zusammen.

anzieht, ist meine Heimat. Über die Liebenden wollte ich sie genauer begreifen, kann ich selbst doch nur begrenzte Erfahrungen machen: Ich bin nicht 17 und bin nicht 70, ich bin weder Facharbeiterin noch Krankenpfleger oder Mutter von sechs Kindern. Ich habe nach den Voraussetzungen in der Kindheit gefragt, nach dem Einfluß von Arbeit und Alltag auf ihre Liebe, nach Wechselwirkungen aller Art, danach, wie Gefühle zu Handlung werden. Und sie haben mir Literatur erzählt! Die Tonbandaufnahmen wurden wörtlich, mit Versprechern und Wiederholungen abgeschrieben, ich habe die wichtigsten Passagen ausgewählt und neu montiert. Das Schriftbild des Gesprochenen verlangt vom Leser natürlich Umdenken, doch der Gewinn lohnt. Assoziationen bleiben möglich und lassen Strukturen des Unbewußten und Haltungen erkennen, die uns das Hochdeutsche nicht erlaubt. Der Inhalt wird verfremdet, wir müssen aufmerksamer sein. Großstadttradition aus Mietskasernen, Arbeitslosenschlangen, Suppenküchen, Aufmärschen, Bombenangriffen und Protesten hat die Sprache mitgeprägt. Wie könnte jemand überleben, wenn seine zartesten, verletzbarsten Gefühle ungeschützt bleiben? Ein Berliner, der sein Herz verstecken muß, verändert seine Aussprache. Sie wird weicher. Aus »k« kann »g« werden, aus »ch« wird »sch« und aus »i« wird »ü«. Einer, der Grauenvolles erlebt hat, sagt dann: »War nüscht Schlümmet«. Und wenn's um tiefste Rührung beim Traum von der Hochzeit in Weiß geht, ist von »Kürsche« (Kirche) die Rede. Um durch die Wucht des Berlin-Anspruchs nicht zu überfordern, habe ich einiges abgemildert. Übrigens: Die Erzähler berlinern auch noch unterschiedlich je nach Bezirk, in dem sie aufgewachsen sind.

Leider habe ich keinen Unternehmer gefunden, der bereit gewesen wäre, mir seine Liebe zu erzählen. Und zwei Geschichten, durch die ich viel begriffen habe, wurden nicht zur Veröffentlichung freigegeben.

In der einen erzählt ein Arzt, inzwischen 68 Jahre alt, wie er seine Frau 1934, damals ein Mädchen mit blonden Zöpfen, kennenlernte. Er war Jungvolkführer. Später, schon Bataillonsarzt, ließ er sie schwanger im zerbomten und bombenbedrohten Berlin zurück, um in Rußland »seine Pflicht zu erfüllen«. Sie erwies sich als unerhört tapfer, wie er sagte. Für ihn war der Krieg eine »Naturkatastrophe«, aber natürlich »hoffte und wartete« er auf den deutschen Sieg. Mit dem Zusammenbruch begann sein Haß auf Hitler. Seine Frau gab ihr Medizinstudium auf, um bei ihm Sprechstundenhilfe zu werden. Sie kümmerte sich aufopferungsvoll um seine Krankheit, zog die Kinder groß, richtete das Haus ein, führte seine Bücher und Konten und verwöhnte ihn wie seine Mutter. Mit einer Parteikarriere machte er sie zur »politischen Witwe« und konnte sie in Momenten von Überforderung, wenn sie z. B. keine neuen Schnürsenkel für ihn besorgt hatte, schon mal wie seinen Rekruten oder Sanitätsgefreiten behandeln. Er sprach davon, daß er und seine Frau sich in glücklicher Weise ergänzen. Sie wolle nicht, so teilte er mir mit, daß seine Schilderung erscheint.
Auf eine andere Erzählung zu verzichten fällt mir um vieles schwerer. Es ist die eines Dozenten, 45 Jahre alt, der bei der Arbeit für eine Friedensinitiative eine Informatikerin trifft. Vom ersten Augenblick an fasziniert sie ihn durch ihre Fremdartigkeit und Schönheit, ihre Intelligenz und Gefühlsfähigkeit. Er ist geschieden, sie erwägt eine Trennung, und aus einer Laune heraus verabreden sie, gemeinsam nach Italien zu reisen. Nett soll's werden, unverbindlich zunächst. Er weiß nicht, wie erschöpft sie vom Kampf um das Leben ihres Bruders ist, der versucht hat, sich mit einem Sprung aus dem fünften Stock das Leben zu nehmen. Zwei deutsche Überlieferungen treffen zusammen. Sein Großvater war Farmer in der Kolonie Deutsch-Südwest-Afrika, sein Vater Berufssoldat unter Hitler und mit der Familie in

Polen stationiert. Ihre Großeltern wurden in Auschwitz ermordet. Ihr Vater, der im Berlin der zwanziger Jahre beim Malik-Verlag volontiert hatte, brachte seine Familie in Israel mit Orangenpflücken und später als Buchhalter durch. Der Erzähler versucht, seine Liebe und Leidenschaft in Worte zu fassen und beschreibt dabei das Erbe der Vergangenheit, das wie eingebrannt in ihren Seelen weiterwirkt, selbst wenn er durch Berufswahl und Engagement für die Sozialdemokratie mit den Traditionen seiner Familie gebrochen hat, und sie aus ihren Erfahrungen die Konsequenz zog, Kommunistin zu werden (was mit Berufsverbot geahndet wurde). Ihr Bruder überlebt. Am Schluß gibt's eine Doppelhochzeit. Dennoch kann ich die Geschichte nicht veröffentlichen. Die junge Ehefrau wandte sich dagegen: »Ich habe das alles ganz anders erlebt ...«

Es ist schon tausendmal gesagt, und ich möchte es noch einmal sagen: Unsere Welt ist in einem Zustand, der Liebe unmöglich machen kann. Rüstungswahnsinn und Hungerkatastrophen, Massenarbeitslosigkeit und Zerstörung von Demokratie, Umweltvergiftung, psychische Verelendung.. Die Verursacher sind benennbar, sie haben Anschrift und Gesicht, und sie haben Schuld. Ändern müssen w i r die Verhältnisse – damit in unserer noch immer liebenswerten Welt weiter, mehr und hinreißender geliebt werden kann!

Joachim Lottmann
Mai, Juni, Juli

Ein Roman.
256 Seiten.

Joachim Lottmanns Buch ist ein witziges Porträt bundesdeutschen Lebens in den späten 80er Jahren, aufgezeichnet von einem hochempfindlichen, genauen Erzähler, der jederzeit bereit ist zur Verbrüderung mit dem Leben, von diesem aber unverständlicherweise immer wieder schnöde zurückgestoßen wird.

Kiepenheuer & Witsch

Keto von Waberer
Blaue Wasser für eine Schlacht

Roman

Eine »Schule des Gefühls« nennt Keto von Waberer die Geschichte Bettinas, die in einer behüteten Kindheit aufwächst, bis sie ahnt, daß es die Eltern sind, die diese freundliche Kindheit brauchen. Diese »Schule« beginnt mit drängenden Fragen, die weggeküßt werden, und noch drängenderen Erfahrungen, die die unterdrückten Gefühlsgewalten der Eltern durchbrechen lassen, unter denen Bettinas eigenes Gefühl beinahe erstickt.

Auch in ihrem ersten Roman entwickelt Keto von Waberer »Bilderwelten«, die in suggestiver Unmittelbarkeit hineinziehen in die Entstehungsgeschichte der Gefühle, da, wo die sprachlosen Schicksale der Eltern an das Kind weitergegeben werden.

Michael Schneider
Die Traumfalle

Künstlernovellen.
336 Seiten.

Dreimal variiert Michael Schneider in *Die Traumfalle* ein Thema, das schon Leitmotiv seiner vielbeachteten Zauberernovelle *Das Spiegelkabinett* gewesen ist: den Widerspruch zwischen Leben und Kunst, Illusion und Wirklichkeit. Dem Credo einer Kunstreligion, daß der Künstler sein Künstlertum mit dem Ausschluß vom Leben zu bezahlen habe, setzt Schneider den Traum von der Versöhnung der Gegensätze entgegen. Aber auch der erweist sich zuletzt als Falle.

Paul Kersten
Briefe eines Menschenfressers

Roman.
176 Seiten.

Christian F., von seinem Therapeuten aufgegeben, klagt sein menschliches Recht ein, sein Leiden auf der schmalen Grenze von Wahn und Wirklichkeit auszutragen, auch wenn Herz und Hirn dabei explodieren. In Traumprotokollen und Tagebuchnotizen, vor allem aber in (nicht abgeschickten) Rache- und Rechtfertigungsbriefen an seinen Ex-Therapeuten schreibt er verzweifelt an gegen die Angst, versucht das traumatische Schock-Erlebnis, in das ihn der Tod seiner Frau gestürzt hat, in Worte zu bannen.